燕赵秀林丛书·文学

人间最小的动静

刘厦 著

河北出版传媒集团
河北教育出版社

刘厦

河北晋州人。获 2019 年《北京文学》年度作品奖、首届"贾大山文学奖"。迄今已在《诗刊》《中国作家》《人民文学》《文艺报》《北京文学》《散文》等期刊发表作品近百万字，出版诗集《长草的时光》、散文集《遇见生命》。

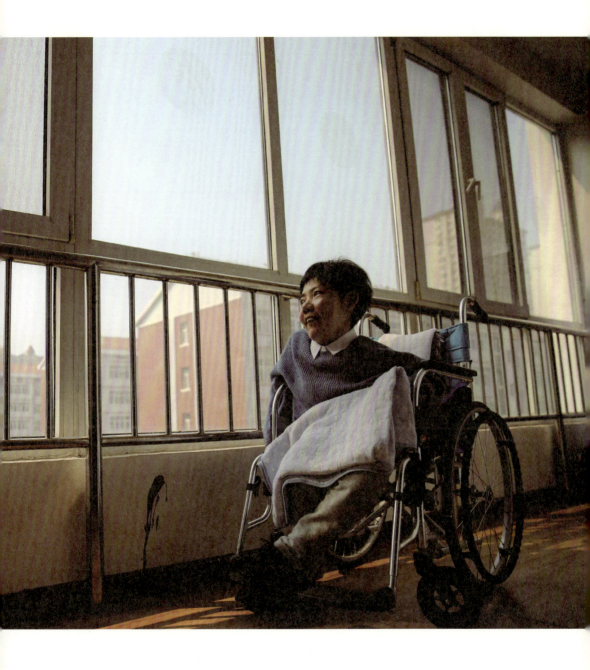

燕赵秀林丛书·文学

序言

　　人才兴则事业兴、人才强则国家强，人是事业发展最关键的因素。文艺事业要实现繁荣发展，就必须培养人才、发现人才、珍惜人才、凝聚人才，培育造就大批德艺双馨的文学艺术家和规模宏大的文化文艺人才队伍，构建出成果和出人才相结合的工作格局。

　　为了进一步推动文艺人才培养和队伍建设，打造一支德艺双馨的文艺冀军，河北省坚持以习近平文化思想为指导，组织实施了文艺名家推出工程、中青年文艺人才"秀林计划"、文艺后备人才"春苗行动"、文艺名家情系河北"故乡创作计划"，构建起文艺人才培养的四梁八柱，形成了老中青梯次衔接、省内外交相辉映的文艺人才格局。在各界共同努力下，河北的文艺人才如雨后春笋般不断涌现，全省文艺事业呈现出蓬勃发展的繁荣景象。

　　作为中青年文艺人才"秀林计划"的重要内容，省委宣传部会同省文联、省作协开展了"燕赵秀林丛书"的编辑出版工作，将按照"一人一书"或者"一类一书"的原则，为我省优秀中青年人才出版代表性作品，并配套开展作品研讨、专场演出、展览展示和媒体宣传等活动，形成文艺人才培养、宣传、使用一体化格局，努力推动更多优秀中青年人才脱颖而出，在新时代的文艺道路上挑大梁、当主角。首批图书，将为11位青年作家各出版一部文学作品选集，并从戏剧、音乐、美术、曲艺、舞蹈、民间文艺、摄影、书法、杂技、影视、文艺评论等11个艺术门类中各遴选中青年艺术家代表，分别出版一部优秀作品合集。

青年是事业的未来。只有青年文艺工作者强起来，文艺事业才能形成长江后浪推前浪的生动局面。希望此次入选的中青年优秀人才，能以出版"燕赵秀林丛书"为新的起点，再接再厉、接续奋斗，立足河北丰厚的历史文化资源，聚焦中国式现代化在河北可视可感可行的火热实践，创作推出更多充满时代气息、具有河北特色的精品力作。也希望全省的作家、艺术家们，既秉持学习前人的礼敬之心，更树立超越前人的竞胜之心，增强自我突破的勇气，迈向更加广阔的创作天地，努力攀登新时代文艺新高峰！

丛书编委会
2024 年 9 月

目录

推荐语 / 1

本书序一 / 3

本书序二 / 8

第一辑　烟火春天

院落三生 / 13

烟火春天 / 20

当老来临 / 31

城边碎记 / 48

大娃小朵 / 58

在垃圾里捡废品的老人 / 71

渐行渐远的乡音 / 77

春天，我的村庄 / 83

雪落大地 / 88

向心而行 / 93

人间情节 / 106

村里的散步时代 / 123

十年春风沁心脾 / 127

第二辑　母亲不老

寻味冬天 / 133

院落 / 145

那条路还在 / 166

看着母亲送走他们 / 170

现实照亮梦想 / 181

我也曾是迷恋游戏的孩子 / 188

我与父亲的争吵 / 192

母亲不老 / 197

独白 / 214

隐藏的歧视 / 238

我心中那一百层高的楼 / 247

第三辑　走进写作之夜

走进写作之夜 / 259

能听见鸟鸣的人 / 266

我的春天印象 / 271

后记 / 273

推荐语

　　韩少功曾用"至宥至慈"来形容史铁生作品的精神品格，这种善的光芒在刘厦作品中同样存在。正所谓"德性所知，不萌于见闻"，坐在轮椅上的刘厦尽管没有常人在历世上的驳杂，但其笔下的天地之宽并未减色，无论是一枚墙上的钉子，还是其笔下反复检点的院落，她皆有着自我的独特的感知系统。这种系统支持着她思考一些本源的东西。也因此，其笔端常常倾泻出生命感和悲戚感。一草一木皆为日常，但对于刘厦而言，她不仅钟情于那些微小的事物，而且尝试着去建构某种仪式感，个体存在的尊严以及合法性基础大抵附着于此吧。因为专注于仪式感的搭建，刘厦的散文里含蕴着一种沉静的品质，并以这种文学的缓慢来对抗时代列车的加速。

文学博士、散文批评家　刘军

　　也许是因为常年在轮椅里旁观外面的世界，刘厦对生活以及他人有着冷静的审思意识。她敏感于现实中的离合悲欢、物聚物散，从新的角度解释人性中的怪癖、认知的偏见。她笔下的烟火人间鲜活生动，但再往里面细瞧，那老去的村庄为这活泼氛围打上了苍凉的底色。刘厦注视着老年世界里艰辛生活的人们，无力改变，却无尽悲悯。她在生活之外生活，在悲伤之外悲伤，在苦难的命运里突围、和解，并从始至终没有忘记对

1

自己的审视。

《北京文学·中篇小说月报》副主编、评论家　王虹艳

刘厦是个羸弱的女子，她又是文学尊严的坚强护佑者。她从一扇窗口的视角遇见生命，体悟人世间最小的动静。勇敢、颖悟、善良的笔墨，陪伴她穿越复杂幽微的人性丛林，体恤卑微，洞见美好，抵达浩瀚广阔。她的文字，集聚了桃花潭水般的内在力量，安静又激越，朴素又妩媚，内敛又深邃。走进刘厦的散文世界，那些微小的细节、属于弱者的片段、来自灵魂的诘问，总是瞬间击溃我老茧丛生的心房。

《当代人》主编　宁雨

刘厦的文字，有一种丝丝缕缕的痛感，它更像是某种低语和背景，衬托着她笔下的寂静、空旷和荒寒。然而，在这疼痛与荒寒中，涌动着春天毛茸茸的温暖……或许，她仅有的野心也正在于此——她试图以有限的笔墨，慰藉这无限而浩茫的人世。

作家　沙爽

本书序一

　　这是刘厦《遇见生命》之后的第二本散文集。当她告诉我，这部散文集入选"燕赵秀林丛书"并即将出版时，我很为她感到高兴。她嘱咐我再次作序，我欣然应允。能为她做点儿什么事，我义不容辞。

　　和《遇见生命》一样，来自生命最深层的感悟成就了刘厦这部散文集的基本动机。刘厦说："人间有无数的声音在同时发声，而最小的声音便是弱者的声音。这个弱者，不仅是普遍意义上的，更是多维上的。所以，我不仅写农民、老人、孩子、残疾人，我同样写被遗忘的角落、被忽略的意义、被冷落的地方、被轻视的思考。这些是最没有话语权的，声音微弱得难以被听见，在嘈杂的世界中像没有存在一样。"刘厦之所以要写这些底层的、边缘的、弱者的声音，恰恰是命运使然。天生残障的身体把刘厦推送到这些边缘的、弱势者的身旁，使得她能够切身体验和噬心倾听弱者的声音。她要为弱者发声，而这种声音不仅仅是对现实世界的诉求，也是生命真切的存在，更是生命美好、顽强的姿态。所以，刘厦说："人间最小的动静，其实是这么巨大、强烈。"

　　于是，我们看到，刘厦写了许多老人：《当老来临》中，刘厦写出了人老之后的无奈、苍凉和孤独。刘厦发现，当她回到村庄，她突然看见，那么多人都老了。八十四岁的魁忠，半年前老伴儿突发脑出血去世，他仿佛一下子就老成了八十多岁。儿媳妇嫌他脏，每次吃饭都把他单独安排在一个小桌上，"儿媳在外面说他爱抢肉吃，笑他经常因为想老伴儿而泣不成声"。七十五岁的邻居苍芬，因摔断了胯骨只能挂着助行器行走，因闷得慌总去串门的她，常常遭受儿女们的"训斥"，这种好心的"训斥"那样生硬，"不知道是训人还是在训他家的狗"。然而，"闷得慌"的苍芬还是不顾儿女们的"训斥"而坚持串门。刘厦感慨说："很多时候我觉得好多人的老就是被儿女们一遍遍通知的。说一遍不信，就说两遍；温和地说不听，就斜眉瞪眼地说。在每个可以说的时候说，非得让你认老服老不行。这是年轻人对老人的保护，但又何尝不是一种伤害呢？在我的生活周围，一边照管老人一边训斥老人的儿女大有人在。他们仿佛已经不再会用其他的方式和父母交流，不是教育就是反驳，不是否定就是制止，让'老'这种自然现象成为对父母的一种羞辱。"在此，刘厦提出了一个严肃的社会问题：人们，特别是儿女们，应该以什么样的态度对待父母的老？"老"是一种自然的生理现象，然而"生命会老，但灵魂不会，每一个人都将用不老的灵魂去承受老去的生命之痛"。社会和儿女们应该正视这种不老的灵魂，让老人们有尊严地老去。刘厦进一步观察"老去何处？"第一种是留守在老院子里独居。第二种是随儿女进城，这一曾被认为是最完美的方式，经过刘厦的体察，发现这样的老人其实也是迷茫和孤独的。"俗话说，父母的家永远是儿女的家，儿女的家却不是父母的家。置身于儿女的小家庭当中，总能让老人真切地感受到自己是个外人，总觉得自己是个无家可归的人。"第三种则是被送进养老院。由于养老院的不够完善以及市场性质，许多进了养老院的老人还不能适应，甚至产生恐惧心理，"这让很多人，尤其是老年人，把养老院看成了死亡的预备区"。看来，无论哪种去向，仿佛都不是老人想要的归宿，老人无法左右方向，唯有满眼的苍凉。

刘厦对老人的这种深刻的理解和体察实际上源于她对自我的体察。正是由于病痛和残障，她在三十多岁便体验了六七十岁老年人的孤独感、无助感。她从自己的父母身上感受得更加真切，特别是母亲，那种常常如影随形的"闷得慌"和孤独、抑郁情绪，既是生命衰老带来的，更重要的还是一种被轻视被否定的"社会死"所决定的。这既是一种生理现象，也是一种社会现象。随着老龄化社会的来临，老人特别是农村中的老人，他们将何以处世？寒风中卖糖葫芦的老人，垃圾堆里捡废品的老人，得了哮喘还得扫大街的老人……何以度过晚年？刘厦以深深的悲悯触碰到了这一尖厉棘手的社会问题。

刘厦不仅写人，也写物。比如《院落三生》《烟火春天》《春天，我的村庄》《雪落大地》等，都写得别有洞天，引人深思。刘厦发现村里的空房子越来越多，"一块块地方荒芜了，就像一个个牙齿掉落了"。一处被遗忘的院落，刘厦见证了它的三生。昔日那人头攒动、欢声笑语，石榴花开得特别红的院落，终于人去房空，院墙倒塌，变成了荒园，进入了它的第二生。从繁华到荒原，经历了二十年。二十年后，主人又回来了，石榴花又在5月开放了，高大的围墙、气派的大门垛、严肃的黑铁门，石榴树被关在了里面。这一整饬一新的院落，进入了它的第三生。然而，面对封闭的院落的第三生，刘厦感受到了更大的荒凉。城市化的浩荡秋风正扫荡着整个村庄，封闭的院落乃至田园只是待价而沽的商品，它们似乎正在萧瑟的秋风中孤独地啜泣。刘厦笔下的院落三生，又何尝不是我们这个时代的缩影呢？

相对于《当老来临》《院落三生》的来自生存本身的苍凉

和忧伤，《烟火春天》则显出一种苍凉中的韧性。"隐藏的冷"中，料峭春风，乍暖还寒，应着季节长出的小梨在猝不及防的春寒里夭折了，老农们面对灾害的态度却是在无奈中的随性乐观，"无奈的微笑便让皱纹在八十多岁老农的脸上加深"。于是，他们补种了菜秧。然而一阵冰雹无情地砸断了秧苗的茎叶，于是他们再补种，"没有抱怨和重新振作的过程，只因为，风再凉，他们也相信，有春在呢"。"飞呀"简直就是一部动画片。春天阳光中童趣盎然"飞来飞去"的小姐妹，闲聊中的母亲，还有挂着助行器晒太阳的老人，构成画面的不同景深，有动有静：动的是那一大一小的两个小女孩，飞来飞去的她们发现了春的讯息——紫色小花，于是争抢着，哄闹着；半动半静的是聊天中的孩子的母亲，她一边关注着两个小女儿，一边沐浴着春天的夕阳和别人聊闲天；静的是晒太阳的老人，他们饱经沧桑，儿女不在身边，病和孤寂使他们在春天的阳光下显得更加心事重重。还有那只在缓慢爬行的小潮虫。"撷香椿"是春的味道，年轻的媳妇在肆无忌惮地撷香椿，她恨不得把所有的春天都吃进肚里，据为己有；而婆婆却在心疼着千疮百孔的香椿树。两代人对春天的两种态度体现了两种不同的生活理念和价值观。包团子里那个挂着助行器的老人要包干菜团子，不是为了吃，只是为了完成一个神圣的仪式，"完成了这个仪式，春天才真正来临，才能给上个冬天一个完美结局，才能让今年的生命站稳根基"。这大概就是民俗仪式中的理念，这种理念完全内化在生民的血肉里，成为他们世世代代的生活准则。连那个荒凉的空院落，也洒满了春天柔软的月光，尽管这月光清粼如水，徒劳地照进这连孤独也无人见证的空院落，但它毕竟是春天的月光。

刘厦的散文是充满哲理和诗意的。我们随意翻检文集，许多满含哲理和诗意的警句格言便俯拾皆是。比如："季节不会忘记时间里的一切，再坚硬的石头，也会被秋风吹透。"（《当老来临》）"生命会老，但灵魂不会，每一个人都将用不老的灵魂去承受老去的生命之痛。"（《当老来临》）"端午节，它的宽，纵横了几千年；它的厚，蕴藏着中国人的真善美。当然，其中也包含着我所经历的一个又一个平常而又经典的端午节。正是有了一代又一代老百姓对端午节的滋养，才让粽子的味道中有了人情味，多了烟火气，才让端午节充满生命力，就像每年的野草青青。"（《人间情节》）"期盼是多么神奇的东西，它可以把辛劳、等待、苦涩、泪水都变成幸福的味道。"（《寻味冬天》）"一些美好的往事，长着长着就长成了疼痛而刻骨的疤痕。"（《那条路还在》）……好了，无须再抄录了，刘厦的散文之美，我们可以窥其一斑了。

　　和《遇见生命》相比，本书除了那种源于生命和生存的内在刻骨的感悟外，还有了一种试图向外——向生活、社会的更深处探寻的忧患意识。这是刘厦作为观察者、体验者努力突破自身残障局限的一种可贵尝试。祝愿她今后的创作道路越来越宽广。

　　是为序。

河北省作协副主席、河北师范大学教授、

博士生导师　郭宝亮

2023 年 11 月 22 日

本书序二

听到刘厦又将出版新的散文集，真是为她高兴。虽只是翻看了她这本新书部分篇目，就已经让我倍感欣慰了。近些年刘厦笔耕不辍，以重残之躯写出这么多不一样的文字，仅是付出的体力和时间就是常人难以想象的。

这本《人间最小的动静》，更显她以普通人少有的细微观察和富有哲理的思考，审视一个个美好的瞬间和小中见大的人间动静。这些动静虽来自一个吃饭穿衣出行时刻都离不开母亲帮助的极弱之躯，可也正是这极弱，给了刘厦深度体察和触碰生命的力量，并通过她的视角和文字给了我们极强极大的感动。

正如她在后记中所言："当命运把我带到弱者的身旁，我便看见了一扇门，这是我理解世界的门，是我理解人的门，同样也是我的写作之门。我将从这扇门延伸到更广阔、更神秘的地方。"

三十多年困守轮椅中，又生活在日新月异的当下，让刘厦对环境的变化和外人的态度有着极强的"测试力"，也因此真切感受到人间的真善美，并以自己独有的视角和笔触呈现给我们以人间的温暖和爱的动静。也如她所言："来自陌生人的温暖几乎成了我生活的一部分，人群给我的安全感，让我对这个世界充满信任。""真善，是灵魂在自私少有的缝隙处发出的声音。这个声音让我听见人终极的愿望。但是，我们的肉体局限着我们的灵魂，让灵魂无法自由地去表达美好的心愿。对于灵魂来说，这个皮囊是残缺的。当我们开始感激并愤恨它，我们的现实中就有了一条通向远方的路，我们就上路了。这条路，一头叫残缺，一头叫梦想。"

这些感受和表达让我们听到了一个拖着重残之躯的青年女作家对生命、对人生、对社会、对时代"人心向善，爱是本能"的审视、解答与期待。这不只是当代文学应有的样子，也应是每一个人对不幸、对挫折、对生活要有的动静。

愿以上述读后感为刘厦的这本新书做推介。

石家庄市原副市长、现任中国残联主席　程凯
写于 2023 "国际残疾人日"前

本书序二

第一辑

烟火春天

院落三生

村里的空房子越来越多。院子还在，屋子还在，只是人走远了。屋里的旧床、旧柜、墙上的旧照片还在，院中的老瓮、老树、随手扔在一旁的笤帚还在，但只有四季的风抚摸着这里的白天与黑夜，只有时光没有忘记告诉它树叶该绿了、该黄了。

在村里随便走走，就能看到很多常年带锁的门。我家门前不长的胡同里就有五个。还有四五个虽然没带锁，但也是空荡荡的，院中只住着一个七八十岁的老人。或许老人更像这个空院落的一部分，被一起遗忘了。很多老人都成了一个院子最后的留守者，用最后的岁月给予一个院子最后的陪伴。老人什么时候走，院子也就什么时候荒了。

一块块地方荒芜了，就像一颗颗牙齿掉落了。

我的村子，真的老了吗？

我看见门前那一处被遗忘的院落。我活得虽然不够长，但已经见证了它的三生。

那个院落的第一生，在我十一二岁之前。准确地说，我在童年看见了它第一生的结尾。那时候，胡同里的人家还没有翻盖新房，胡同还是弯弯曲曲的。我家门前正好有一个弯儿，弯儿的那边就是那家人的墙头，墙头只有一人高，最上边一截儿还是空花墙的，也就是为了减轻墙头上半部分的重量而垒的镂空的，所以院中的什么都挡不住。

那家人的说话声会跑出来，拾掇杂物的碰撞声会跑出来，饭菜的味道会跑出来。多少个夏天的上午，我和几个孩子在门前玩耍，就看见镂空的墙头中晃动着人影，就看见那高出墙头好多的石榴花特别红。那时的我也因为石榴花的美丽而觉得那个院落里的人一定特别幸福。

那家的主人是一对老夫妇。我印象中他们是六十多岁的样子，总是穿浅色的衣服，老头儿总是白背心和白色大半截裤，老婆儿总是浅蓝色的斜襟褂子，并且因为她的白发而显得更加干净。住在这个院子里的还有他们的闺女、女婿和外孙女、外孙子。他们的外孙子和我同岁。但在我们这几个一起玩的孩子们来看，他和我们不是一个档次，因为他说话天马行空，也总让大人跟在屁股后面。我们经常笑他傻。所谓的"傻"，只是因为姥爷、姥姥的宠爱让他的天真比一般孩子消失得晚些罢了。如今他成了一名基层干部。

他们家不是不说理的，也不是爱出头的，在胡同里不显眼。留给这个胡同的画面，就是干净的老婆儿摇着蒲扇，坐在胡同的树荫里和邻人闲聊，温和地笑着；她的闺女有时候会出来站一下，笑得像有什么喜事一样；老头儿则不慌不忙地拾掇着。

那时候，每个院落里都能听到欢声笑语，家家户户都过得踏实悠闲，人们看不见别处，仿佛这里就是世界的中央，这里就是最幸福的地方。

后来，女婿的单位分了房子，老头儿去世了，老婆儿就跟着闺女进城了。从此，留在那个院中的只有那棵石榴树了。

不知又过了多久，在一场大雨中，一声轰鸣，那个院落的墙头倒了。院中的石榴树、水缸、低矮的蓝砖房子都暴露在了胡同里，仿佛成了胡同的一部分，不再是谁的家。

从那时候起，那个院落进入了它的第二生。

我家门前也就多出了一片天空，谁家门前都看不见落日了，我家门前能看见。一点儿也不刺眼的红太阳照着我家的大门口，让进出的人脸上泛着红光。

没有墙头的院子，被草占领了。窗前、水缸旁、倒塌的墙头上，草茂盛着，有的还会开出几朵小花。

主人把它忘了，人们仿佛把它的主人忘了。只要别动把它占为己有的念头，它就是一处荒园。

这个胡同里的人们把拆房留下的檩条、椽子放在这里。不用的水缸在院里碍眼，也搬到这里。从地里拉回的树枝都堆放在这里，自家院里就少了一个柴垛，一年都宽敞了。冬天的炉灰用簸箕端出来就倒到这里，周围人省了不少事。这里不属于谁，又仿佛谁家都拥有，是各家的回收站，所有该扔的但又搬不动或者不舍得扔太远的，都放到了这里。但也有不知趣的，将西瓜皮、烂菜叶、鸡骨头、洗衣服水、泔水倒到这里。这让我感叹，这一片荒园竟有如此的包容，那么多的垃圾、污物聚集，它依然年年青草茂盛。而且因为有食物，这里也成了野猫野狗的出入之地、蚊虫的乐园。冷落、蔑视和侮辱，反而让它生机勃勃。

这里在变成荒园之后，竟长出了一棵槐树。它是砍掉的那棵树的死而复生，还是谁将树枝插在这里，没有人知道它准确的来历。但它在废墟上，跟随着季节准时发芽、开花，并在秋天，在路过的人的忽视中落下所有的叶子。没几年，它就长得可以给路过的人暂时的阴凉了，就长得在我家院中也能看见风走到胡同里了。

这样优越的条件，夏日里便有人把羊牵到这里。两只羊被拴在这棵树上，以四五米的绳长为半径，围着这棵树，享用着新鲜而茁壮的青草。两只还吃奶的小羊羔则围着母羊跑跳。有时候羊的主人把小羊羔留在了羊圈里，傍晚的时候大羊和小羊就你一声我一声地叫。如果天要下雨了，那声音更是让人心疼，让人知道了什么叫离开即是天涯。

如果拿它的第二生跟第一生相比，已经面目全非了，唯一留存的只有那棵石榴树和那三间低矮的蓝砖北屋。石榴树还会在初夏开花，花还是那么热烈，还会在中秋挂满裂开的石榴。除了偶尔有一两个忍不住诱惑的孩子和大人走进荒园摘两三个，大多数都成了家雀、野雀的美味。而北屋就安静多了。没有锁的木门、抽丝的窗棂、反碱的墙，一遍遍被雨水冲刷着，被风雕刻着，沉默中经受着属于它的白天与黑夜。没有人进进出出，它就变得越来越神秘了。我们经常拿这里叫板："你要是敢在半夜去对门屋里坐一会儿我给你100块钱。""你要是敢去我给你200。"没有人敢进那屋子，我同样不敢。我害怕的不是鬼，而是一切结束后的样子，那巨大的荒凉。

二十多年里，它的主人只回来过几次，回来也只是个过客，转转看看。想必他们看到眼前的景象，心中一定充满了悲伤。他们在另一个地方，过着另一种生活，过成了另一些人。老人还健在，但老得回不来了。孩子长大了，从乡间小树长成了办公桌，他们再次站到这里，也是陌生人。

二十多年里，这个村庄也在悄悄发生着变化。从两个办企业先富起来的人在城里买了商品房，让家人搬进了城开始，所有的人心里仿佛刮了一阵小风，让人们从风来的方向看到了一条路，这条路通向更美好的地方，这条路唤醒了人们对城里生活的向往。这个村庄的空院落就开始悄悄地多了起来。

二十多年里，这个院落没有说过一句话。多少个春天的早晨，它在湿润中返青；多少个夏天的午后，它聆听着乘凉人的闲聊；多少个秋天的傍晚，它迎接着收获的农车；多少个冬天的夜晚，它被白雪覆盖；多少个普通的日子中，它等待着放学的孩子打闹着回家；多少个春节，它看着各家各户在欢声笑语中挂起红灯笼。老刘家终于盼来了大孙子，它在那儿；娶亲的队伍洒落一胡同的喜纸，它在那儿；八十多岁老人寿终正寝，它在那儿；给突发急病的黑发人送殡的哭声路过，它在那儿。它看着那么多人，从这里离开，踏上了远行的路；它看着那么多人，在离开多年后，从远处归来；它看着那么多人，从穷变得富有；它看着那么多人，从幸福变得不幸；它看着那么多人，从年轻变得苍老。

它清晰地看着我们家，有多少事物到来了，有多少时光离开了。或许只有它知道我们家这么多年到底是失去得多还是得到得多。它看着我们怎样买回一辆宝贝似的电动自行车，看着如何用旧它，看着怎样把它当废品一样扔了；它看着我们家从五口人变成了八口人；它看着我寄出了无数封信件；它看着我多少次带着疲惫或喜悦归来；它看着我度过了少年和青年，这些最美好的日子。

我已经习惯了它的存在，习惯了从院里向外看时的一片宽阔，习惯了给第一次来做客的朋友介绍位置时以门前的空地为标志，习惯了它在我的所有记忆中，习惯了这么多年始终被一片荒芜看着。

直到一天早晨，我被三轮车的轰鸣声吵醒。父亲说对门回来了，收拾那儿呢。

那片被丢弃太久的荒地，仿佛一夜之间被主人意识到了珍贵。邻居们看见了寒暄一番，问问有什么需要帮忙的吗，再问主人的打算。主人依然笑得像有什么喜事一样地说收拾收拾，再垒上院墙。人们便开始猜想主人的意图：要卖了？要做买卖当厂房？但可能性最大的是老人要回来了，要在这老家支应丧事。我们村所有空院子在空了多年后，都会迎来一场热闹。死了的人会彻底留下来，活着的人们会继续离开，直到再没有力气享用外面的一切了，直到所有的欲望都全部消失了，再踏上真正的归途。所以，有几个院子已经等来了几场热闹，它们仿佛已经成为一个家庭的专用丧事礼堂。对门也是有头有脸的人，到时候来吊唁的人自然也是，如果看到老家不像人住的地方也是很没面子的事。

有谁家还要的物件谁家搬走。许多人家都少了一块搁置闲物的地方，有些失落感却也无话可说。剩下的就全是垃圾了。主人雇了短工，一车一车地往外拉垃圾，拉了好几天，仿佛把这么多年来人们偷偷欺负这里的事都翻出来了，仿佛那一车车拉走的是这个院落多年的屈辱。

那棵石榴树又在 5 月开花了，火红的小花看到久别的主人回来，仿佛在风中欢呼雀跃。

没几天这里就干净了，重新恢复了尊严。又过了几天，顺着胡同边便站起来了高高的墙头，大门垛气派，黑铁门严肃，那棵树被关在了里面。

面对全新的封闭，我看见，那个院落进入了它的第三生。这第三生却是更加荒凉。

再没有扔东西的人进入这里，再没有小动物出入这里，这个院落再也参与不到别人的生活中，再也不能跟着别人的故事悲喜，再也见不到那些熟悉的人。下面的时间需要它自己度过，独自面对春去秋来。或许唯一的造访者只是飞鸟和流云了。

那棵石榴树，在欢喜了一场后，面对孤独的囚困，是否低头垂泪呢？

我似乎听见，大提琴低沉的旋律在秋风中回荡。

一年后并没有看到对门任何动静，人们有些不理解这家人如此折腾的意图了，好像只是主人在土地越来越值钱的时候发现了自己的幸运，急于向人们昭告这个地盘是自己的财产。

我看不见院里的孤独，却看见巨大的孤独在院外翻滚。人们心中刮起的那一阵阵小风，终于汇集成了浩荡的秋风，扫荡着整个村庄。

这个村庄的每一个人都在奔忙，而奔忙的动力就是"落在外头"，至少让孩子"落在外头"。成为一个城里人已经成为势不可挡的流向，这个村庄里的每个人就像秋风中的事物，不能左右自己的命运。

试想二十年后，村庄里就只剩下未能如愿进城的"失败者"，生活在一个个长年带锁的空院子里。

或许，需要占地方的商人们会来利用这里慷慨实在的土地，那拥挤的都市人会来田野间寻找一份心灵的释放，那游荡在他乡的游子会给故土系上一份乡愁，或许那些会让村庄再次热闹起来。但比城市辽阔多少倍的乡野，是否只是城市的附属品、消费物？这里是否还有属于它自己的灵魂？

无论多么热闹，如果没有人将梦放在这里，这里也只是秋天的喧嚣。生活在此处和在异乡游走的人们，他们都将梦放在了远处。他们的梦什么时候能回来呢？

我看见，这被遗忘的院落，就像一位白发苍苍的老母亲。她站在秋风中，默默地眺望着、眺望着。

烟火春天

◦ 隐藏的冷 ◦

这个春天和冬天混淆了，春天来了，但冬天却不肯离去。

它们在人体里一起涌动着。暖流和寒流在血液中交流出旋涡、碰撞出浪花，却无法融合，让人们在短袖 T 恤和加绒毛衣之间不断切换。

它们在田野里一起涌动着。燕子已经回来了，桃花、梨花、油菜花都已经开过了，所有的绿叶放松地舒展，小梨都光着屁股跑出来了，仿佛春天依然是可信的。但那个夜晚，冬天在人们睡熟后，翩翩起舞。寒冷的风让无知的小梨都傻了。睡梦中的人们，把薄被裹了又裹，依然梦见了冬天的寒冷。

第二天的阳光依然是春天的，暖得让人失去了所有防备。冻伤的小果子们被太阳融化了，变黑了，仿佛一个天真的孩子，突然经受了巨大的变故，单纯的脸上一瞬间布满了沧桑，让人心疼。谁能说清，这蔫蔫的黑，是拒绝还是死亡？

果农们在发黑的梨树之间走走看看，看看摸摸，仿佛想找到一些幸运躲过寒风的果子，果然，那靠近工厂和人家的，那背风的地方，有一些小梨还是绿的，看到它们，主人便觉得格外幸运。果农们不仅关心着自己家的灾情，也关心着别人家的，田野中反复回响着：你家的咋样？都冻完了。乐观的果农还会加上一句：今年清闲了。无奈的微笑，让皱纹在八十多岁老农的脸上加深。

虽然现在农民的经济基础厚实了许多，一年的绝收，不至于挨饿受冻，但一年的收入没了，这就要让一个家庭重新规划生活方式了。有一些门路的，便选择外出打工了，而更多的人依然选择了与土地共生。

他们在不再结果实的果树之间栽上了菜秧，撒上了菜籽，仿佛不是为了收入，而是为了在这个春天不辜负土地。这是世世代代通过血液流淌至今的，一种就连他们自己也意识不到的承诺。

阳光还是暖的，风还是轻的。树趟间的茄子、豆角、冬瓜、小葱，微微摇摆着嫩绿的叶子，仿佛带着一阵惊喜，不知自己为何会来到果园？

但人们总感觉哪里隐藏着一丝凉意，不知它在哪里，却又挥之不去，让人在貌似恢复平静的生活中安不下心来。仿佛春天并不完全是善意的了，不知道什么时候，那破坏的力量又会来临。

在一天的炎热后，仍然是一个夜晚，电闪雷鸣，乌云密布，还有不大不小的风，这让人们以为不仅有一场大雨可以灌溉土地，也可以浇灭这超前的高温了。但和雨声一起来的是硬物掉落的乒乓的声音，极为刺耳。人们在已经停电的屋里向门外望，在一闪一闪的闪电中看见，和雨丝一起落下的是大大小小的冰块，就像洒落的冰糖块，在地上蹦跳着。

冰雹消失了，不紧不慢的雨却下了一夜，人们牵挂着地里的菜秧，睡去。

在泥泞的地里，娇嫩的菜茎被砸断了，菜叶被砸破了。

人们又开始补种了。没有抱怨和重新振作的过程，只因为，风再凉，他们也相信，有春在呢。

◦ 飞呀 ◦

十岁的小女孩跑得最轻盈稳当了，不像三岁的小女孩，跑起来没个准儿，让人担心她会被她的腿带跑了，跑到哪儿算哪儿。但三岁的小女孩总是不自量力地跟着姐姐在胡同里疯跑。不过奔跑的范围不会超过她们的母亲和邻居在大门口聊天的视野。

这个上午阳光落得格外慷慨，十岁的小女孩迫不及待地穿上了前些天买的藕粉色的半身裙和白色的短袖T恤，并将马尾辫梳得高高的，在她的脑后甩动着，像一个感叹号。

这个胡同还是赤裸的土路，前天的雨让路上的车沟更深了，沟里的泥还是湿的。对于沟里的潮虫来说，就像蹚过两条大河，它沿着河岸爬行，足够它这一春天的迁徙了。在潮虫前方四十米处，是一个晒太阳的老人。

老人穿着棉坎肩，坐在门口的石磨上，她的右边放着助行器。她七十七岁了，七年前开始腿疼，那时候她为腿好不了着急，而现在，她只希望疼着能走就好。家里只有她一个人，刚立春的时候，她的老伴去世了，一个儿子有病，两个女儿忙，只有嫁到邻村的两个孙女会经常来看她。她每天都会挂着助行器去打麻将、串门、晒太阳。在人面前说得最多的，是儿女的孝顺、生活的满足。宽容的人听到了会感叹她要强，刻薄的人听到了会嘟囔她虚伪。但她却一直乐此不疲。

阳光落在她整洁的碎花棉衣上，落在她雪白的头发上，仿佛离她的骨头有十万八千里，很难驱散她体内的凉意。她很想和前面那两个年轻女人聊天，但她们之间的距离只适合打声招呼。如果走过去，那边又没有坐的地方，便只在自己的门前张望着。

十岁的小女孩跑过她，她笑了笑。小女孩在老人身边看到了一棵草，仿佛是这个春天最耐不住性子的一棵，早早地就长高了，并开出了一朵紫色的小花。小女孩将小花掐了下来，高高地举着旋转，她的裙子飞了起来。

三岁的小女孩看到了，顿生羡慕，仿佛姐姐手中那朵小花是动画片中的宝贝。她跟着姐姐一起旋转，小腿儿倒腾得却要快一倍，嘴里说着："屋（我）拿拿，屋（我）拿拿。"十岁的小女孩并不理睬她，继续臭美。三岁的小女孩有些着急了，央求的声音带上了哭腔。闲聊的母亲注意到了，便喊道："让她拿拿。"十岁的小女孩听到母亲的话，态度便坚定了："就不给她！"三岁的小女孩听到母亲的话，仿佛有了救兵，便跑到母亲跟前求助。母亲知道老大上了拧劲儿不好惹，便对小女儿说："看，地上有个虫虫。"三岁的小女孩便去注意那只潮虫了。但没过多久，就又被姐姐吸引走了，心甘情愿做姐姐的小尾巴了。

老人看着她们笑呢。

姐姐去哪里，三岁的小女孩就去哪里；姐姐说"热死了"，三岁的小女孩就跟着说"叶（热）死了"；姐姐蹲下了，三岁的小女孩也学着蹲下了，但没蹲好，坐在了地上；十岁的小女孩被妹妹的样子逗得咯咯大笑，妹妹也跟着笑自己："蹲了个屁户（股）蹲儿。"

阳光落在十岁小女孩的脸上，让她额头溢出的汗珠闪闪发光。阳光落在三岁小女孩的脸上，让她耳朵上细细的绒毛格外清晰。

姐姐的胳膊一伸："给。"把那朵紫色的小花给了妹妹。

三岁的小女孩并不知道她露出了人世间最灿烂的微笑，她高高地举着小花向母亲炫耀去了。

两个年轻女人的嗓门儿变高了，调换成了结束聊天的频率，边说边向各自的家走去。小女孩的母亲走到家门口，看到不远处的老人有打招呼的意思，便笑着对她喊道："我做饭去啊！"老人反应机敏，立刻回答道："我也做去了。"

年轻女人喊了一声："把你妹妹领回来。"但三岁的小女孩还没有玩儿够，就是不把手递给去拉她的姐姐。姐姐背朝妹妹蹲下说："咱们起飞了！"三岁的小女孩趴在十岁的小女孩的背上，十岁的小女孩张开双臂，嘴里说着："飞呀！"

她们飞走了。姐姐的小身板让妹妹感觉离地面那么近，但却必将成为她记忆中最高的飞翔，离梦想最近的飞翔。

那个被阳光晒暖的老人，也像慢镜头中的一样，站起来，挪动脚步，拄着助行器向家门里走去。

春天，被她们每个人带回了各自的家。

◦ 撷香椿 ◦

年轻女人又开始撷香椿了，用带钩的竹竿折断那些新长出来的香椿芽。婆婆在东屋的窗户里偷偷地看着，心疼得蒜皮都不会剥了。她心疼这棵香椿树，现在已经不像样子了——够不着的枝头树叶已经成年，一簇簇的墨绿色的长叶子，更多的是鲜绿色的少年叶子，还有一些是红色的嫩芽，这也正是年轻女人的目标。而最让婆婆心疼的，是那么多树枝还是光秃秃的，不知道会不会再发芽。

都说撷香椿要头茬净二茬剩。多少年来，每年吃上两回，是对春天的迎接。但儿媳妇这个春天已经撷了七八回了。

照这样的吃法儿，树不再发新枝是肯定的了。最让人担心的是这样阻止树正常生长，它会不会越来越弱？

婆婆多少次话到嘴边又咽下，只因未张嘴，就想起自己年轻的时候。因为没菜吃，在不该撷香椿的夏天，撷了几枝香椿叶，被婆婆训斥：你还把树撷死了呢！那时候公婆更是爱惜树，每年春天只吃一次。这事当年让她心里很难受，所以她不想让儿媳妇再体验一回。虽然在她看来，儿媳妇着实过分了。但她明白，这种过分，并不是通过她的提醒就能让过分的人觉得自己过分的。如果儿媳妇没有自己当年能忍，再反驳几句，不是引发矛盾吗？

最让她不能理解的是儿子。如果说儿媳妇可能不懂吃香椿的道理，但儿子是知道的呀！他从小到大，每年春天撷香椿都是他将地上的拾到盆子里呀，他哪年见过咱家的香椿树有这惨状。但他却好像没有记忆一样，在树下抬着头对媳妇说：那有几枝能撷了。

婆婆不觉想起了女儿说过的一句她听不太懂的话：世界上哪有什么真相？

年轻女人专心地在树杈之间寻觅着可以获取的春天，两个女儿在树下拾捡着笑声。这画面多美，美成春天的一部分了。我相信，看见这个画面的人都会明白，这是这个年轻女人最幸福的时候。

香椿属生发之物，体弱的人吃多了容易上火，有旧病的人吃了容易旧病复发。但对一般的人来说，却是对身体有好处的，会让人更加生命力旺盛，热情高涨，生活中会增添许多快感。

香椿家常的做法儿也就几种，香椿拌豆腐、香椿炒鸡蛋、油炸香椿鱼。其实最后一种人们很少做，因为大油与香椿相见，多少有一些相克了，会破坏不少香椿的味道。而最好的吃法，莫过于最简单的那一种。将三到五寸长的香椿芽放在盆中，用滚烫的开水浇上去，暗红色的香椿瞬间变绿，捞出来码在盘中，撒上几粒盐即可将春天的味道全部激发出来。对于盛大的春天来说，任何调料和配料都是多余的，它的香气可以超越一切味道，浓郁又深沉。

春天是花红柳绿的视觉，是涓涓流水的听觉，是阵阵暖风的触觉，因为香椿，春天便可被完好无损地转换成一种味觉。

或许对于一个三十多岁的女人来说，对待春天的方式就是把它吃了，把它咀嚼得满口生香，并咽进肚里。用最直接的方式，将春天占为己有。不像她的婆婆，越来越愿意远远地看着春了。

没过几天，婆婆就看到那光秃的树枝上又发出了许多新芽！这让她既喜悦又惊叹！这一棵树里藏着多少春啊！

◦ 包团子 ◦

挂着助行器的老人总觉得这个春天缺些什么。虽然老伴在立春不久就去世了，但天还是照样暖和了。人活七十古来稀，总得有个人先走。这事她想得开开的。而且，不穿的棉衣都拆洗了，院中的菜也种好了，就连窗纱也换了新的。但就感觉这个春天缺些什么，仿佛春天没有完全到来。

直到她将喝完的牛奶箱子放去院中的夹道时，突然看到砖梯子下面挂着一塑料袋晾晒好的干菜。和一堆准备卖掉的废品多么相似的干菜，在这里无声地等待着。

呀！干菜还没有吃呢。她竟然说出了声音。因为在她的内心深处震动了一下。这种震动她说不出来，但她已经开始激动了。

她将干菜摘了下来放在助行器上，慢慢挪动着，走进了厨房。

老人将干菜从袋子里轻轻地抓出来，一定要轻轻地，因为被遗忘在角落里一冬的干菜，就像一个受了委屈的人，一碰有些扎手，而且那叶子极容易碎。

剪刀轻咬，捆绑着它的塑料绳便断开了，干菜一下子就松散了。老人抓起来轻轻地抖一抖，仿佛要抖落时间的沉淀物，但时间早已和它融为了一体。黄绿的菜叶曲卷着，菜茎硬挺得像藤条，真如枯草落叶一样，怎么也不像可以吃的。

干菜被放在锅里，一瓢一瓢的水浇上去，水慢慢地将干菜全部浸透。干菜和水看上去是那么不和谐，粗糙的干菜在柔软的水中有一些尴尬，就像久别后的重逢，让人既激动又拘谨。但又觉得它们是那么和谐，好像本来就是一体的，彼此都是对方的缺失，只是分别得太久了。

老人盖上锅，将水煮沸，便关火离开了。

接下来，便是一夜的浸泡。要让两个重逢的恋人倾诉衷肠，让水渗透干菜的细胞，让干瘪重新饱满，让干枯重新舒展。

当老人掀开锅盖，仿佛时光倒流，干菜变得柔软，颜色变成了深绿，那种绿是有故事的。当老人将它洗净放在案板上，仍然可以感觉到它的韧性，仿佛那是时光留给它的不能更改的沧桑。

这里的人们晾晒的干菜分为两种，一种是白菜，一种是疙瘩缨儿。白菜，人们会挑那种没有窝心的晾晒，那种当大白菜不好吃，正好在青黄不接的时候，熬菜好。而疙瘩缨儿，是一种类似于大头菜的植物，但比大头菜小（没有查到它的官方名称），地下的疙瘩有白色和黄色，带甜味，但有一股青涩的味道，孩子们不喜欢，上了年纪的人却都喜欢用它来熬粥。地上部分的缨儿，唯一的用途便是晾晒了，晾晒后它更适合做菜团子。这也正是老人准备做的。

团子的配料简单，但有两种必备：一种是猪油，可以让馅更加柔软团结；另一种是红萝卜丁，虽然不会增加什么口感，但仿佛只为增加一些喜庆的气氛，就像娶媳妇的大红喜字。

老人将和好的玉米面放在手心里，摊开，放入馅料，再将玉米面慢慢地捋开，也就是将玉米面厚的地方推向没有被包住的馅，直到玉米面均匀地包裹住了干菜馅。这种技术仿佛只有上了年纪的人会，因为不仅需要耐心，还需要有一种智慧。

虽然老人只剩一个人了，但她还是包了金灿灿的一大锅。

不为了吃，而只为了完成一个仪式。

包干菜团子，每一个步骤都是那么神圣。完成了这个仪式，春天才真正来临，才能给上个冬天一个完美结局，才能让今年的生命站稳根基。

菜团子蒸熟了，老人两手倒换着拿起了一个，掰开，干菜团子的味道瞬间充满了整个屋子。春天全部都来了！

◦ 空院落 ◦

经过了一个冬天之后，在草长莺飞的季节里，这个屋子被重新打开。

一切都还是那个样子，日历还停留在主人离开的那一天，画板仍然摆放在断开电源的机顶盒上，那随手搬到一边的书架还在那里，书架上的书还是主人离开前读的那一页。不一样的是，每一个房间的钟表都停了，停在了不同的时间上。桌面和窗台上被均匀地撒了一层薄薄的灰尘。

仿佛在主人离开时按下了暂停键，在那一刻，这里的一切都归于寂静，就像生命结束了。又仿佛在主人离开之后，这里有了新的时光，属于这个空房间的、无人知晓的故事又开始了。

置身于这无人的房间，主人突然感觉自己是多余的部分。这个房子的空被打扰了。期待已久的回归，更像是一个空房子和一个过路人的短暂的相遇。

而院中的一切，更昭示着这里拥有属于它的时光，它也把春天迎来了。香椿树、柿子树、山楂树的叶子都茂密了，月季花也开了。

当夜晚来临，这个过路的人，见到了空院落里的春月亮。

如果说秋天的月亮是悲伤的，冬天的月亮是寂寞的，那么春天的月亮便是柔软的。

月光如水，在满院中流淌、荡漾，从台阶上流下来，经过月季花，流进院子南边的小树林里。那日见高大的树冠已经交错在了一起，但还是有细碎的月光在地上如波光粼粼。树叶也被月光洗得油亮，那一簇簇白色的山楂花也更白了。月亮朦胧，但月光却清澈，仿佛比白天还要清楚，每一种颜色的月季花都更鲜亮了。月光无声，却又仿佛用最安静的语言诉说呢，听见的人心中都会响起最优美的旋律。风也格外柔软，轻轻地拂过院中的一切，又不让每一片叶子摇晃。

过路的人坐在宽敞的月台上，月光便从她身上流过，让她感觉自己成了一个陌生的人。

她突然感到一些伤感。多少个这样的夜晚，空荡的院落白白地被这月光一遍遍地洗礼，无人知晓。就像那山谷中一株幽兰，静静地开放，再凋谢，就连孤独也无人见证。它是否真正地开过？然而，这样的院落越来越多了，在这个春天，越来越多的月光，都糟蹋了。

她多么期待能有一个美丽的灵魂，在这里忧伤或者眺望，才不辜负这一院月光啊。这个人可以是《一个陌生女人的来信》中的主人公，是她穿着补丁裙子的时候；也可以是长着胡子的苏轼，是他在经过大半生奔波后，依然豪情万丈的时候。

但这月光没有那么幸运，只有一个世俗的人，在人潮中拥挤出来，从这里路过。她满脑子的俗事，又何以配得上这月光。倒是她那颗空荡的心，如这个院落一样。

她只是让这个院落有了人形，有了沉默的眼睛。

月光依旧从她身上流过。

这是人间的春天，是一个又一个春天中的一个，不是诗里的，不是梦中的。它温暖又冷酷，它博大又细微，它无声又浩荡，它柔软又锋利。它是生活的底色，它和烟火味搅拌在一起，和每一个平凡的人同在。它让人间生生不息。

当老来临

◦ **那么多人都老了** ◦

当我从十几公里外的县城回到了家，一下车，便进入了深秋。离开了忘记季节的城市，才清晰地意识到，季节不会忘记每一个人，季节不会忘记时间里的一切，再坚硬的石头，也会被秋风吹透。

院中那神采各异的香椿树、山楂树、柿子树，如今都稀疏了，地上的落叶总是跟着秋风的节奏，刺啦刺啦地与大地摩擦。这些声音多么惶恐和倔强，像一个人孤独而疲惫的脚步声，又像他不屈服于现实的咆哮。

当我回到我的村庄，突然，我看见那么多人都老了。

一次在胡同中，我看见胡同的南头蹒跚而来一位老者，挂着拐杖，一只脚向前挪动的距离超不过另一只脚。我问正好路过的邻居：这是谁呀？邻居说：这不是魁忠吗？听到她的回答，我脱口而出：怎么老成这样了！

魁忠八十四岁了，有这样的体态并不奇怪，但和我半年前印象中的他相比却有天壤之别。他住在村南头第二家。自我记事起，就看着他每天穿着中山装，骑着自行车，来往于我家门前，风雨无阻地长在地里。这么多年来，仿佛他从来没有变化，他五十岁的时候是那个样子，他六十岁的时候是那个样子，他

31

七十岁、八十岁的时候还是那个样子。想必他自己已经忘了他是多大岁数的人了。但半年前他的老伴突发脑出血去世了，从那以后他就一下子老成了八十多岁。另一个年轻的女邻居在门口搭话道：这是爱情的力量。是不是爱情的力量且不去论，我能够确定的是，他习惯了的生活瓦解了。

剩下他一个人后，他一定要跟着儿子一家吃饭。虽然他和儿子在一个院里，但多年前就分伙了，因为儿媳妇嫌他脏。现在更脏的他每次吃饭都会被单独安排在一个小桌上。儿媳在外面说他爱抢肉吃，笑他经常因为想老伴儿而泣不成声。

或许一个人的生活让他陌生得不知所措，或许他想用身边走动的人，用还有人喊他吃饭来证明自己还在生活中。生老病死是常事，但当死亡近在咫尺，人能够像接受这个常理一样接受自己的死亡吗？我分明看见很多老人恐惧的目光，看见有那么多老人死皮赖脸往儿女的生活中凑，或是献殷勤，或挑礼找碴儿，这又何尝不是对那恐惧的抵抗呢？

邻居听说我们回来了，便时不时地有人来玩儿。邻居苍芬扶着助行器来了。她半年前从床上摔下来，摔坏了胯骨。看到她，我惊讶于她如此老了。那老不仅是她走路的迟缓，更是她那不再洪亮的嗓门儿和那布满交错皱纹的黑脸。那脸就像长老的茄子，又蔫又瘪，没有光泽。然而，一个人和一个茄子在时间的权威面前又有什么区别呢？她七十五岁了，按年龄来看，她老得合情合理，但我仍然觉得是那次意外摔倒让苍芬老了。因为之前的二三十年，在我的印象中她一直都是中年娘们儿，无论是在街上还是在谁家院里，得哪儿坐哪儿，没脏没净的，高一声低一声地和人聊得痛快。如果说她有什么爱好，那就是和人聊天。在她又能借助助行器走了，就非常热衷于出来，经常听到她的儿女为了制止她的"危险行为"而对她大吼，那生硬的声音不知道是在训人还是在训他家的狗。

她说在家里闷得慌，所以不顾孩子们的阻止，不顾危险地坚持。我看见，这闷得慌的背后有另一股力量，让她像很多老人一样，只是为了坚持而坚持。

很多时候我觉得好多人的老就是被儿女们一遍遍通知的。说一遍不信，就说两遍；温和地说不听，就斜眉瞪眼地说。在每个可以说的时候说，非得让你认老服老不行。这是年轻人对老人的保护，但又何尝不是一种伤害呢？在我的生活周围，一边照管老人一边训斥老人的儿女大有人在。他们仿佛已经不再会用其他的方式和父母交流，不是教育就是反驳，不是否定就是制止，让"老"这种自然现象成为对父母的一种羞辱。

邻居素彩来了。她七十八岁，是个利索热心的人，村里人都说她是满街腿，因为无论谁家有红白事她都会去帮忙，无论住得远近，和谁都很熟悉。直到她退行性病变的腿病使她挂上了双拐，直到半年前她的老伴去世，她的世界急剧收缩。儿女们为了让行动不便的独居母亲生活更方便一些，把锅碗瓢盆、燃气灶、水管、马桶、米面油等维持日常生活的东西集中到了她的卧室兼客厅里。日常的采购都是儿女们的事了。她更别提去谁家帮忙了，但她遇到刚过红白事的人家的人，还是会为自己不能过去帮忙而道歉。其实哪还会有人挑她的理，只有她自己还认为她是以前的自己。

当她的生活萎缩到了一间屋子，当她的活动范围最多限于胡同里外，她却仿佛更加精神了。她把自己收拾得格外干净，和人说话也带着精气神。她说，今天包的饺子，孩子们要来，她又赶紧摊了咸食。她总把生活说得很轻松，但一个挂着双拐的老人，每挪一步都非常迟缓，生活的艰难可想而知。

她总是把儿女的孝顺挂在嘴边，但孝顺的儿女就不担心那拐杖一滑，母亲摔倒了谁管。在她老伴去世前，她说：等没他了，我就跟着孩子们去了。但她的老伴真去世后，她没有跟着哪个儿女走，也再没说过这样的话。或许当这一天真的来临，她才知道，她现在能够坚守的只有这个空荡而熟悉的院落，只有这艰难却珍贵的独居生活了。

我看见，枝头那几片孤零的秋叶，在秋风中颤抖着，用最顽强的姿态坚持到最后一阵风吹来。或许这就是生命的本能，在萧瑟的秋风中，一片树叶对尘世的热爱不比在春天有任何减少。生命会老，但灵魂不会，每一个人都将用不老的灵魂去承受老去的生命之痛。

◦ 老去何处 ◦

在我的村庄，人老了大概有三种去向。

第一种是留在老院子里，儿女可能住得近，也可能住得远，但他们都是独居。他们住着简陋的房子，穿着多年前的衣服，吃着院里自己种的菜。在新鲜事物越来越多的村子里过着隐居的生活。

再一种就是跟着儿女进城，几年前我认为这是最完美的结果。有儿女的地方就是家，至于身在何处又有什么关系呢？但经过许多秋天之后，我看见，那离开家园的老人，如同随风飘动的落叶一样，在异乡孤独地眺望着家的方向。

那样的团圆，为何成了另一种飘零呢？

在我们租住的小区，就有很多这样寄居的老人。每个下午，我来到窗前，都会看到一个老人坐在花坛边上。夏天如此，冬天也如此。有时候她会待一会儿，有时候会待一个下午。

有一个冬天的午后，我特意观察她。她从斜对过的楼里出来，斜着身子下了台阶，她会背着手先站一会儿，左看看右看看，然后去拿煤气管道阀门处保护框架后面放着的一块硬纸板，放在花坛边的围砖上坐下。我这才知道，那块捡废品的大妈从来不拿的硬纸板是这个老人为自己出来随时坐下准备的。

冬天的阳光明亮，但风却是寒凉刺骨的。她的白发不停地飘动着，她的眼睛会时不时地眯起来，却毫无躲闪这十字路口风的意思。不是上下班时间，路过的人很少，偶尔有一两个，老远她就能注意到，她会一直看着那个人走来，再看着他走远。仿佛从来没有人和她说话，就连她的外孙下班回家，路过姥姥的时候依然没有看她一眼。

她坐累了，会起来走几步，再走回来，仿佛又不愿意回到屋里，就又坐下了。直至夕阳落下，直至风更凉了，她才蹒跚着回去，走到楼宇口会停下来，再回头望一会儿。仿佛在等待什么，又仿佛她等待的永不会来临。

母亲与她聊过两次，每一次她都会提到两个字——回家。"等到过年的时候我就回家了，还得上供、念经呢。""等到清明我就回家了。我们家的院子可大了，有一大棵枣树，结的大枣吃不完。"

她八十多岁了，跟着女儿住，外孙已有了一个三岁的女儿。她穿戴周到，还戴着金耳环、金手镯，都是女儿买的。但在她的眼中，我看到的更多是迷茫和孤独。

俗话说，父母的家永远是儿女的家，儿女的家却不是父母的家。置身于儿女的小家庭当中，总能让老人真切地感受到自己是个外人，总觉得自己是个无家可归的人。

第三种是极少数的人会去的养老院，准确地说，是被送进养老院的。

村里一个年轻人挣了些钱，就想把奶奶送进养老院，目的是让父母更专心地给他看孩子。但是老人在那儿害怕，吵闹着要回来，儿女只好又把她接了回来。听她的儿女说，老人不能自己做饭了，但只让儿子们轮流送午饭和晚饭，早上吃个饼干和剩饭就凑合了。儿女说时仿佛老人为儿女着想得合情合理，而我在这样的着想中却听到了说不出的无奈和辛酸。

在养老院里感到恐惧的老人并不少见，我的村庄住进养老院的老人只有两种状态：一种是待不了几天就回来了；还有一种是几个月或一年多就死在那里了，那些大都是生活完全不能自理的老人，他们在那里怎样度过了最后的时光，没有人知道。正如我的老姑，被送进养老院，每次亲戚去探望，她都忍不住流泪。我不知道除了吃饭睡觉，剩下的大把时间，她在这个如小旅馆一样的简单房间里做些什么呢？很多时候她会坐在房间的门口，但她的目光又望向何处呢？一年多后，她在养老院中无声无息地死去。

市场对养老院的需求量很大，但准确地说是儿女们的需求，老人更多的是一种从动式地被安排。如果让老人们自己选择，想必他们不会乐意去养老院。可以说今天的老人们非常不幸，被时代的洪流裹挟着。

中国几千年来的生活方式，都是以家庭为中心。一个人的荣辱、成败、悲喜都是和这个家庭紧密相连的。尤其是当一个人老了，很多事都不用他去做了，很多人都不用他去见了，他的天地大幅度萎缩，所以家庭对于他们格外重要。这时他已很难接受新事物，让他在这时进入一个新的环境，而他熟悉的人都不见了，又怎能没有恐惧？

在那里就为了维持生命吗？这样维持的结束，不就是死亡的来临吗？这让很多人，尤其是老年人，把养老院看成了死亡的预备区。

或许"70后"、"80后"老了，可以接受去养老院，但在养老院中，老人不再是父亲或母亲，不再是爷爷或奶奶，甚至不再是邻居或老友，而仅仅是一个消费者。老人的幸福仅仅是设施齐全、服务周到的养老院能够给予的吗？

因为社会结构的需要，养老院无疑会成为更多老人的去处。对于有孝心又没有时间照顾老人的儿女来说，养老院确实是一个能够帮助儿女尽孝的选择，但它是否同样会让那些漠视老人的儿女的态度合理化呢？不要让养老院成为遗弃老人的一种方式。

无论哪种去向，仿佛都不是老人想要的归宿。我看见，那满地的黄叶，或是蜷曲在角落里，或是被秋风刮向远方。它们无法左右方向，只有满眼的苍凉。

◦ 人群中的荒岛 ◦

我一直都觉得，我比其他年轻人更理解老人，后来我才知道，我又何尝不是老人呢？所以，我理解的是我自己。

虽然我现在三十多岁，但按照我的人生长度来看，我相当于六十岁了。很多事我已经像老人一样放下了，像老人一样一笑而过了。因为我像老人一样，在人群之外，过着被身体不便局限着的生活。这也让我像老人一样，被照顾，被帮助，被嫌弃，被轻视。但我的心灵却是没有经过世事的幼稚，总是不甘心休闲养老。总是难以理解，人们为什么对我的一点儿努力而夸赞不已。多年后我才明白，这和对老年人发挥余热的夸赞是一样的。

我就这样，让年轻的灵魂体验着年老的人生，或许这是残疾人、病人和老人的共同属性吧。但体验这些都是无意识的，直到我发现了父母的衰老。

我真切地亲历着父母老去的时光，我清晰地看着衰老一寸寸蔓延着他们的日子。

我必须承认，并无比自责的是，我的父母是如此孤独，甚至比其他老人更孤独。尽管有我们寸步不离的陪伴，尽管照顾我们的艰巨任务不变，但这并没有阻挡住孤独将他们包围，并没有阻止他们身陷荒岛之中。我看着他们越来越远，但无论我如何想方设法，也不能越过那孤独的河流，将父母救出来。

尤其是我的母亲，在我们搬进县城后，她经常说心里闷得慌，去哪里玩儿、见多少人也不能改变的那一种闷得慌。我看见，抑郁的情绪在母亲的周围浓度越来越高。我多少次看着她坐在阳台上，不知望向窗外的何处，时不时地说一句遥远的事。她暗暗的脸色仿佛阳光怎么也照不到，她的目光也失去了光芒。母亲感叹道：我真是丢了没人找，木（没）了没人拾了。母亲深刻地感受到，这个世界上没有人在乎她了。她的父母、兄弟姐妹都相继去世，侄男甥女（我们这里对兄弟姐妹家孩子的统称）虽然过节都会来看望她，但再没有人会说不清什么时候来电话和她互相说废话了，再也没有人靠近她的生活和让她靠近了。一辈子围着我们转的母亲没有什么老友，仍然要围着我们转的母亲对于儿子儿媳更没有多少利用价值，所以，年老的母亲，仿佛和这个世界脱离了关系。

我知道，人与人之间的关系和情感都是有期限的，只是长短不同罢了。我们每个人都在旧的关系消亡中建立着新的关系。一个人出生，他的身边是父母、兄弟姐妹、爷爷奶奶、七大姑八大姨。在这些关系结束之前，他就会建立起新的关系，那就是伴侣、孩子、朋友、同事，以及这些关系产生的间接关系。但当旧的关系消亡，又没有能力建立新的关系，他的世界便萎缩了，直至成为生活的旁观者。那就是当他老了的时候。

正因为我们对父母多年来时间和精力的占据，他们的人际关系网才格外薄弱，世界才萎缩得特别快。

如果说母亲越来越孤独的原因，有一些是生命规律的必然，但还有一些却是令人不愿接受的。那便是残疾人、病人、老人的共同属性——弱者，弱者直接带来的便是轻视。邻居当中已经有一部分人不再主动和我的母亲打招呼了，这些人就是年轻人；我的父亲去理发店，可以明显感受到理发师对他的态度要比对年轻顾客冷淡得多；身边经常听谁谁家的孩子理直气壮地对老人说：不缺你吃喝，你别插话就行。在一个又一个细节中，我的父母感受到的是年轻人对老人的界限划分，是很多人内心深处不自觉地对老人的不尊重。然而这样的现象又是普遍存在的，不仅我身边的老人有同感，就连日本的一位女大学生，在装扮成八十岁的老太太后，也得到了截然不同的待遇，世界不再那么美好了。近些年，我的父母一直处于适应期，但他们的年龄越大被轻视越明显，适应仿佛难以跟上。我的父母和其他老人当然也得到了很多优待，但难以改变这样的大气候。

这个原因比社交范围缩小更能加深老人的孤独，因为它是更深层次的一种否定。

好在母亲要强，又牵着我们，她依然顽强地抗争着，与一身的病痛抗争，与无边的孤独抗争。这让抑郁围绕的母亲没有陷入抑郁症的行列。

但陷入抑郁症行列的老人并不在少数。在我几年的心理咨询工作中，五十岁以上的女性求助者百分之九十都是抑郁症。从专业角度说她们是病态，但如果不带任何学术观点来看，她们的状态又何尝不是生活的直接反射呢？她们的状态或许可以称为：无法接受和世界脱离关系。

或许我个人的工作经验并不具备普遍性，但在这个普通的县城里，在一间微小的心理咨询室里，所出现的现象也并非偶然。

一位女求助者，退休十年的时间都被抑郁症占据了。由于她反复诉说各种不适和烦恼，成为儿女们眼中的祥林嫂，儿女们已没人再听了。心理咨询当中，我只给了她一些理解，她就感动得泣不成声。她的空间之所以被孤独占据，除了自己心理素质的不完善，又何尝不是外界支持的缺失呢？

老人离我们那么近，胡同里总会坐着几个老人，公交车上总会遇到几个老人，回到家中对你嘘寒问暖的仍然是老人，但我们并不了解他们，我们对他们的想法、行为和喜怒哀乐都存在很多误解和不解。可悲的是，这种不了解的原因主要是因为不想了解，视而不见，懒得费神。

记得两年前，胡同北头有一位九十岁的老人，每天坐在胡同口，冬夏无阻。三个儿子都盖了新房，却没有他的一间，多年来他住在别人的旧房子里。夏天我们在街上乘凉，经常听到他说：吃了馒头还吃馒头，有什么意思呀？如今他已去世，但每当看到街边的老人，我都会想起他的感叹。难道这就是长寿老人的人生感悟吗？

如果说人生是一场修炼，那老年就是难度最大的阶段，有较高悟性、德行、智慧的人才能顺利，更多的普通人要跌跌撞撞，还有一些人没有那么幸运，他们从孤独走向了绝望。

抛开确诊的标准，几乎99%的老人有抑郁情绪，这种现象近些年尤为突出，他们的状态让我想到了一个词：社会死。虽然它被广泛地定义为大众否定。但我想用这三个字来形容我的母亲和所有与她同样状态的老人们，那是一种"被遗忘"。死亡的定义是多维的，我分明看见有一条是人和人之间的，是生活事件和情感联系上了的。当一个人不再被需要，他就会被忽略，当他被所有人忽略，在别人那里他就死了，他就像活着离开了这个世界。

这种死亡，正是近些年国际社会学家们关注到的老年人的一种生存状态：社会隔离。2011年英国针对老人的社会隔离展开了"结束孤独"的行动。2013年加拿大把老人的社会隔离问题列入了国家首要解决的问题。中国解决老年人问题依然在关注物质资源保障，没有意识到社会隔离的重要性。之所以对这方面关注不够，原因很多，但有一点是肯定的，那就是我们的潜意识里只是把自己当成了应该尽义务的供养者，而没有真正意识到自己也是被养者。

难道每一个老人在真正的死亡到来之前，都要先经历这一种死亡吗？这不应该是生命的必然。

每一个老人都独自在一片荒岛上，我能看见他们期待的目光，却听不见他们的叫喊。

◦ 老成什么样子 ◦

生病是一种生理现象，也是一种社会现象。一个猴子患了癌症，临死之前依然是活蹦乱跳的，而一个人癌症晚期，一定是奄奄一息的。除了对身体的感知外，那便是对这个病的认知决定了他的状态。同样，一个人将老成什么样子，不仅取决于生理变化，还取决于他对老的认知，更取决于他周围环境对老的认知，而且他身处环境对老的态度又决定了他自己对老的态度。从这个角度说，是年轻人在创造老人，是这个社会创造了老年人的生活。

人们对老的态度是消极的，接近于对死亡的态度，是一种无奈地回避。比如我，儿时向往长大，青年时对中年的成熟也有些许期待，但从来都不向往老年，因为在我的认识中，老年就是悲惨的代名词。这样的认识不能不说是我的环境给予的。可随着时代的进步，这种消极非但没有减少，反而有所增加。

重小轻老越来越突出。在农村，儿子儿媳住高堂正厅，让老人委屈在冬凉夏热、矮小潮湿的偏房的现象，已极为普遍。村南老刘花两千块给孙子买玩具车，却在收废品的车上，花五块买了一副修修还能用的旧拐杖，为的是让腿脚不利索的独居母亲拄着。邻居看到都夸他有孝心。邻村老高家娶媳妇，把患脑血栓的老人送到亲戚家住，原因是老人脏。原本该坐正位的长辈却被藏了起来。奇怪的是，这样的做法没有人感到不妥，没有人责怪他们嫌老人脏，更没有人质疑他们为什么让患病的老人那么脏。

虽然主旋律一直在提倡孝老敬老，也有了很多好的现象，比如在公交车上几乎百分之百有人给老人让座，但那只停留在公共礼仪层面。消极的力量仿佛更大，因为它涉及多方面，不免让人担忧，老人驶向幸福的船是否能保持正确的方向。

近几年来农村的人要到城市生活，打破了几代人生活在一个地方的模式，这让老人无法再依赖于家族养老。家的容量越来越小，老人的家庭只有两个老人，如果其中一个去世，那剩下的这一个只能独居，从社会学上说，他已没有家了。老人无论是独自留守一个老院子，还是跟着儿女进城做一个"乞讨者"，生活都难免凄凉。

现代人越来越重视个人空间的独立性，这让一个三口或四口之家，对一个老人的同在是排斥的。生活环境越亲密，那种排斥越明显。这是自我意识的进步，但这种个人空间的捍卫，又难免不成为两种能力的较量。老人必然成为失败者，被他人的利益左右，被他人的空间挤压。

可见，封建礼教的"孝道"，虽说在某种程度"压抑了人性，损害了人权"，但从老人的生存保障来说，它维持了一种平衡，因为当一个人的众多实际能力丧失后，社会文化赋予了他一种"权威"，使得老人可以维护自己的生存空间，保护自己的基本尊严。

我们每个人都承认，今天的一切都是老一辈创造而来的，但在实际生活中会发现，老人是一个边缘化群体，是处处碰壁的弱者。一个七十岁的老人去银行或医院，如果无人陪同，就必须步步求助。记得一位老人面对如此情景，曾感叹过：世界已经不是我们的了。不仅是生活方式，对于今天的理念、思维方式老人也是失语的，不能给年轻人（儿女）提供用得上的经验，自己信奉的道理教给年轻人却是无用的，这让年轻人对老人越来越轻视，甚至是形成一种屏蔽。

当人们去新的地方重新建立生活圈，父母创造出的人际资源就基本废弃了。不像过去，人们在熟悉的环境中生活，老人创造出的条件对年轻人有着非常重要的价值。那时可以说，人老了也是有用的。有用者，必有他的生存环境。

可见，社会经济、科技迅速发展，老人的经验、理论迅速失效，是当今老人生存环境迅速萎缩、生存地位迅速下降的原因之一。

穷在街头无人问，富在深山有远亲。今天的农村老人是最穷的，这个穷不仅体现在经济上。农村老人在失去劳动力后，生活支撑基本来自三方面的拼凑，一是儿女们过节象征性的一点儿孝心，二是只够吃馒头的养老金，三是一辈子省吃俭用攒下的还不够买药的家底。如此拼凑，也只能让老人维持基本生活。与生活的艰难相比，更让人痛心的是没有经济保障，就没有了尊严的保障。今天的农村老人出现了前所未有的低价值，以及精神上的匮乏。毫不夸张地说，今天的农村老人是最不被当回事的，被时代的洪流边缘化、他者化了。今天给予农村老人的生存环境，已进入了"施舍"的模式。

我看见，步履蹒跚的老人们被这个奔跑的时代落得好远。

而这些外在的现象仿佛冰山一角，当我把头扎进水里，我看见更为庞大的内在原因——人们过于现实了。

当一个人长大成人，不再需要父母的保护和养育，那么他和父母之间所维系的基本是两条线。

一条线是情感。情感源于需要。对于未成年的孩子来说，父母是赖以生存的重要他人，所以对父母情感是非常浓的。三岁的孩子看到下班回来的母亲，会像小鸟一样欢呼雀跃地跑过去。三十岁的成人不大可能这样去迎接自己的母亲了。所以对于一个有着独立生活能力的成年人来说，和父母之间的情感就只剩下了心理层面的依赖，而这是脱离实际存在的。对于看重情感、懂得感恩的人来说会非常珍惜这份情感；而对于以实际利益为价值准则的人来说，情感对于他们来说只是实际益损的副现象，在他们眼中这份心理层面的情感就会非常薄弱。这样的逻辑让我理解了为什么有一些人对父母无情无义，却疼爱爱人和孩子。这些人对爱人和孩子的情感是真实的，但他们的情感只能局限在实际价值的范围内。这是一种麻痹和狭隘。这也让我联想到了当今较为普遍的一个现象，那就是女儿要比儿子孝顺，或许就是因为女性更关注心理层面的情感，这会让她与父母更加亲近，自然也就更能体会父母的冷暖。相比之下，儿子如何对待父母，主要取决的不是情感，而是理性认识。这也就是我要说到的第二条线。

这一条线就是观念，准确地说是道德观和价值观。

例如，"孝顺"这个社会准则，已被越来越多的人搁置一旁，尤其是一些新的观念加入后，妈宝、软弱这些贬义混淆在"孝顺"这个词的概念中，改变着人们对孝顺的认识。现在很少再看到有人用孝不孝顺来要求自己或者评价别人。一个卧床的老人，两儿两女一人一天送饭，但晚上没有人留在老院里照顾她，给她穿上纸尿裤就走了。那关掉灯的漫长黑夜，不能动弹的老人是如何度过的？村里没有人评价她的儿女是否合格，而是议论他们四个谁过得好。

再例如，自我意识的过度放大，过度重视自我感受、个人利益、自我认知，是当今年轻人的普遍现象。在一个家庭中，这无疑会让两代人之间产生冲突，无疑会出现对老人摄取过多、付出过少的现象。大部分年轻夫妻不愿意和老人同住，极少部分愿意同住的，如果你问理由，他们会告诉你老人可以帮忙做饭、收拾家务、看孩子，比保姆更可靠，还不用花钱。

过度务实，从情感和观念两方面，改变着人们对老人的态度，从内部决定着老人将有怎样的生活，决定着在这个时代中，一个人将老成什么样子。

这或许是经济发展的催生现象，但绝不应该是必然现象。如果现在我们不能在自我价值体系偏差上有所觉察，那很可能走向歧途。

看一个地方的老人们是否生活得幸福，就知道它的生物法则和人文法则是否平衡，看一个人如何对待老人，就知道在他心中兽性与人性哪个占上风。老了，成为被群体驱赶的大象，那是丛林法则；成为被礼教神化了的掌权人，那是封建社会。只有当人老了，生活上能受到尊重关心；能过得安逸无忧，精神上能洒脱释然；能有自己的乐趣，那他所在的世界才足够文明和富足。

如何让老不再是凄凉的代名词，如何让老人获得幸福，如何让老年成为有独特魅力的人生阶段，我还不知道，但有一点可以确定，那就是这条路必然要经过每一个人的心。

◦ 秋风萧瑟 ◦

老是什么？

老是麻烦，是啰唆，是吃饭掉满地饭菜，是朝夕相伴的病痛。当然，老还是茫然后的懂得，是喧闹后的安静，是期待后的释然，是比一辈子赚取的任何东西都珍贵的功德。在病房我见过一个老人，他反应迟钝了、动作缓慢了，但他坚定又洒脱的笑容让我相信，死亡和疾病又怎么能遮盖生命的通透，那满脸的皱纹、那随风飘荡的华发才是生命最美的绽放。

老，会让人成为生活上的弱者，也会让人成为精神上的强者。

老是什么？

对于生命个体来说，它无处不在。它在一个人的面容上、眼神中、声音里、动作中，在又摸过一次的老物件上，在一遍遍思念的人或地方那儿。老并不只是老年人的，其实它早已在每一个人的体内隐藏着，随着时间的召唤，一点点地溢出来，直到溢满整个世界。所以，不要觉得衰老多么陌生，那是你再熟悉不过的事了。对于昨天的你来说，今天的你就是老的。

当我又来到了窗前，归来的我已比出发前老了。因为这一刻我不再向往远方，我更愿意在日复一日地重复中安下心来，更愿意看到天暗下来就知道风凉了，听到一些动静就知道谁来了。谁这辈子不得老几百回呢。

而对于人生这个大的轮回来说，老又是独一无二的，一个人在老之前别想体会到老的滋味，一个人在老之后也别想告诉不老的人老是什么。老和不老之间有一堵无形的墙，能够穿越它的，只有岁月。

等我老了，会成为人群当中的谁？会拥有什么样的世界？

秋风中我看见，老越来越近，它正向我走来，正如这浩浩荡荡的秋天一样，不会忘记每一个人。

城边碎记

题记：城市的脚步在悄悄蔓延，它在每个心灵所激起的微妙变化，都是时代洪流中的小浪花。

◦ 行走在深秋 ◦

在电脑前待的时间长了，就想出来走一走。秋末的街上，温度还是低过了出门前的预计。风冷得让人不知所措，脖子和脸暴露出愚蠢。骑车的人们都面无表情，仿佛只有用冷漠才能回应这寒冷。步行的人们都加快了脚步，仿佛要逃避谁的追赶。

所有的人都匆匆赶路，他们是否都有一个温暖的归处？

清洁工停留在这个傍晚，如秋风一样清扫着这个城市。但和秋风有着不一样的意图，他把落叶当成了垃圾，而秋风却在招集它们远行。落叶纷乱着在路上涌动，仿佛赶火车的人群。

卖水果的老农停留在汽车站旁，如一枚刮不走的落叶。他仿佛早就知道这个傍晚有多冷，所以穿戴已是严冬的打扮，只有三轮车上的苹果都赤裸着，在千万次被路人丢弃后，失去了光芒。

我继续漫无目的地行走。

一个挨着一个的门市，冷清得让人能够听到内部敏感的心跳，仿佛一张张沉默的蜘蛛网，无声地在秋风中晃动，等待着它的晚餐。路过的人和我一样，并非逃脱者，而是奔向另一张网，我们终归会一次又一次成为猎物，只因我们有一个共同的软肋，那就是欲望。

新盖起的居民楼框架，再次拔高了家的高度。秋风随意出入着一个个小格子。这格子小得让人担心，怎能装下一个家的丰富。在这样的小格子里，家被简化了，人员简化了，内容简化了，历史简化了，就连程序和语言都简化了。

天黑下去得很快，风也大了一些。突然，我有些想家了。

虽然县城离家只有十公里，但离开即是天涯。此刻，那个院落是如此遥远。

不知它现在可安好？我仿佛看见，它此刻也在寒冷的秋风中，无论白天还是夜晚，仿佛时间没有尽头，只有空荡。如果那个孩子还在那里，在等待着家人的回归，该是多么孤单和害怕。但是那个孩子早已做了那个院落的背叛者。一阵内疚惊扰了我的心头。

我把它丢进了荒芜的时光，让它陷入无尽的等待。在这样一个深秋的傍晚，它一定和我一样孤独。

我想回去，与它团圆，然而，那何尝不是路过呢？回去，家就被我变成了路，我依然是个过客。

我看见，有多少人在寻找家，有多少家在等待人，他们彼此迷失了。

在春天，我们只能看到远方，仿佛生命最美的东西在远处，我们背起行囊就上路了。

在夏天，我们拥有的只是忙碌，仿佛自己真成了一个富足的人，早已忘记了自己是个过客。

只有在寒风吹来的时候，只有在看见荒凉的时候，才会想起生命中最温暖的院落。那个院落和我的生命是一体的，我离开了那里，但仅仅是离开了一部分，那个院落是我的另一部分。

我们觉得不重要的，甚至要逃离的，却是我们生命中无比重要的部分。

家对于我来说太微小了，它只是一个院落，只是那个院落中的一个房间，只是那个房间中那靠近窗口的一个位置，只是在那个位置可以看到的一抹阳光、可以听到的几声话语。

家对于我来说又太博大了，那里有我熟悉的一砖一瓦，有熟悉我的风和阳光，有我儿时的衣物和少年时带锁的日记本，有见过我丑态的家具和陪伴我脆弱的灯，有为了我的舒适而调整的布局。那里有我所有的思绪，有我每一个成长的日子。

无论离开还是相守，它都与我同在。

在这个时代，人们的脚走得越来越远，对根的眺望越来越模糊，对家的概念越来越虚拟化，但归属的需求从未减弱。所以，人们焦灼地寻找着安全感。哪里有我们寻找的安全感呢？哪里是我们的归属地呢？

我们的肉体永远也无法安放下我们的灵魂。我们精神中的"我"始终在超越现实的躯壳，始终在寻找着躯壳之外的安放地。

我仿佛看见，有三个"我"：一个是"当下的我"，它需要安放在个人价值之中，也可以说是自我定位。如果没有一个满意的自我定位，"当下的我"便开始流浪，它所能看到的便是失落。一个是"未来的我"，它需要安放在闪烁的梦想中，也可以说是一份希望。如果找不到未来的希望，"未来的我"便迷路了，你会看到它满眼的迷茫。还有一个是"过去的我"，它需要安放在温暖的记忆中。这份记忆可能在一个地方、在一个物品上，也可能已无处可寻，只能在你的心中安放。它不再有实用价值，但却是你生命的根，为你传输着无穷无尽的营养。

那个院落便是我温暖记忆的所在。有它在，无论我置身何地，那个最脆弱的我就有所归属。

我的院落，在寒风中，你让我想念。想念你，却可以让我在寒风中，走得更远、更坚定。

◦　**短隐**　◦

搬进小城，环境虽比以前喧闹了，却有一种隐居的感觉，颇有大隐于市的意味。

心理咨询室也算半公开场所了，但来访者都是预约，基本没有突然敲门的可能，所以工作之外的时间仍然可以称之为私人的，空间仍然可以称之为封闭的。再就是离开了原有的熟人圈，每天见的人再多，自己也是独处，就像在公交车上、在大街上。如此看来，倒不是大隐于市了，因为不是心境上的超脱，倒是更像小隐于林的逻辑了，因为是客观环境所促成的一种安静。

做一个隐士，是当今社会很多人的一个向往，当然仅仅是一个向往。但如果感到疲惫了，不妨去一个陌生的城市待几天，那可以称之为生活便捷的山野了。

每天傍晚来临的时候，母亲总喜欢在少有的闲暇里坐在窗前，看夕阳的红光映照着错落的楼群和开阔的路，看人们归来。那个穿着小学校服的胖丫头会准点晃着书包走近再路过，她不知道楼上一个老人已熟知了她走路的姿势，即便黑夜里也能认出来。

随着天慢慢暗下来，对面楼会陆续亮起灯光，隔十五米左右，偌大的窗口对视着。我们可以清晰地看着，一个三十大几的男人在做饭，看不见他手下的活儿，却可以看见他手以上的动作。他低着头，微微向前伸着的胳膊带动着肩膀和头一颤一颤的。由此可以得知，他在擀饺子皮。他如果对一个锅不断地加东西，倒进一小盆什么菜，抓进一把长条的食材，慢慢地搅一搅，又在案板上切了几刀，收在刀身上，放进了锅里。由此可以推断，他在炖菜。这个男人每天傍晚都会在厨房忙一个多小时。同时紧挨着这个窗口的另一个窗口内，是两个男孩在床上打闹，一个女人在两个窗口切换着出现。当男人消失在窗口，另一个窗口的人也就消失了。而在他家厨房窗下，不到两米就是另一户人家的厨房。这家的灯光颜色发黄，昏黄的色调中，一对母女在厨房的餐桌上对坐着，仿佛从不说话。

　　一日三餐，或许就是人世间最短的轮回。如果你觉得做饭太烦人了，没关系，在你和家人饿了的时候，便又会燃起做饭的兴趣和勇气。这让我想到，如果人活到八九十岁，活透了，无趣了，去了天堂，在天堂睡上一觉，可能就又会燃起对人间的向往。

　　正是因为这陌生，我们的日常举动也很少有被看到的不适。母亲躺在沙发上睡觉，父亲光着膀子挠痒痒，一抬头，正好与对面的人对视了，感觉就像邻居家屋顶上的一只猫正看着你，丝毫没有暴露隐私的感觉。可见，对别人的开放程度，不只取决于对对方的认可程度，有时候也取决于对对方的轻视。

　　这样的日子惬意，却也伴着几分沉闷，让人有些怀念随时被打扰的生活，怀念那被动的寒暄和应酬了。这充分证明自己是尘世俗人。

　　慢慢地，当邻居大姐开始经常来串门。当我们出小区时，有人在十几米前等着我们过去，帮我们刷过门卡；当母亲有意识地将废品留给那个拾废品的大妈；当心理咨询时不时地有了突然的来访者……仿佛生活又有了内外之分，又有了自由和约束的对立。

在没有预约的时候也要穿戴整齐，做到基本能见人，在需要自由的时候会选择拉上窗帘。这样的日子没有了那难得的惬意，但多了几分亲切和安全感，少了几分虚无与封闭感。

来到一个陌生的环境，在熟悉之前，可谓短暂地"隐居"。这让我仿佛暂时抽离出尘世，远观了生活的常态一小会儿后，又重回了人间。

人想要摆脱世俗的纷扰真难！因为"我"在其中，我与非我的边界永远分不清。正是因为无法拒绝世俗的诱惑，又难以承受得不到的悲痛，一颗尘世之心只有离开，才能逃避这纠缠。但即便躲避了外界的压力，内心的欲望是不是仍然在吵闹呢？那些退隐山林的人，是否依然要承受对尘世的思念和那份舍弃的无奈呢？所以，退隐山林，或许只是一个世俗之人为自己不够超脱的内心寻找的一份隐隐作痛的安静吧。

但如果说这是小隐，那隐于市、隐于朝者，就真的能做到心底平静，真的能远离欲望，不为尘世所动了吗？如果真能如此，那又何必陷于尘世之中呢？尘世必然对大隐者仍有所吸引。

我想，能做到入世出尘、宠辱不惊者，远离的不是尘世，而是小我的狭隘；超脱的不是权贵，而是小我的悲喜。能抵达于天地间，能乘物游心者，才是真正的大隐吧？

短隐，让我更加清晰地意识到，人间风景无限，何必躲闪，所有纷扰都在人心。

◇ 物聚与物散 ◇

本以为租的房子有家具，便可以只带一些应季衣服、被褥。没想到，要想在新的地方制造出生活，远没有那么简单。

随着日子的进行，涉及实际生活才知道——缺。

衣架、钟表、书架、大盆、小盆、粘钩、洗衣粉、肥皂盒、垃圾桶、垃圾袋等，慢慢地被我们聚集起来，仿佛才有了一些日常的样子。

看着这满眼的陌生物，我充满疑问，它们属于我吗？我知道，这需要时间。当它们和我的记忆融合，当它们被我的情感浸泡，它们便属于我了。就算某一个东西失而复得，我也能一眼认出它是我的。

突然，我想起了那些曾经在身边的用物，它们都哪儿去了？

书包、每天用的碗、最合脚的那双鞋，不知道怎么就没了，仿佛当时它们都是可有可无的。不需要珍藏，也不懂得告别，在某一个崭新的代替物到来之时，随手就把它们扔了。

我们总是在意什么来了，却从不在意什么去了，仿佛我们一直在获得，却不知道丢失得更多。

风箱远了，蜂窝煤远了，DVD远了，我的辫子绸儿远了。一个人的用物这样去了，一个家的用物这样去了，一个时代的用物也这样去了。

它们就像一个个象征性的符号，让流动的时间显现出固态的容颜。

一些用物聚集在一起，便是一种不可复制的生活状态。有些只在这里停留几天甚至更短时间，比如包装袋、橘子皮；有些可以停留几年，比如一个灯泡、一套茶具、一件桌摆；还有一些却可以停留几十年，就像母亲陪嫁的坐柜、爷爷制作的小木推车。当一个空间内，所有的用物基本换了，一种生活便消逝了。它们一件一件不经意地来，又不经意地去了。我们都问，岁月是怎样流逝的？从某个角度说，岁月就是随着这一件件生活用品来和去的，就这样一点点地更新着日子的模样。

如果无意间见到多年前的旧物，关闭的记忆之门会一下子被打开，所有的往事都翻涌在眼前。我会听到，它在讲故事，讲和我有关的故事。我想，在合适的时候，我会给我熟悉的每一件物品都写一篇生平传记。我相信，历史可以最大程度地还原真实，远去的生活会全部回来。

丰子恺说，世间所有的物件都有它的去向，它们不属于谁，人与它们只是相遇。如果它的来与去都被我们忽略了，那它只是路过；如果它带走了我们的情感，留下了它的记忆，那便是彼此的一部分了。

然而，岁月的脚步从未停歇，每一个日子里都有许多物来和去，它们的相聚与散去，证明着一个卑微生命的存在。

生命之轻，就像一阵微弱的风，路过有痕，但又无迹可寻。或许只是让一些东西相聚又散去吧。

◦ 寒风中的冰糖葫芦 ◦

冰——糖——葫芦——！谁买上当街看看来——！

这样的叫卖声，我在医院急诊楼外的街上听到过，在商场门前听到过，在小区外听到过。没想到在市内这喧闹的环境，还会听到这样的吆喝。仿佛二三十年前的分贝，被风吹进了这个现代社会，吹进了这个冬天的小城。

这样的吆喝声足够勾起我儿时的幸福记忆。每年秋收过后，农闲了，山里红也熟了，大姑父便开始卖冰糖葫芦，自己做好了自己背着去热闹的地方叫卖。那时候我们这些孩子很是羡慕他，可以做出那么多又红又亮、令人垂涎欲滴的冰糖葫芦，而且还可以哪儿热闹上哪儿去。尤其是春节的时候，无论是集市上还是看戏的人群中，怎能少了那馋人的冰糖葫芦呢？那过年的气氛，仿佛是大姑父制造出来的。而这种羡慕中，也有大姑父自己惬意的"炫耀"吧：这比做地里的活儿轻闲多了，跟玩儿似的。看着他慈祥而喜悦的表情，就像圣诞老人。

那天，我听到了那个多次听到的吆喝声。在寒风刺骨的广场入口边，在行人匆匆的傍晚，一个七十岁左右的老人，守着一辆插着一草把子冰糖葫芦的三轮车。冒着哈气的吆喝声，从那臃肿的旧羽绒服和棉帽之间的缝隙里飘出来。走近一些就会看见，那帽子下干皱的脸和他的衣服一样，已经很难说是什么颜色了。陈旧，仿佛就是一种混淆吧。只有那把冰糖葫芦那样鲜亮，被寒风吹得更红了。

母亲推着我路过广场边的这个老人，我们在广场的中间短暂地停留，很多晚练的老人已经开始热身。广场舞、太极拳、拉丁舞，他们大部分人年龄在七十岁左右，但他们神采飞扬，穿得亮丽轻薄，仿佛和卖冰糖葫芦的老人不是一个季节，仿佛真的有第二个青春。

在我们身边，有三个绅士一样的老人在交流养生之道。戴八角帽的说他刚买了一盒西洋参；穿水貂绒的立刻反驳道：那个没用，我吃过，三七粉比那个强多了；一身名牌运动装的老人颇有感触地说：吃什么补品也不如精神好，我这一年几个国家旅游回来，什么病都没了。

我听着这样的交谈，向广场入口边卖冰糖葫芦的老人望去。他让我想起了卖火柴的小女孩，我知道这感觉来源于周围的对比。或许这仅仅是我这个旁观者的投射。

但从我这里看，他们都是老人，都来到了一个供人休闲的广场，却有着不同的目的，更多的人是为了散心，而他却看上了这里休闲的人多，可以多卖几串冰糖葫芦。

同样经历了一辈子的风霜，同样养儿育女，同样辛勤劳动，晚年却有着相差甚远的境遇。那么多老人可以把时间用在了休闲和养生上，可以心安理得地享受人生，而他的时间依然要用在为生计奔波上，最后的生命依然被寒风摧残着。卖冰糖葫芦的老人，在这幸福的人群中，是否会感受到彻骨的失败呢？

突然发现，岁月的残忍。它可以把那么多辛酸、无奈、羞辱集中在一个人身上，它同样可以把那么多尊严、快乐、释然集中在一个人身上。如果说，在不同出生环境的婴儿身上能看见生命的本质，那么在不同命运结局的老人身上便能看到世间的冷暖。

扫大街的大爷七十二岁，路过时就能听到他的哮喘声。拾废品的大妈七十四岁，在垃圾桶中意外得到几个纸箱子，会不由自主地笑。风雨无阻下地干活儿的人，八十岁左右的是那么常见。他们除了热爱劳动的生活习惯之外，又有多少无奈的理由在其中呢。

当和母亲参加完活动回去的时候，已九点了，再路过广场已只剩下散落的灯光。但当我们回到小区门口，又看见了那鲜亮的冰糖葫芦。那把儿上的冰糖葫芦还有不少，老人一定是想在这里再等一等晚归的人们。

我们买了两串，老人却慷慨地给了我们三串，他慈祥的语气，让我再次想起了儿时幸福的时光。

在城与乡的接壤处，在新与旧碰撞和交汇中，所有的人，都面带期待和焦虑，寻找着各自新的位置。

大娃小朵

生命中有那么多美好，像露珠一样短暂，却又闪烁着永恒的光芒。

◦ 大娃与小朵 ◦

大娃并不大，才十一岁，只是有了小朵之后，奶奶就在娃字前面加了个大字。小朵确实小，不仅只有四岁，而且长得瘦小。这两个小名都是奶奶取的，当然叫得最多的也是奶奶。我想写一篇关于她们的文字时，还是选择用这两个小名。因为我知道，她们长大后，不会有人再提起她们的小名，大娃小朵将永远留在她们的童年。

大娃和小朵相差七岁，小朵不懂的事正好大娃刚懂，但又还不懂小朵不懂很正常，所以正好是打架的拍档。可是世界上最难平息的战争，就是孩子之间的，因为无论谁对谁错，他们都是无辜的。大娃和小朵常常为了一块糖、一个游戏的输赢而打起来，小朵会哭得泪帘子似的寻求支援。因为力量过于悬殊，我们都觉得大娃在欺负小朵，但大娃又何尝没有委屈呢？自从妹妹出生后，大娃保存多年的玩具——被破坏，大娃唯我独尊的领地——逐渐被占领。当大娃被气得发疯时，却被别人说："你那么大了，还跟她计较。"这样的评判难免不让大娃把矛头转移到评判人身上。好在经过几年的磨合，她们找到了相处之道，也互相塑造了对方。大娃更加独立了，小朵嘴巴更甜了。她们这些特点自然有其两面性，但无疑会成为她们各自的生存能力。

一个家里长大的兄弟姐妹，经常出现性格上的多极分化，想必就是那一点点不一样的角度造成的吧。人生就是这样，刚开始的一点儿不同，走着走着就是天壤之别。

大娃对小朵的"欺负"也别有了一番趣味。

小朵要姐姐给她贴一个大拇指彩贴，大娃不给她贴，她就像别人教大娃那样说："姐姐你让着我点儿，我还小呢。"大娃带着坏笑说："你小啊，你是小人吗？"小朵："是啊。"大娃："你是卑鄙小人吗？"小朵："是啊。"大娃咯咯地笑起来，把一个大拇指彩贴倒贴在小朵额头上，又大笑起来。小朵也开心地笑起来。这样的"欺负"又哪里还需要有人支援呢？

不过小朵也有用无邪把姐姐打败的时候。大娃带领小朵给我们变魔术，先在一张纸上用彩笔画了个大嘴，折起来放在手心里，让小朵站在她面前，装腔作势地捏一捏小朵的脸，再扯一扯小朵的耳朵，再从手心里拿出那张纸，拆开竟是一张白纸。当我们正表现惊叹时，小朵突然从帽子里拿出原来的那张说："在我的帽子里呢。"大娃瞬间被气得晕倒在沙发上，我们笑开了。大娃缓过神跳起来指着小朵说："变魔术呢，不能说，你这个笨蛋。"小朵一脸认真地说："好孩子不能骗人，我是好孩子。"大娃再次晕倒，自掐人中。我们大笑不止，小朵不知怎么了，只知道把我们逗笑了，也开心极了。

大娃和小朵虽然总是打打闹闹，但那天一个普通的画面，让我感动。

那日午后，小朵在里屋睡觉，我在外屋正和来访者谈话，母亲正好去送来玩儿的邻居。这时小朵哭着从里屋跑了出去，可能是醒来看到屋里没人害怕了。当我正要让来访者帮忙去叫一下母亲时，我看见大娃抱起了小朵，大娃一边拍着妹妹的背一边说："姿姿，姐姐抱，我们回屋啊。"小朵倚在姐姐的肩头，立刻就不哭了。虽然姐姐的这个怀抱要比父母的更小，这个小身板要比父母的更单薄，但足够给妹妹安全感。大娃这个调皮的大孩子，此刻却是满满的担当和爱。我的眼睛瞬间湿润了。

没有人像大娃一样欺负小朵，而没有大人在身边时，也没有人像大娃一样保护小朵。

任何情感都是有期限的，父母陪你前半生，儿女伴你后半生，唯独兄弟姐妹可以与你相依相偎一辈子。一辈子有人和你打闹争抢，一辈子有人把你牵挂照顾，这是何等的缘分啊？

◎ **初心** ◎

在我们这个说话土得掉渣儿的家里，小朵竟然是一水儿的普通话，这让我更加确信社会文化可以直接带来基因突变。或许这不一样的腔调，更让我们感觉小朵是一个不染尘埃的诗人。

我常常被小朵的神来之语惊叹。小朵把一个枕头放在肚子上说："枕头踩着我的肚子呢。"在她眼里一切都是有生命的。小朵看到一只满身泥土的小猫说："它全身都是脏。"脏，又何尝不是一个名词呢？每次父亲喂我吃药，小朵都要她把药放在我嘴里，她总会说："你先尝尝水，再尝尝药。"一般诗人写诗，最见功力的地方就是能多大程度上打破语言常规，而一个三四岁的孩子正好还没有形成语言常规模式。所以，孩子都是天然的诗人。

小朵无意间把彩笔帽戴在了手指头上，手指弯一弯，像小人鞠躬。她像发现了宝贝，跑去给爷爷奶奶大姑小姑看。她又开拓性地给每一个手指都戴上笔帽，手指就变成了五颜六色的，她就又惊喜地奔走相告。小朵把笔帽摘下又戴上，再摘下来再戴上，反复七八次，一个人快乐地玩了一上午。在小朵眼里，一切都是新奇的，不像大人们只盯着有用的东西，有太多"无用的"东西已经看不见了。成人所谓的乏味无聊，并不是世界苍白，而是自己屏蔽了。

小朵的情感非常丰富，虽没有受过任何道德教育，看白雪公主被毒苹果害死了，却会伤心地落泪。她会反复问我："那个人为什么要伤害白雪公主呢？"我说因为那个人是坏人。她理解不了什么叫坏人，依然问。我说那个人嫉妒白雪公主的美丽。她听不懂什么叫嫉妒，反而让我开始疑惑，坏人为什么要伤害别人呢？跟小朵解释原因，我感觉就像阳光不知道什么叫阴影，当我将阴影拿到阳光面前给它看时，阴影却已不存在了。阳光怎么会见到阴影呢？人性本善。同情他人，用自己的力量去帮助别人，是人的本能，并不是因为什么因果。善有善报，只是成人在功利淹没了内心之后，把善当成了一种生存工具，说到底，还是自私的逻辑推理。不能为他人的苦难而悲伤，没有帮助他人的冲动，不能不说是一种能力的丧失。可见，一个人成熟的过程并不仅仅是获得，更是慢慢地丢失。我们越活越狭隘了。

有时候我会想，孩子为什么那么招人喜欢呢？小的总是好的。孩子的可爱之处，的确有很大一部分源于小。孩子不仅个头儿小，心灵小，眼中的世界也是小的。他的心小得除了装下本能的需求，就只能装下美好与快乐了，没有多余的地方放尘埃。在他小小的世界里，就那么几个人。所以，在妈妈下班回来时，他才会像小鸟一样飞过去。他才会抱着奶奶的头说："我喜欢你。"当一个人长大后，心大了，世界也大了，便不再会有那么真挚的情感。想必世界之所以偏爱孩子，是因为孩子更喜欢世界。

我们每个人都向往自由，期待强大，但孩子让我看见，局限、弱小也可以是幸福快乐存在的土壤。

或许只有孩子才能看见世界的本质，山就是山，山只是山。或许只有孩子才是这个世界的核心，除此之外，都是局部的、偏激的。

小朵让我看见了人之初心，让我开始向内寻找自己的那一颗初心。

◦ 大孩子小孩子 ◦

我小时候很不喜欢别人拿我和姐姐对比，本来我很好，但因为姐姐太懂事，我就被冠以淘气的名。如今，我们经常拿大娃与小朵对比，才发现，对比不是为了埋没她们，而是为了让她们更突出。

大娃理性，什么事情说明道理，她准听。小朵感性，说道理没用，把情绪安慰好了才管用。我常开玩笑说，大娃的嘴是用来吃的，小朵的嘴是用来说的。因为大娃能吃、贪吃，看她吃是一种享受，利索的小嘴巴指哪儿打哪儿。小朵会说、爱说，但谁喂她吃饭得把谁气得冒烟，每顿饭我们拿出十八般武艺才能结束。

如果说这是性格所致的差别，还有一些，则是年龄使然。大娃不玩儿的游戏，小朵却是兴致勃勃。大娃搁置一旁的玩具，小朵却当成宝贝。大娃不再说的话，小朵还在一遍遍地说。小朵还脱离不了大人看护，存在于这个世界还要依附在别人身上。而大娃却可以独来独往了，一个人放学回家，穿越长长的胡同，路过目视她的小狗；一个人去超市买零食，兜里的零钱晃荡出喜悦的声音，那声音会传至多年以后；一个人找同学玩儿，在天黑前会记起回家，夕阳会让一个孩子的孤独闪着光。大娃会有很多别人不知道的事，大娃可以独自与这个世界同在了。

这让我发现，我们所谓的儿时包含多个状态，我们常说的童年，其实有着不一样的精彩。孩子的变化是日新月异的，每一年都会和他身边的人重新定义关系，都会对他所在的世界重新理解和认识。

如果把儿时进行划分，至少可以划分为三个阶段，如果找一种方式来比喻，我想用诗歌、散文和小说。

五六岁之前是诗的。这个阶段的孩子还没有脱落天使的翅膀，还带着几分仙气。在他的眼中，世界不算立体，但极富现场感。一切都是陌生的，因此一切都是鲜活的。一切都是朦胧的，因此一切充满象征意味。那时候的时光像梦一样美好。

五六岁到十一二岁就像散文。这个年龄的孩子初涉人世，和他所在的生活已经有了一定的融合。在他的眼中，世界清新干净，他的心灵也是不染尘埃的。对身边的事物有了清晰的逻辑，知道什么是什么了，懂了核心的意义。可以说，这是人一生当中最善良的时候。生活不再像梦境，一切变得真实。但也因此有了一种真实的美好，每一个事物仿佛都是理想的入口。

十一二岁到十五六岁也被很多人，尤其是上了岁数的人称之为儿时。这个时期有些像小说的特征：想象与现实被分开，并产生冲突，进入相互对抗、相互纠缠的状态；因为非黑即白的认识，对世界和自我内心都感到迷茫；关注点从外转向内，从事物转向人性；多愁，但心灵深处依然闪烁着纯洁的光芒。

过了这三个阶段，一个人就远离了儿时，童年就彻底成为记忆。

大娃这个大孩子和小朵这个小孩子，让我看到的尽管有那么多不同，但有一点是相同的，那就是每当她们在我身边，我都会感到难得的心安，我的世界会变得安静和安全，尽管原因是不同的。

小朵给予我的，源自她对我的信赖。或许因为能力太低，我一直缺乏安全感，母亲不在我声音所及的范围时，我的焦虑感会瞬间上升，但小朵在我身边时除外。她没有在我想象的危急时刻救我的能力，但此刻她需要我的保护，需要我用语言和情绪把她保护在安全范围内——不登高，不拿剪刀，不出去乱跑，不知道我这个姑姑没有丝毫保护她的能力地玩一大会儿，这一点我倒是可以轻易做到。想必把自己当成保护他人的人时，自己就不再是被保护的人了。为母则刚，大概也是这个道理吧。

而大娃给予我的，更多源自我对她的信任。前些日子母亲去诊所输液，弟弟陪护。但弟弟有事，需要离开两天，我们就又面临缺人手的问题。母亲自己去怎么能行，可父亲陪同谁又来照顾我们？我把可能的人想了一遍，虽然都可以，但我心里总有一丝过意不去和不自在。当弟弟提到大娃时，我竟然感到轻松和安全。我不会想到她，因为她是个孩子。但这四五个小时的陪伴她是完全可以胜任的。当我坐累了，她会让我躺在轮椅靠背上。当我们渴了，她会给我们倒水，还可以随意加些饮品。当她肚子咕咕叫时，我们会指挥她制作便捷食品。我会督促她写作业，她会拿难题考我们。大娃照顾我们，就像平时和我们玩儿一样轻松。或许她还不知道该做什么，但她知道该听我的，这就是对我最大的帮助，所以大娃把我们照顾得非常好。很多成人都会因为思想过于复杂，而把能够胜任的事情做坏。大娃让我意识到，只要相信自己是对的，很多事情都会变得简单。所以，一个大孩子，也可以成为世界上最可信的人。

无论大孩子还是小孩子，都是孩子，都闪烁着人世间最宝贵的真善美。我也曾是一个孩子，这多么幸福。每一个人都曾是一个孩子，这是上帝送给每一个人的礼物。

◦ 爷爷奶奶 ◦

20 世纪 80 年代后出生的人，很多都是爷爷奶奶带大的，"00 后"更是普遍。在挣钱养家和照顾儿女的责任产生冲突时，上一代人义无反顾地承担起了照顾第三代的任务。一年上千次地接送上下学，风雨无阻，分秒不差，十来年不变；做饭时，先想到孙子孙女爱吃什么；孙子孙女睡着了冷不冷，回家后饿不饿。无论有多少不开心的事，看到那小模样就都忘了。在短暂的空闲中，能和孩子玩儿得像个孩子。想必这不仅是我的父母，也是很多还不算太老的老人的日常。

两个孙女虽然爷爷奶奶一样疼爱，但我觉得可能是因为外在条件和性格方面的原因，大娃和爷爷更亲一些，小朵和奶奶更亲一些。

大娃和爷爷玩儿得最嗨。如果爷爷奶奶拌嘴，当然都是奶奶唠叨爷爷，大娃就会保护爷爷。大娃看到爷爷的袜子破了，就要她妈妈去买。爷爷过生日，大娃就非常上心地张罗着买礼物。

这也难怪，大娃五岁的时候，我去河北师大学习，父母就进入了两难的境遇，我们走了，谁来照顾孙女。但如果放弃，我完成大学梦的机会就失去了。最终决定母亲一个人照顾我，把父亲留下管孙女。母亲把自己一个人当成多个人解决了家里人手不够的问题。在学校期间，母亲一闲下来就会牵挂那一老一小。我会劝解母亲：老爹照顾我们惯了，管大娃小意思。母亲却说：老头儿怎么也不如老婆儿心细。想必父亲也牵挂着我们，所以有时候星期天他就带着大娃，带着南瓜、小米来学校看我们，给我们讲他们怎么过的。放学了爷爷就带着大娃串门玩儿，饿了爷爷就给大娃炒鸡蛋卷子，不放盐大娃也能吃一大碗。大娃对大学校园充满了好奇，像逛公园似的玩儿两天。现在回忆起来，大娃会开玩笑地说：我五岁就上大学了。说的时候把下巴扬起来，用鼻孔看人。每次他们要回去的时候，母亲总是千叮咛万嘱咐，路上人多要小心。看着他们离去的背影，我内心涌动着对父亲和大娃的愧疚。一个孩子蹦跳着走在一个老人身边，老人兴致勃勃地走一路讲一路。我看见，在宽敞的马路上，他们彼此依赖，他们是那么孤单，又是那么幸福。

小朵和奶奶更趣味相投一些。奶奶喜欢跳舞，小朵在幼儿园学会了哪首歌就给奶奶唱。奶奶活儿多，小朵就帮忙拿碗筷。每次爷爷从幼儿园把小朵接回来，奶奶会先给她做点儿吃的，摊咸食、煮挂面、炸豆腐丸子。小朵总会一边吃一边带着夸张的小表情说："这也太好吃了吧，我最喜欢奶奶给我做的这个了。"这让她奶奶有满满的幸福感。很多时候为别人付出并不求回报，有回应就够了。奶奶腿疼，走路多了就更疼了。有时候奶奶疼得不由自主地叫娘："娘啊疼死人了。"小朵听见了，就问姑姑："奶奶的娘呢？""你奶奶的娘早就去世了，奶奶想她妈妈了。"听到这个解释，小朵眨动着长长的睫毛，若有所思。有一天，奶奶又疼得叫娘，小朵便说："奶奶要不我当你妈妈吧，你腿疼的时候我哄着你。"听到这样的话，奶奶笑了，笑出了温暖的泪花。

小朵也破坏了奶奶众多的规矩，蹦沙发，敲锅盖。奶奶不但不说，还看着笑。

每次小朵被她爸妈训哭，奶奶也是走里转外的。我们不让她过去，因为我们觉得教育孩子时老人尽量不要掺和。奶奶也理解，但她有时候还是按捺不住。或许很多年轻人会觉得老人糊涂，管得宽，但那却是老人对孩子管不住、压不下的爱啊。

与父母的爱相比，祖父母的爱位居第二，但有很多地方是父母的爱不能及的。因为父母与孩子的距离近，对孩子的期待高、要求多，很多时候不能理解和感受孩子的内心。而祖父母会因为距离稍远一些，看得更清楚；也因为没有那么多期待和要求，就有了更多包容和接纳。从这个角度说，祖父母的爱是更无私、更纯粹的。在远古社会，就形成了母亲和祖母共同抚养下一代的模式。在今天的心理学研究中也发现，在三代人同在的家庭中长大的孩子，要比小家庭中长大的孩子性格更完善，处理事情和人际关系的能力更高。所以说，祖父母的爱也是无比珍贵和不可代替的。

我突然想到了我的爷爷奶奶。多少个夏日的夜晚，我躺在奶奶怀里进入梦乡。每次家里卖猪，听着猪叫我都会害怕，要去爷爷奶奶屋里才会有安全感，尽管他们的屋离猪圈更近。在我的生命中，爷爷奶奶在的时间是短暂的，也就那么几年，而他们给予我的温暖却伴我终生，让我的生命更加厚重坚韧。

母亲也会开玩笑地说："我现在死了，小朵都不记得我。"

想必每一个爷爷奶奶照顾第三代的理由都是为了儿子儿媳，但他们全部的爱却都给了孙子孙女。

或许将来我会为天下的爷爷奶奶写一首歌：你用苍老的双

手保护我稚嫩的年华，你不求记得不求报答，当我有一天长大，我看见远去的你回头笑了。

◦ 七个小矮人 ◦

大娃小朵降临到了我身边，让我可以再一次走近童年，而更多时候，她们让我体会到了为人父母之心。

在过去的近十年里，大娃除了在学校和晚上睡觉的时间，在我们身边的时间最多，细细想来，没有什么惊天动地的事，有的只是平淡的时光，只是这时光中的点点滴滴。

无论我在干什么，只要大娃故意闪着小泪花说：小姑你跟我玩儿不。我都会把所有的解释咽回去，立刻答应她，因为要让一个孩子伤心就太残忍了。那些年，我写东西都会安排在晚上九点以后，而只要大娃在，我就会陪她做游戏，给她讲故事。记得我知道的故事都讲完了，我就开始即兴创作，讲着上句想下句，大娃倒听得津津有味。大娃让我们有了一个爱好，那就是给她挑东西买东西，能够让一个孩子多一些欢喜，是多幸福的事啊。她的姑姑虽不能动，却可以给予她安全感。

大娃第一次发现了雪的美丽。她惊喜地奔跑在屋里屋外，制作一个又一个小雪球给我们看。大娃第一次不再害怕过年放炮，她把我们推到阳台上去看爷爷放烟花。大娃第一次跟我们逛商场，当拉货的小板车叮叮当当路过我身边时，三岁的她使劲护着我。多少个普通的上午，我们陪她摆积木；多少个普通的下午，她在我的故事里安然睡着；多少个普通的傍晚，我陪她写作业；多少个普通的早晨，我被她站在我面前的呼吸声叫醒。

看着大娃娇小的身影，听着她稚嫩的声音，我明白了什么叫疼爱，这种爱伴随着莫名的疼。大娃看到棒棒糖的欢喜让我心疼，大娃睡着后的样子让我心疼，大娃自己会梳辫子了也让我心疼。当我想到，她终归要独自面对人生的磨难，去为生计而奔波，去结婚生子，去为功名利禄悲喜，就更加心疼了。我多么希望她的世界里只有平安和快乐，然而我又能给予她什么呢？

如今大娃已经不那么黏我们了，她更愿意在自己的房间做自己的事。或许她觉得和姑姑玩儿无趣了，但我知道她已经看到了更多彩的世界，她的未来即将打开。

有人说，世界上最无情的就是孩子，无论你对他多好，他长大后都会忘记，而成为另一个人。是的，大娃也终将成为另一个人。我和那个人将有什么样的关系，更多取决于外在条件和她的性格、价值观。而小时候的记忆也将在重新定义的过程中慢慢烟消云散。当大娃再去回忆那些点点滴滴，想必就像我回忆老房子里那贴了十多年的画一样，我记得它在哪儿，却不记得画的是什么了。因为太熟悉，所以反而被忽略了。关于这个非生命主根的姑姑的一切，将隐藏在她记忆长夜中。生命终将要丢下一些东西，去接收更多新的东西。我将用祝福目送大娃远行，并替她保管好曾经美好的时光。

对于我和大娃而言，就像七个小矮人和白雪公主一样。白雪公主不是为了七个小矮人而来到小木屋，也不会因为七个小矮人而留下。但真挚的情感将留在她们心中。

细细想来，其实有很多白雪公主来到过我的小木屋，或短暂或长久，但终将会离开，去寻找自己的王子。我多少次目送他们，多少次伤感。然而，我的生命中，又何尝没有七个小矮人呢？他们并非我的过往，而会永远留在我的生命中，铸就了我的生命形态。那点点滴滴，温暖着我未来的一个又一个冬天，影响着我如何爱别人，决定着我的取舍。很多时候，我忘了感恩，忘了怀念，却不曾忘记他们给予我的力量。

　　人世间的情感，除了那些被命名的，还有很多没有被命名的，它们是那么无私和纯粹，就像春天里的野草一样，让这个世界充满希望，万物生长。

在垃圾里捡废品的老人

　　垃圾和废品不一样，垃圾是不能和不值得卖钱的，是果皮、烂菜叶、卫生纸团、破砖瓦……废品是可以卖给废品回收站的，是纸箱子、编织袋、旧书报、破铜烂铁、塑料玩具……而塑料泡沫和旧衣服，则在这两者之间，如何归类，取决于捡废品的人：如果不嫌塑料泡沫又大又轻，就会把它放在三轮车上，归为废品的行列。旧衣服也是，如果捡废品的人看着那貌似新的外套、运动鞋可惜了的，就会捡回家去，可能是自己穿，也可能就那么放着。

　　村里人几乎每家都会有意攒废品，多得占地方了，就卖给走街串巷收废品的人，但毕竟不值几个钱，所以人们攒得不是那么在意，大部分还是随手就和垃圾一起扔了。垃圾和废品就同时出现在了每个胡同口的垃圾桶里，出现在了麦田边的垃圾堆上，所以捡废品的老人就需要在垃圾桶里和垃圾堆上找废品。

　　捡废品的老人也有两种：一种是"业余"的。比如，早晨出去时顺便往垃圾桶看看，捡点儿性价比高的；从地里干活儿回来路过垃圾堆，看到干净完整的包装盒、牛奶箱也会随手扔上三轮车。村里有个脑出血到重症监护室走了一趟的老婆儿，康复后，虽然说话还是像减了速一样，又慢又长，但已经可以被人扶上三轮车，自己骑了。她每天都出来转，一是为了锻炼，二是捡点儿废品。或许是因为重获新生，她的脸上总是带着幸福的笑容。再就是扫大街的老人，大都会顺便捡废品。在我租住的小区，我曾在窗前看着楼下的垃圾桶，一个早晨被三个打扫卫生的老人探头翻看。可惜有收获的只有第三个老人，正所谓来得早不如来得巧，在这个年轻人居多的小区里，周末起得晚，垃圾扔得也晚。这个老人收获了六七个啤酒瓶，八九个餐盒，还有一些食品包装袋。虽然我在四楼，也能清楚地看见，她因这不小的收获而情不自禁地笑。

还有一种是"专业"的。前两年有一个老头儿，八十五六才开始捡废品，八十八就去世了。这两年又有两个专业捡废品的。

那天我们去邻村理发，来回都遇到了一个骑着脚蹬三轮车捡废品的老婆儿。母亲看着眼熟。回来时老婆儿主动给我们打招呼，母亲便问道："您是这个村的吗？"老婆儿答道："我是造栓他娘啊？"语气仿佛说你怎么不认识我了呢。母亲立刻脑海中出现了一个人，她是村东头的，有两个儿子。村里还成着队的时候，她能干，人又随和，再加上她要个儿有个儿，要模样有模样，所以那时候还是很风光的人物。可是和眼前这个穿着已经看不出花式的背心的老人，这个有些驼背又白发蓬乱的老人，怎么看怎么不匹配。我们同行了一小段路，母亲夸了两句她当年，仿佛只为了确认她的身份，又说了两句她八十多岁了身板儿真不错。老婆儿说："没事我就骑着三轮车转转，随便捡点儿废品，就当锻炼身体了。"

当老婆儿左一下右一下地使劲，蹬着三轮车远去时，我看见，她捡的废品堆得高高的，像一座山，把她挡住了。

而另一个也是老婆儿，不过我们要熟悉得多。虽然她是我出生前的邻居，后来搬到了村子最南边，但小时候，母亲经常推我们去村南玩儿，很多时候我们会在她家门口和她一起乘凉。

如果有一阵子不见了，她也会来我们家串门。再加上我们是本家，她叫我的父母"叔叔婶婶"叫得特别亲切，所以在我记忆中对她印象很深。母亲说，秀改不奸不滑，好说好闹，是个乐观主义可就是个命苦的人。

秀改比正常人瘦小一些，一条腿短，每走一步都像快倒似的。她十七八岁从衡水嫁过来，丈夫比她大二十多岁，有点儿憨。她年轻时经常挨丈夫的打，后来丈夫瘫痪了几年就去世了。她生了两儿两女。女儿们嫁到邻村，日子不富裕。两个儿子随他爹，也有点儿憨。她好不容易给大儿子盖上房娶上了媳妇，但她却和儿媳妇有了矛盾。小儿子当兵回来做了上门女婿，总算也有了着落。都说母以子贵，但两个儿子没有给她带来扬眉吐气的机会，她这个远嫁而来的残疾人，前半生孤单，后半生依然孤单。

但她却不是自卑自怜的。她一个人支撑起一个家，经常教导孙子，见了长辈要叫人，尽管回应她的是不耐烦的白眼。人们叫她拐兔子，她也不恼，反而经常跟别人开玩笑，逗得自己和别人都哈哈大笑。她的邻居谁家做饭时没盐少醋了就去她家拿，但这只是人情上的。家族中娶媳妇嫁闺女，从来不会给她安排差事。无论什么集体活动，也没有人和她一起出入。人们一旦用势力的标准掂量，依然会把她安排在边缘处。

有那么几年，她脸上的笑容少了很多，那是她去小儿子家给他们看孩子。有时候她回来几天，碰见了我母亲就说：心脏总是扑腾，胃也不好受，人活着有啥意思？母亲就安慰她：现在完成任务了，该跟着孩子们享福了。但她听到安慰，眼圈红了。后来，儿子家不再需要她看孩子，她就回来了。她还信了佛，她说：人要行善积德，恶人不得好死。再后来，她开始捡废品了。从此经常见到她骑着一辆三轮车在村里转。她脸上又露出了笑容，再见到我母亲时，说自己这一阵子壮实了，并用她惯有的幽默说自己又还阳了。

夏天，她穿着自己用布头做的坎肩转；冬天，她穿着垃圾堆里捡的加绒打底裤转。有时候，她的三轮车会一路响着祝你生日快乐的音乐声。或许，在她的眼里没有垃圾，只是物件们身不由己地换了个地方。

几年下来，秀改让我发现，捡废品是会上瘾的。

因为能解决实际困难。两个儿子给她的供养是每人每年三百元，小儿子是上门女婿，所以三百元也不好拿出来。即便是都能到位，也仅仅是我们这里一个人四五天的工资，又如何能够均进一年？两个女儿的接济也只是冬天的蜡烛。而捡废品，跟玩儿似的就能让一年的收入翻倍，像又多出了两三个儿子。

更重要的是她在捡废品的过程中看到了希望。这希望不属于明天，而在今天的生活中。只要她多捡几个纸盒，就会多几毛钱的收入。只要付出就有收获，不像很多事，努力一番之后，却事与愿违。仿佛命运终于给了她一些奖赏，她的生命之花在捡废品中得到绽放。

所以，刚开始她只是每天骑着三轮车出去一趟，后来出去两趟，再后来就没数了，车上满了就回去，卸下再出来。因为人们扔垃圾没有准确的时间，所以必须在多次巡逻中及时发现。尤其是早晨五点那趟不能少，因为人们会在晚上把一天的垃圾倒掉，而第二天早晨六点清理垃圾的车就会来，把每个胡同口的垃圾运走，所以要插这个空儿。节日过后，就更忙了，人们的物资丰富了，垃圾也丰富了，各种礼盒和包装袋会让她多来回几趟。而闲着的时候她也会走着在她家附近的田地边转转，因为邻村的小工厂如果清理边角料，那可是不小的收获。所以人们外出，最经常碰到的就是她，太经常了，也就像没碰到一样。

而且，碰到她不仅是频率上在增加，范围上也在慢慢扩大，从本村到附近的村庄。直到腊月十五那天，人们在村东和邻县交界处的那条河里发现了她的尸体。人们纳闷儿她为什么会出现在那里？紧接着就明白了，因为看到了那河边散落的垃圾。

母亲说："你看心疼不？真是人为财死鸟为食亡啊。"母亲的感慨，让我体会到了这句话里更深的含义，那就是生之为人的无奈和可悲。

一个没有害过人的人，以她以前认为是不得好死的方式结束了一生。但我却仿佛看到，秀改笑眯眯地说：我活到八十了，这个死法可不赖，这是我几辈子修来的福啊。

这时，我的脑海中又出现了那个画面。我十岁左右，在石家庄的大街上走着，看到路边一个坐着轮椅的老人在翻垃圾桶。七十多岁的老太太穿着破旧，但衣服和轮椅都很干净。想必是附近的住户，自己出来溜达，再捡点儿废品。她将垃圾桶里的塑料瓶、易拉罐拣出来。当她拿出一个爆米花盒子时，看到里面还有几颗爆米花，就拿起来看了看，然后放在了嘴里。我的心瞬间生疼。虽然我走过她只用了十几秒，但这疼痛却在我心中存在了几十年。

她也曾是充满希望的孩子，也曾是被人怜爱的少女，也曾是满怀心气的母亲，但在人生的这些阶段，她是否会想到自己会落得如此结果？

一个人辛劳一生之后，到了老年应该是最富有的时候。但是，大多数捡废品的老人，从不同的人生路上走来，无论曾经是富裕还是贫穷，生命的最后阶段都要以废品为生。这样的境遇，不仅是经济的匮乏、人情的匮乏，更是人间残酷的本相。

　　我一直疑惑，捡废品的老人是如何面对这样的凄凉的？

　　在秀改身上我仿佛看到了答案：人生的终极收获，不是远离苦难，而是能够坦然地与苦难同在。

　　或许在捡废品的老人看来，活着，成了一件非常简单的事，曾经看重的、相信的、纠结的，都已烟消云散了。所谓的凄凉，都是无知的人用自己制定的标准衡量出来的。当一个人认识了世态，人生也即将走到尽头，内心就不再为这些东西所动了，因为有了更强大的东西与它抗衡，这个东西就是生命最深刻的豁达。

　　但是，这经过一辈子的历练才能获得的、珍贵的豁达，是为捡废品而准备的吗？

　　我看见，不是所有的老人都在捡废品，但捡废品的都是老人。

渐行渐远的乡音

不知从什么时候起，村里的孩子们开始说普通话了。

我在小广场纳凉，发现一群一群的孩子中，十来岁的有一半在说普通话，而五六岁的已经没有不说普通话的了。时代的洇染速度，在孩子们个头儿的高低中呈现出来。干农活儿晒得黝黑的爷爷奶奶们也凑在一起拉家常，小孙女跑过来拉奶奶去买冰糕，奶奶立刻把土音换成标准音对小孙女说话。一个岁数更大的老太太说："你还是撇（说）得挺好。"那个奶奶说："可不，这会儿兴这个。"

看着广场上疯跑的小娃娃子们，我想，三四十年后，他们将是村庄的主人，这个村庄会飘荡着普通话的欢声笑语、打架骂人，人们就连梦话和遗言都是普通话了，那我的村庄还是我的村庄吗？

我不由开始留恋起我的乡音。

一个地方的方言，不仅仅是说话的事。

没有听过晋州方言的人乍一听会觉得有点儿傻、有点儿愣，因为声音发自胸腔，而且从不使用舌尖鼻音，每一个字的发音都特别实，所以我们这里的每一个人都特别地脚踏实地，做任何事都从实际出发。如果有人问我晋州人的缺点和优点是什么，我会说缺点是非常实际，优点也是非常实际。

我家乡方言最有特点的是我们说得最多的这个"鞡"字，

我们不说"好""行""嗯"，我们说"鞥"（eng）。虽然北方很多农村都在用这个字表达同意的意思，但我们晋州还是很有代表性的，不仅因为这一个字的声调格外低、格外突出，更因为我们当地人单凭这一个字发音的细微不同，就能听出这个人是哪个村的。

紧挨着我们村南边的吕家庄村，这个字的发音就比我们村要短，这倒很契合我们对他们村人的整体印象，非常勤劳能干。干得急，工夫自然就紧，说话自然就少，说话少的人发音都有短的特点。老杨找老高，让他明天帮忙垒墙头，老高"鞥"了一声就扛着锄头去地里干活儿了。紧挨着我们村北边的南白滩村，这个字的发音要比我们村直，就像那村人的性格一样。坐在墙根下，老王对老张说："你送来的桃一点儿都不甜，你问问人家是怎么种的。"老张说："鞥。"

一个人有一个人的个性，一个村也有一个村的风格，这风格是人和人之间互相依存而生的默契，就像蚂蚁的气味非常细微，如果你不是蚂蚁是不可能嗅到的。这风格就从语言上体现出来。我小时候听不出区别，这几年听出来了，我知道，是这片土地给我的毕业证。

现在的孩子们把谢谢挂在嘴边，如果说这是文明细微的进步，那绝对是普通话带来的，因为我们的土话根本说不出那些话。

老赵去浇葡萄，耽误了接孙子放学，邻居老石就顺便给他接了回来。满头大汗的老赵看到孙子在老石家玩儿，就满脸笑意地说："哎哟呵！真是的，你看看好不？"不说一个谢字，老石就感受到了老赵的谢意。这种表达感激的方法所带来的效果也是不一样的：说了谢谢，这个事可能就过去了，而没说出谢谢的，这个事就不会过去，一份情会一直留在他们中间。

现在的小宝贝们，经常抱着和她们玩儿的奶奶说："奶奶，我喜欢你。"搂着干完活儿回家的爷爷说："爷爷，我想你了。"这样的甜言蜜语自然会让没听惯的老人们心花怒放。这是因为我们的土话不适合直接表达情感，如果非要用土话说"我喜欢你"，就像晴天下雨，情绪不对头。如果非要用土话说"我想你了"，就像没穿衣服去当街，羞死人了。究其原因，很可能与我们发音特点有关——过于实，而实的来源又何尝不是我们的性格特点呢？内在的性格和外在的语言互相促进，让我们习惯了含蓄的交流，也让我们的基因中少了一份煽情，这也算是我们的一点儿缺失吧。

但还有很多情感，是只有我们这里才有的，只有我们的土话才能表达的。一些词语，就不能用普通话直接代替，而如果要进行解释，更不知要用多少句话了，而且也还是会像把唐诗翻译成英文一样，难免丢掉了一些内涵。

比如：精。这个字在普通话里是精明，是会算计，有时候还有一些贬义。但在我们土话中，"精"却是一个夸赞别人用得最广泛、包容性最强的一个词。如果夸赞一个孩子"精"，多数指的是这个孩子有礼貌、懂事。如果夸赞一个成年人"精"，那内涵可就多了，包括这个人热情、实在、识大体、做事周全。我老姑奶奶虽过世多年，但每每提到她，父亲还是会充满敬佩地说："那是个精人。"我不知父亲如何得出这样的评价，只记得老姑奶奶活着的时候，我父亲这辈人过年过节去看她，她总会提前准备好回活儿（回礼）。各种回活儿很用心、很实在，北瓜、蒸笼布、自己纺的做被子的线等。虽都不是什么值钱的东西，但都是晚辈们过日子用的稀罕物。提前准备回活儿，给了看望她的人们满满的肯定。如果哪个侄子的媳妇不情愿，看到这些回活儿，也就不会埋怨丈夫了。这就是精人办的事吧。

再比如：生歪。这个词至少包含"野蛮""偏执""不讲理"。以前邻居家有一个比弟弟大一岁的男孩，经常来找弟弟玩儿。那孩子爱叫人，可我们家人都不喜欢他，因为他好恼，经常为了一个四角对弟弟大打出手。弟弟和他玩儿的时候，母亲总是提心吊胆的。有一次听到大门外弟弟的哭声，母亲就赶紧跑出去看，那个孩子正把弟弟按在墙上打呢。那个孩子又高又胖，弟弟非常瘦小，结果就像老鹰抓小鸡一样，气得母亲拉着弟弟就去找那个孩子的大人，谁知他娘也是不讲理的人。此后，父母就让弟弟躲着他。我的爷爷脾气好得有名，无论大人小孩，他都笑着给人家打招呼，但爷爷唯独不欢迎那个孩子。爷爷说他"生歪"。

最难解释的是：挠嚷。如果我们用这个词形容心里的感受，可以解释为"烦躁不安"，这和保定、辛集等地"挠嚷"的含义是一样的。我们还用这个词来形容身体感受，这就不好解释了，我为此颇费过脑筋。

我十二岁那年，是病情发展的加速期，病情发展也加速了坐姿的改变，坐姿的改变压迫了腿部的神经，所以坐在轮椅上右腿就特别"挠嚷"。记得那年夏天，我们去北京看病，看病的间歇，父母带我去北海公园玩儿。可是走不了多久，就得歇歇，因为我的脚在脚踏板上十几分钟就"挠嚷"得忍耐不住了，就得把我的脚垂下去，"挠嚷"才能得到缓解。老是走走停停，母亲嫌我麻烦，让我坚持过一段没有树荫的路，我没有坚持住，"挠嚷"得哭了。当时我想，这是不是病情发展的一个症状，就想把这种感觉反映给医生，却找不出普通话中的一个词代替这个"挠嚷"。细细想来，"挠嚷"里面包含酸、疼、胀，但又不是这些清晰的感觉，而且除了这些感觉外，还有一种无法言说的痛苦，让人极度排斥。

也就从那时候起，我意识到，原来有那么多感受是无法表达的，人生有那么多东西只能自己承受。

好在有我的土语，可以让离我近的人知道，我有多"挠嚷"。

其实已经有很多土语正在悄悄地远去。现在我们村只有六七十岁的老人还在管"蝙蝠"叫"阳面虎"，把"可能是"说成"横是"。一些土语在不知不觉中被遗忘了。这证明我们与更大的世界融合了，也证明我们的辨识度正在降低。

当乡音消散，我们会丢失什么呢？

乡音，是听觉上的家，是声音中的故乡。它比看到的一个地点更牢固。房屋可以被拆掉，道路可以被毁掉，人可以变老，故事可以讲完，家乡的标志会有很多消失不见，唯有乡音，是我们持久的、牢固的精神回归之所。

乡音，是长腿的村庄。每当我身处异乡的人群，突然听到一声乡音，无论多么嘈杂，我都能准确地识别到它的位置，人群给我的冷漠感立刻被打破。

乡音，是每一片土地独一无二的灵魂之声，它塑造了这片土地上人们的生活、观念、性格、梦想，以及只属于这片土地的情怀。如果一个地方的人不再使用一个地方的特有语言，那世间将会少一种亲切的关系，这种关系叫乡亲。

乡音，让地域之间更有张力，让天地之间更丰富。

当乡音消散，我们会丢失什么呢？

虽然我还不能准确地说出丢失的是什么，但我感到了担忧。

如果普通话是一辆可以开往千万条路的车，那乡音就是与我们血肉相连的家，我们不能错过那通向广阔天地的车，但也不能丢掉身后的家，更不能让它在我们的忽略中倒塌。如果普通话是向上生长的枝条，那乡音就是深埋土地的根，我们可以向往天空，但也不要忘掉生命的根，没有它，就没有每一个村庄独特的生命力。

我表妹一家三口在省城安了家，她上六年级的儿子出门普通话，进门家乡声。我问表妹，为什么没像其他搬进城的年轻父母那样，在家也对孩子说普通话呢？表妹说，我们都是村里的，为什么要说普通话呢？不能不说，表妹的想法是当代农村年轻人身上难得有的一种意识。这是一种地域上的自信，更是一种内在的归属感。

虽然乡音依然在我家乡的土地上行走，但我已经感受到它正在渐行渐远。我不知道我应该做些什么，去挽留我的乡音。

春天，我的村庄

母亲说桃花开得正好看呢，再不去就落了。我们便动了心。花期短，春光亦如此。如果错过了一年最好的时候，岂不是丢掉了一个春天。

我们的路线是绕村游，从村南绕到村西那片桃花地。这大概是最短途的游春了。走出一排排的农舍，竟已是满眼绿色。清明那天我们来村南，还是冬天的景象，仅仅四天后，就是一派盛春了。看来春天的性格还是很沉稳的，在人的期盼中，能不动声色、无声无息地在天地之间、在任何有生命的内部、在空旷的田野和任何一户农家的旮旯涌来千军万马。几阵暖风，就换了人间。

不过大部分的绿集中在枝头，向下看只有星星点点的新绿。小土路两边都是生长着旧年杂草的荒地，靠近路边的地方散落着各种垃圾，塑料袋、纸团、旧衣服、旧鞋、绑葡萄架的布条、帽厂扔出的边角料等。村里捡废品的老人拿着几个纸箱子路过，并不看它们，想必已被翻过多次。长年累月在这里的垃圾，可谓是垃圾中的垃圾了。我开玩笑说："这么大片的地荒着可惜了的，我们种萝卜吧。"父亲说："人家有主儿。"

我给这片闲地拍照，却怎么也躲不开路边的垃圾。平时人们路过这里，对垃圾已习以为常，而拍成照片，却让人无法接受。最终我只能将照片裁剪得只剩下左上角的四分之一。

"远远围墙，隐隐茅堂……正莺儿啼，燕儿舞，蝶儿忙……"当我想起这样的诗句，不免对眼前的景色有些失望。村边，应该有独特的风景，应该是既有生活气息又有自然风光的妙处，而实际却是，荒地紧挨着人家，墙里是人间烟火，墙外却是一片荒凉。我不免疑问，这些人家都在忙什么？他们活在哪里？

可能是村子南扩的原因，感觉不一会儿就到了邻村的那条小水泥路上。这条小土路就没有那么长了。

小时候经常来这玩儿。小土路两边是茂密的庄稼，这条水泥路正好地势高，所以到达这里时，会感觉豁然开朗。居高临下地看辽阔的麦田，或碧绿或金黄的波浪随风起伏。我们在小路上奔跑、追赶，声音被风刮跑，就回不来了。如果要去邻村还要走一会儿才能看见建筑。而现在，走上这条路我刚要长出一口气，却没有出来。因为路两旁也断断续续盖上了房子，像小作坊或小加工厂什么的。人的目光和声音都变得拘谨，因为往无论哪个方向，都会撞到水泥或砖瓦的障碍物。

看来随着村庄的不断扩张，村和村已经快分不开了，那曾经的辽阔也逐渐被吞噬了。

虽然政策不允许在耕地上建房，但总会有一些小房长出来。人的欲望的力量或许超出我们的估量，无论有多少阻力，都会找到泛滥的土壤。

我们向西走去，来到村西那条南北通向的水泥路上，这倒有了几分辽阔的感觉。落日在天边，鲜艳而柔和。路的对面是几十亩新裸露的土地。这片地一直都种着梨树，而现在要改种大棚葡萄了，反季节销售，利润高。

空荡的土地上只有一小撮坟，十来个，按着一定的秩序聚集在一起，这是一个家族故去的先人。这些坟，如春天里的其他事物一样，也是新的，因为清明祭奠有给坟上新土的习俗。挖掘机还在平整土地。两三个人在坟的旁边配合挖掘机干活儿。人们不会因为死去的人近在咫尺而有任何不适。

死去的人就这样看着活着的人们，看着路上来往的匆忙，看着田地里人们的劳作，看着不远处一盏盏灯火，看着后代们的悲欢离合。它们时刻都能看见我们，而我们更多的时候是把它们忘却了，我们在它们附近攀比、争夺、憎恨，如果能看它们一眼，想必很多是非都被化解了。它们离我们这么近，或者说，它们一直在我们的生活中。或许这就是人生的布局，悲和喜那么近，热闹和荒凉那么近，生和死那么近。

我们走到村子的主路口，向东是家的方向，但我们向西走去，去寻找桃园。这条路两边要整齐许多，一片苹果树接着一片葡萄树，一片葡萄树接着一片麦田，但会时不时出现一块暴露的土地，土地上只有杂草和零散的垃圾，仿佛还停留在冬天，有的土地上还留着去年的玉米秆。这几年经常听人说，只种一季玉米，这是不想荒废土地又省事的选择。这六七百米的一段路，我就看见了四五块被春天遗忘的土地。

费孝通在《乡土本色》一文中指出："从基层上看去，中国社会是乡土性的。"中国人热爱土地，无论是生命的根还是精神的根都在土里，几千年都是这样。而今天，是什么力量让我们放下了土地？

在各种收益的对比下，在时间和精力优先分配的原则中，我家的地已荒废多年。我没有去看过它，它就像无用的旧物，被我们扔了，扔在了昨天，扔在了内心的一个角落。但现在，我突然意识到它真实存在着，它正经历着孤独的风。

农民的生存结构已经发生了巨大的改变。我们村的人越年轻种地的越少，有更多的地将被荒废。这是时代迅速发展的过渡吗？看着一片片荒地，我感受到了中国农民的羞愧和无奈。我看见了中国农民在丢下土地前的迷茫和丢下土地后的焦虑。

这从未辜负过我们的土地，却被我们辜负了。什么时候它才能迎来春天？

我刚提议往回走，便看到不远处有一片"红霞"，桃花在夕阳的映照下格外夺目。这是刚毅家的桃树。树下整理得干净松软，树枝修剪得非常有利于采光，地边用铁丝网围着。我们找到只绑着一个布条的小门，推开便进入了。在这个桃园拍了许多照片，并美美地欣赏了一番，当然是在对桃花没有任何伤害的前提下。当时并没有多想，但后来的几天，在快手和朋友圈看到好多村里的熟人和桃花、梨花、麦田同框。有的在树间翩翩起舞，有的竟爬到树上拍照，看到这些有些过分的游客，我不免想到，果树的主人一定非常心疼，因为触碰一朵桃花，就影响了一个桃的品质。这样的嬉戏，又难免没有花瓣掉落。我和家人虽没有那么放肆，但擅自闯入，又何尝不是侵犯？

以前，果子还没成熟的时候，主人并不会去保护，因为没有可图，也就不会招来任何伤害。而现在，花期竟也有了价值。

突然发现，其实我们农村出现了两种意识，一种是农民意识，另一种是非农民意识。越来越多的人虽在社会阶层划分中被定义为农民，但他们已非真正意义上的农民了。他们打工或从商，他们的出入环境是超市、商场、小区、互联网，过着很像城里人但又非城里人的生活。他们在陌生人中赶时间，他们不断地移动。尤其是"80后""90后"，大部分已不再知道农作物的生长过程，不再能感知节气的更迭，不再是面朝黄土背朝天的姿势，这些人的认识又怎么能说是农民呢？只有不再是传统意义上的农民意识，才会从审美的角度去看待桃花和梨花。记得有一次我说梨花好看，表姐说：还急着授粉呢，谁顾得上看花。表姐才是真正的农民。

而且，这两种意识可以在同一个人身上存在，比如我和家人，用农民意识打开了人家的地围栏，又用非农民意识拍照。

我看见，多种对立的意识在这个村庄纠缠着。我的普通的村庄，又何尝不是时代的缩影呢？它比繁华的都市和偏远的山区更有代表性，因为它将这个时代内在的结构特征外化了出来。

那散落的垃圾正是生活高速运行甩出的碎片，那么多闲置的土地正是旧的价值丧失，那么多人进入城市生活正是迷茫中的寻求，建筑物对耕地的占用正是人们膨胀的欲望，看花人随意进入他人果园正是旧秩序的失效。

我们回村的时候天已经黑了，路灯和工厂里的灯都亮了，新建的小广场聚集着孩子们，平坦的街上来往着下班和买菜的人，烤羊肉串的、炒冷面的也在路边忙着，垃圾桶整齐地排列着，新粉刷的墙面洁白干净。在城市奔跑的节奏中，农村也加快了变化的速度。

但这种变化是复杂的，变得越来越富有，也越来越贫穷；变得越来越干净，也越来越脏乱；变得越来越繁华，也越来越荒凉；变得越来越文明，也越来越落后。

村口那棵大槐树已满身新生的叶子，却没有遮蔽去年的鸟窝。远远看去，就像一个写错了的字，用笔涂成了一个黑球。它要说出什么，人们无法听到，但我知道，那是一份期待，尽管微小，但千万里之外也能听到。

雪落大地

下雪了！

无声的雪花，在天地之间，飘飞出最大的声响，落在我熟悉的这片土地上。

离这里最近的山，是太行山；离这里最近的海，是渤海。这一片华北平原像敞开的胸膛，宽阔而坦荡。如果说大山里下雪了，那跌宕起伏的曲线，可以让人的目光翻涌起无数波浪，那么大雪覆盖的一望无际的平川，便可以让你的目光最大限度地伸展和飞翔，尤其是在没有高楼的农村，比如我的村庄。站在大雪覆盖的田埂上，喊一声，声音就被风带走了，因为没有障碍，就带远了，远得连自己也听不见了。这里更不知道什么叫隐藏。所有的田野、敞开的院落、每一条大路和小路，以及路边自在的老磨盘，都面朝苍天，都接受着上苍赐予的洁白。

这里镌刻着很多慷慨悲歌，走出过很多名人大家，但这里更多的是如庄稼一样一茬一茬生长的老百姓。

如果快速地播放这里的历史，就会看见，人们在这里盖起平房，升起炊烟。他们把路蹚开，再淹没；他们垒起墙头，又推倒；他们走不了多远，又会回来；他们说过的话还会反复说；他们让大片的田野绿了又黄，黄了又绿。他们在雪地里，披红挂绿地迎亲；他们在草长莺飞的季节，穿白戴孝送别亲人。他们在这里经受着四季的轮回。

他们死去了，就像没活过一样，就连坟头也没有一块墓碑。茂密的衰草覆盖着那稍稍隆起的坟头，那隆起的部分是他们经历过的传奇，领悟出的真谛，是一段段鲜活的历史。然而，他们无声的故事只有大地记得，他们是大地的一部分，他们就是大地。

他们当中有我的父辈，有我不知名的先人，然而，我又何尝不在其中呢？

我看见，我坐在窗前，是那个眼睛因为雪光而更加明亮的孩子。我不知道我在期待什么，但我内心充满期待的欢喜。

在大雪覆盖的早晨，除了跳动在雪地和枝头的麻雀，第一个在雪地踩出大脚印的是我的祖父。他穿着一双大草鞋，和只有最冷的时候才穿的套棉衣的黑色袄罩裤罩。他带着脚印去房外的柴火垛边、废弃的小院和村外的地里观察，因为这雪会把各种动物暴露无遗，祖父总能在野兔、刺猬、田鼠的各种爪印中发现黄鼠狼的踪迹。这让我总觉得祖父和雪有一种神秘的约定，他能知道雪深处的秘密。

但雪给我更多是亲切的记忆。每当大雪初停，父母和邻居们都会上房扫雪。那时候看不见楼房，相似的平房因为大雪就更加像了。它们整齐、谨慎，一排紧挨着一排，足够生活行走的小路将它们连接着。没有个性，更谈不上创意，就像这里的人一样，更愿意做群体中的一员，和别人一样地活着。

扫雪是很热闹的，人们在屋顶上见了面，总会你一句我一句地说笑。我日后才发觉，那声音，是平原造就的，发声点不在口腔，而在胸膛，通过喉头的推送直接出来的，是拐弯最少、修饰最少的腔调。虽然现在我觉得普通话要比我们的方言省劲，也好听，但我仍然认为只有这样的土音是最适合说实话的。

我也曾在那屋顶上瞭望。我看见了世界的大。我可以俯视远比我高的大人们，我相信那是最高的地方。多年后，当我看见了这平房的矮小之后，当我攀登了一座又一座高楼之后，当我用岁月丈量了世界的大之后，当我再次站在平房之上眺望，我就更加相信，这平房之上是最高的地方。这里离天空和飞鸟最近，在这里眺望是最长的目光。

大雪覆盖的村庄又是暖和的。院中，不走动的地方都堆着雪白的雪，雪堆看着走动的人，守着平庸的日子，直到院中的过冬葱绿了，才彻底化尽，化尽的时候也是雪白的。

母亲像这里的每一个女人一样，掀开雪下的麻袋片，抱出水桶一样的白菜。母亲一层一层剥掉青帮老叶，沉默的白菜就露出了新嫩的面容。母亲就这样在陈旧的生活面前拨开每一个新鲜的日子，喂养着我的时光。

父亲像这里的每一个冬天一样，掀开压着雪的瓮盖，拿出一进腊月就买下的猪肉，年就真的到了。

在我的印象中，过年就是两种颜色，红和白。红色的对联贴在两堆雪之间，红灯笼映照的雪泛起红光，红色的炮皮落在雪地上。

父亲说：谁谁回来了，谁谁家的谁谁回来了。雪听着一个又一个在外的人回来的消息，我看着他们带回来的熟悉和陌生。多少年都是这样。我和这个村庄一样，是留守者、迎接者、目送者和期待者。所以，过年回家这句话对于我来说，不是遥远的归途，而是窗前的眺望。

有时候我想，若不是我被疾病强行留在了这里，我一定也是这个村庄的背叛者，我也会留给这里一个背影，留给这里一小块空寂，一边向远处走，一边想念这里，在异乡用一份乡愁疗伤。

但我被留在这里三十多年了，这是这片土地对我的偏爱吗？让我和它一起感受这里的四季，看着这里的孩子长大，看着他们长大之后离开，看着他们在大雪覆盖的时候回来，看着他们回来得越来越少，看着这里空房子越来越多，看着这里的老人在被遗忘的时间里坚守着别人和自己的记忆。我和这片土地有着同样的角度，我仿佛最能了解这个村庄的心。

目送，目送，一次又一次目送，仿佛一切都是过客，一切都过去后，这里还有什么呢？我看见，无尽的爱已经伸展到了远方。

我也曾从远处回来过，准确地说，回来的那个我，是从坐在窗前的那个我眺望的目光所及的地方回来的。我在大雪覆盖的时候回来，带着喜悦或悲伤回来。在白茫茫的一片片田野间越走越深，在一段段路程中越拐越熟。我问自己，我这是要去哪？空荡的公路通向一个村庄，村庄中有一个院落，院落中有一盏灯。无边的世界中我只需要那个微小的归宿。我突然看见，那个终点是我活着的和死去的亲人的目光，是那些老物件和记忆的目光，是窗前的那个我期盼的目光。

那些目光足够容纳我所有的悲伤，足够回应我所有的荣光，足够安慰我所有的病痛，足够呵护我所有的梦想。正是那些目光，一次又一次催促着我远行，然后期待着我归来。那些目光聚集的地方就叫故乡。

无论走多远，一个人永远属于一个地方。我永远在我的村庄看世界，用这里的土音对生命表白。

然而，每一个游子又何尝不是一块流动的故乡呢？仿佛故乡长了腿和眼睛，并可以用独一无二的乡音说话。在繁华的世界里，带去某一个地域的灵魂，在异乡流浪着无数的"村庄"。

对于华北平原上平凡无奇村庄里的孩子来说，在大雪飘落的时候，都该归位了，下雪了，就该回家了。一场大雪，就是一场浩荡的召唤，召唤着每一个远行的人，召唤着他们回到来处，回归那一片初心。

我在辽阔的雪地上走一走，印出两行车辙，就知道该往哪走了。

向心而行

如果可以选择，大概没有人选择在菜市场卖书，但如果有人这样做了，不要认为这是创意，或许是出于无奈。

我的心理咨询室开在农村，就出于这种无奈，因为书只能在菜市场卖，那也得卖。

当公认的路被阻挡，人就会拐向没有路的地方，当在无路可走的地方走过了，一条新路便诞生了。

慢慢地我发现，买菜的人中也有喜欢阅读的。虽然这里受众没有那么多，但从个体的需求来看，却更为迫切，因为这里的资源更加稀薄，没有人为少数人而存在。

◦ 二 ◦

来访者坐在沙发上，我坐在轮椅上，轮椅靠在书柜前，和来访者以45度角对坐，我们中间是一张小茶几，茶几上放着一小盆黄色的插花，很多时候温和的阳光就落在小花上……

本以为学心理能帮我驱散一些关于人类的迷雾，但没想到，却让迷雾更加庞大了。

那是一个7月的下午，我正在床上想象这辈子不可能遇到的事，电话突然响了，是心理咨询号的铃声，我的想象立刻像肥皂泡一样破了。

"你在哪呢？我们现在过去！"电话里中年男人的声音就像刚跑完步一样喘。这种紧急约见的来访者，一定带着强烈的焦虑，所以我提醒自己保持淡定。

一对四十岁左右的夫妻，带着一个十五岁的男孩到来时已是傍晚，但依然非常闷热。孩子的父亲光着膀子，穿着短裤和拖鞋，身上和手上有明显的尘土，一看就是放下手里的活儿就来了。他一身的愤怒告诉我，他治不了这个臭小子，得找人治。

这个父亲怒气冲天地说："老子累死累活的，这小子他妈的还捣乱，跟大人对着干。"这个父亲一边在屋里转一边说，我让他坐在沙发上说。他说："别管了，坐不下。"他丝毫没有进入一个谈话场合的秩序感。孩子的母亲无奈地说："不念书了！谁说也不听……才初二。"说的时候，父亲在流汗，母亲在流泪。

等他们"控诉"得差不多了，我便让他们出去等，让孩子单独进来。

男孩一米七高了，但穿着篮球背心的单薄身板，还是可以让人确定他是个孩子。他拘束地坐在沙发上，带着一点儿礼貌的微笑。或许是我的温和与尊重让他感觉我并没有成为父母的帮凶，所以慢慢和我聊了起来。

男孩说不想读书了，想早点儿离开家。他说考不好了父亲就打他，不听话的时候也打。他说的时候眼泪在眼睛里打转转。

从男孩口中我还得知，他父亲的营生是粉碎花生皮，说起来是给种植盆景的土制造原料，但大部分是卖给那些生产畜牧饲料的，掺假用。他的父亲经常喝酒。有一次他一身酒气地回家，不知因为什么和他的母亲争吵了起来。他正在一边写作业，就转过头去看他们。父亲看到他在看他们，就立刻把气转到了他身上，骂他不专心写作业，说着就推了他一下，或许当时父亲还没有打他的意思，但他想跑，没跑成却彻底激怒了父亲，父亲对他便是一顿拳打脚踢。他说母亲的哭声和父亲的拳脚一样疯狂。

我看见，孩子心中那棵娇嫩的小苗，正在经历狂风暴雨；我看见，孩子和他的父母之间被阻隔了一重重山。

他们想让我马上控制住孩子，又怎么能有耐心等着慢慢把那一座座大山搬开呢？如我所料，他们咨询一次之后，便不告而终了。

过后，我经常想到那个孩子，想他还会经历些什么才能长大，想他会有什么样的将来。

两年后，在我整理资料时，看到了他们来时的登记表。我突然想给他父亲打个电话，理由当然很好找——心理咨询后的回访。电话中，他父亲的声音没有了愤怒，而多了几分冷漠。我得知，孩子初中还是没有毕业，这两年换了很多工作，很少回家。

听到这些我感到很无力，那个孩子来到了我的面前，而我又能做些什么呢。

放下电话我陷入了疑惑，为什么世界上最爱他的父母却给了他最大的伤害？在什么情况下，他和父母之间的一座座大山才能夷为平地？想到这里，我只能默默地祝福那个孩子。

又过了三年，还是一个下午，我又接到了一个电话，声音是一个年轻的男人："您有时间吗？我现在想过去。"我说今天下午已经有预约了。对方的声音立刻变成了推销员的口气：

"姐，您想想办法吧。"不知为什么，我竟给他安排了时间。

他匆匆地走进来，随手搬起门边的一把椅子就要坐到我的面前，像来说什么急事似的。为了让他放慢节奏，我说："坐在沙发上吧，舒服一些。"我的调整节奏是有效的，他坐在沙发上，开口之前停顿了两秒钟。

他穿着一身紧绷而闪亮的深灰色西装，清秀的面容让人感觉他二十出头，但油滑的表情让人感觉他三十出头。这时我低头看了一眼他的登记表，他竟然是二十岁。在后来的交谈中，他进一步将幼稚和世俗拉开。他的双手在腿上合在一起，随着他表达的节奏不断打开，像老板在对员工讲话，他的语言模式也是极其商业风格的，"近期规划""实战运作"，而且目的性很强，他的问题问得非常准确，而我问他的问题，他却含糊回答。但是他的躲闪，在我的面前却是无处可藏。可见，这是一个阅历尚浅，却以模仿成功商人为手段，在商场底层又想爬到金字塔尖的人。

我个人很讨厌这个装腔作势的小屁孩，用不了多久他就会成为一个老奸巨猾的商人。

他刚开了一家人力资源公司，他的焦虑就来源于公司未形成管理模式的忙乱。我给他分析并提出建议时，他频频点头，若有所思的时候，反倒露出了踏实的表情。

咨询结束时，他说："非常感谢您，我知道该怎么做了。我以前来过，您还记得吗？我是东庄的，我父亲是粉碎花生壳的，都五年了。我不知道现在谁能帮我，就想到了您，我算来对了。"

听到这话，我心头一紧，他是那个单薄的男孩？他怎么可能是那个单薄的男孩！我立刻用略带意外的微笑来掩饰我的惊讶："啊？我有点儿印象，你变化不小啊！"

他走后，母亲说去晒晒太阳吧，我说嗯。母亲说太热了别去了，我说嗯。

五年，对于我来说，就是说了几句话，打了几个盹，而对于那个男孩来说，五年的时间让他变成了另一个人。

按照世俗的标准，这孩子挺有出息，而我却感觉到说不出的心痛和茫然。我只能安慰自己，他在需要帮助的时候能想到我，也算我当初带给他的一点儿光吧。

是什么让他变成了这样？真像一场魔术，道具是时间，可魔术师是谁呢？

窗外那强烈的阳光，仿佛暴露了所有生命的欲望，那如人群般的树叶，在风中摇摆着。

◦ 三 ◦

我对他的印象深，不是因为他守时和来的次数多，不是因为咨询的效果好，也不是因为咨询结束后他依然经常为自己和家人的事问我，而是因为他让我更加确信，孤独才是人永远的陪伴者。

那天，一双锃亮的皮鞋走了进来，他的西裤笔直，黑色的衬衣十分平展，但他的脸却像是一块阴影。他高大的身躯坐下后，我竟然觉得他是那么弱小。他开始讲述他的痛苦："我头疼得快炸了，三个晚上一点儿没睡着，心里烦躁得就像要出什么大事。老婆在医院生老二，可我完全没心思照顾她。我这是怎么了？"

这是一个三十四岁的焦虑症来访者，第一次咨询我只能先缓解他的焦虑，可能因为效果比较好，便建立起了他对我的信任。

在后来的多次咨询中，他的问题慢慢被拆开："我总感觉自己生病了……我害怕不能照顾好父母，害怕不能给媳妇孩子更好的生活，我什么都害怕。我无心经营我的餐厅已一年多了……我没有跟老婆说过我的痛苦，说了也没用，万一人家再不跟我了。我老婆已经对我很不满了，说我越来越自私。"

我说："你是一个有担当的人，你不是自私，只是你的痛苦你的家人还不能体会到。"

听到我的话，他泣不成声。

可以看出，他并不是一个经常哭的人，因为他哭得不熟，就连他自己都感到突然。我本应该给他一些安慰，但我却走神儿了。我想，一个男人最应该有的就是担当，然而担当过头了，却抵达了脆弱。

所谓的心理问题，只不过是人性中必须有的东西过量了。我们的心灵就居住在荒原里的一座城堡，我们用各种观念、规则、定义建设了这座城堡中的房屋，让我们的心灵可以安全地栖息，但过量的房屋只会将心灵的栖息地冲破，而城堡外是无尽的荒原。

我发现自己想得太远了，便立刻把注意力拉了回来。为了掩饰自己的找不到头绪，我问了他一个问题："你感觉和家人关系怎么样？"

他不假思索地就回答了，和妻子挺好，儿女双全，生活富足，家庭非常幸福。当他说到幸福，仿佛离他的痛苦很近。他接着说："可是我怎么感受不到幸福呢？和谁在一起都觉得孤单，心里难受。"说到这里他又开始流泪。

我知道他说的并非假话，这就是他认为的幸福生活。但如此长时间地患病，家人竟不知道，是何等的一种疏离？而害怕妻子嫌弃他，又是何等的缺乏信任？这样的生活怎么能称为幸福?

他给幸福的定义太浮浅了，但是现在大部分人又何尝不是这样想的呢？要有房有车，要儿女双全，要生活富裕，除此之外，仿佛就不再需要什么了。如果真能在物质的层面体会到幸福，那没什么可改变的，但我的来访者并没有在他认为的幸福中获得幸福，我知道这是他的精神追求还没有完全泯灭，所以，我应该让他知道，自己需要的幸福是什么，但事实证明，我太主观了。

"你有没有想过把你的状态告诉妻子？你们那么浪漫的相遇，又走过了近十年，她会嫌弃吗？你有那样的想法，只是因为你太焦虑了。如果你的妻子可以和你一起咨询，你就可以得到更多力量。"我特意在说这些的时候加以希望的眼神。

他还是对别人能够帮他驱散孤独抱以希望，所以在第七次咨询时，他把妻子带到了心理咨询室。

按照惯例，我先和他的妻子单独聊。这是一个漂亮而且会打扮的女人，浓艳的妆在她脸上丝毫不显累赘，反而突出了她的大眼睛和小嘴巴。她丰满而紧绷的身体，一看就知道是刚坐完月子。

"他说他在做心理咨询，让我也来，他怎么了？"她坐下后就直接说出了她的疑惑。

我没有立刻回答她，而是先问了她一个问题："你觉得你的丈夫近一年来有什么变化吗？"了解她的态度，有助于我选择什么方式跟她说。

"他以前不这样，有事业心，也很关心我和孩子。可现在，他心里只有他自己。我给他生孩子，他一点儿都不上心，就想着吃点儿安眠药去睡觉。人家都说女人生孩子容易得抑郁症，可我生孩子他却得了？"她停止了发牢骚的语气，认真地说："他是不是真的有了什么焦虑症、抑郁症？如果是，那我就先带着孩子回娘家，让他看病吧，什么时候看好了再说。"这时候，仿佛需要她母亲拉着她的手说：我闺女真命苦啊！

听到她的这段话，我就像突然走到了悬崖。我必须立刻悬崖勒马，不然我会将我的来访者带入万丈深渊。

他的妻子没有为他而担心，没有为他需要什么治疗而想办法，而是陷入了自我委屈中。

人怎么能力这么小啊，小得只能为自己考虑；人怎么这么脆弱啊，脆弱得没完没了地心疼自己。我感到心痛。

我现在决不能告诉她，她的丈夫就是得了焦虑症，那貌似牢固的家庭却是如此不堪一击。我看见，一片荒原，长着野草，长着黑夜，飘荡着荒芜。而一个人的心灵，就孤独地在这里承受着恐惧。

"你的丈夫非常在乎你和孩子，正是因为他太想让你们幸福了，所以压力很大。这个时候他尤其需要你的支持，你给他一些肯定，一定可以转换成他最大的动力。"我这样说效果确实不错，她松了一口气，并且看到了希望。

但我应该如何跟我的来访者说呢？不欺骗来访者是心理咨询的基本原则。

当他重新坐到我面前，用期待的眼神看着我时，我说："我发现，你妻子生产带来的雌激素波动有些大，所以我没有告诉她。你这段时间要多关心她，你已经走过了最艰难的时候，继续努力吧。"

我用不撒谎的方式给他们之间造成了积极的"误解"，或许这是目前帮助他们最好的方式。但是我内心却觉得说不出的难过，仿佛只有我看到来访者的房子是用漂亮的积木搭建的，貌似豪华，却经不起风吹草动。或许正是因为来访者一直能感受到这种不安全，他才会走入那无人的荒原。

是我太幼稚了。

还好，他再一次相信了我。

或许正是因为高度信任，他的咨询在走过四个月之后，圆满结束了。

在最后一次咨询时，他深深地给我鞠了一躬："太感谢您了刘老师，您让我走出了痛苦，重获了新生。"

我知道，我只是帮他修复了心灵居住的城堡。这个城堡何尝不是一种局限？城堡外是恐惧和理想，城堡内是安全的普通人。

我告诉他："人的能力是有限的，要学会接纳现实。"我告诉他："生活是一面镜子，你笑它就笑，你哭它就哭。"

所有的引导，我只是在教他做一个普通人。我让他坚信，他的房子不是积木，而是铜墙铁壁。

因为我知道，每一个普通人，都需要史铁生的《命若琴弦》中那个二胡里不存在的纸条。有那个谎言，人就可以幸福地度过一生。

◦ 四 ◦

在生活中画出一块工作的范围是不容易的。

那天我正在给一个人做咨询，邻居老太太来串门，大呼小叫地往屋里走。我母亲迎上去说："来来，咱们东屋里坐会儿，她们做咨询呢。"

老太太有点儿好奇，一边往东屋走一边问："怎么做咨询啊？"

母亲琢磨着说："就跟聊天似的。"

老太太说："聊天也能治病？"

母亲说："不是治病，得跟他们讲。"

老太太仿佛突然明白了："啊！就是讲课吧，那我也去听一听。"说着就转身往北屋里走。

母亲拦住她说："这个不让别人听。"老太太就彻底蒙了。

那天母亲算拦对了，因为我正在给来访者做催眠。

来访者是一个三十岁的女性。她穿着一身运动休闲装，白色的收口裤让人感觉柔软极了，藕粉色宽松的上衣，袖口做了镶钻的装饰，这种开阔的设计，绝非县城的商场能买到的。她是一位强迫思维的来访者，那天是第三次咨询了。

"你已经越来越放松了，你走进一个花园，宽敞的草地洒满温暖的阳光，阵阵微风吹来沁人心脾的花香……"

她坐在沙发上，在舒缓的音乐中，呼吸也变得舒缓了，闭着的眼睛依然可以让人看到，她眼皮下眼球在动。我知道这意味着她投入了想象。

"这时你看到了什么？"我继续用柔和的声音说。

她突然皱起了眉头，艰难地说："是一个人。"

"这个人是谁？"

"我弟弟。"她停顿了一下继续说，"他的身上全是绷带。"她的表情仿佛被乌云笼罩了。

她的弟弟，我一直没有意识到和她的问题有关。我感到诧异，但也感到有些激动，因为很可能问题的突破点就在这里。

"你弟弟和谁在一起？"

"是我妈，她在哭。"说到这里她也开始哽咽。

看到来访者的情绪波动变大，我结束了催眠。

在生活圈中做心理咨询，没想到也有优势项，那就是我获得的来访者信息，不只限于来访者，来访者的生活背景我很可能早有耳闻。

我指给她纸巾的位置，并安慰她先歇歇。她擦完眼泪又整理了一下头发，看着我微微一笑，仿佛告诉我可以谈了。

"你愿意谈一谈你的弟弟吗？"

她低下了头，专心把手中的纸巾叠得很小，然后抬起了头，仿佛做好了准备。

"我的弟弟有病，谁也不知道。"

"要紧吗？"我以接纳的态度听她继续说。

"先天性心脏病，小时候做过两次手术，现在依然很虚弱。自从有了他，我妈就没有开心过，怕我弟弟说不定什么时候就没了，更怕别人知道，只希望弟弟不声不响好了，能顶门立户。"

她的语气变得激动："我妈为了要一个男孩，费了多少心，受了多少罪。"说到这里眼中又挂上了泪花。"我记得上小学的时候，每天放学回家都是满院子的中药味，还有父母互相抱怨的争吵。我十几岁时，我妈终于怀孕了。高龄孕妇，身体又不太好，好不容易生下来了，但我爸妈就高兴了几个小时。在新生儿体检中发现，我弟弟有严重的心功能发育不全。"

她越说越投入："我小时候觉得爸妈为了要一个男孩吃这么多苦，不值得。可是，自从有了我的女儿之后，我也觉得如果没有一个健康的男孩是莫大的遗憾。可我偶尔高压一百四十，但医生又说不用吃药，真不知道那算不算高血压，如果算，那就不能保证孩子的健康了。"

她又开始了分析，我怕她再进入恶性循环的思维逻辑，就赶紧接过话茬儿："所以你内心非常冲突，你想要一个男孩，但又不想走妈妈的老路，生一个有病的孩子。你反复去医院确定自己到底算不算高血压，其实是想要一个绝对健康的男孩。"

"没错，没错！就是这样！"她的目光明亮了许多。

时间接近了中午，我听见母亲送老太太的声音，从台阶上走到大门外。

临近结束时，我问她："在你看来，生男孩意味着什么？"我貌似在引导她思考，其实是我不由自主说出了自己的困惑。她的回答非常模糊但真诚："我也不知道，可大家都是这么想的啊。"这让我感觉我在问人为什么活着，人却回答不出来，反而让我觉得自己才是异类。

我说："找到原因，就解决了一半，我们下次再讨论，今天就到这吧。"

与我告别时，她的笑容里多了几分轻松和希望。

我看着她离去的身影，不由想，这个长在城里，至今住在城里的人，还算是村里人吗？但她又那么像村里的人。我看见，她身上城市思维和乡土观念在碰撞，多个角色、多种价值在被完美撕裂，富足的物质和贫乏的精神严重失衡。

霜降过后，阳光变得更加珍贵。

下午，我坐在理发店里，听着和我一样等待理发的两个年轻女人聊天。

染发的对马尾辫说："可灵了，我嫂子就是在那拴的小子。"

"是吗，在哪儿呢？"马尾辫感兴趣地问。

这样的话我并不陌生，但让我感到陌生的是出自两个"90后"之口。小时候我就经常在长辈的话语中听到这样的内容，多少年过去了，这样的话语依然鲜活地在我身边。仿佛时间并不存在，又仿佛一场戏剧一再翻版，只是换了演员。

走出理发店，行人稀疏，店面安静，窄小的街就像一条小河。这条小河也通往大河，大河波涛汹涌，而小支流的水更新

总是慢的。因为缓慢，新的旧的河水混淆了，这让小河的水有
了特别的颜色。

◦ 五 ◦

心理咨询的工作对我的写作是有影响的，哪怕只在上午做
一个咨询，整个白天都难以再进入写作状态。因为心理和写作
是两个频道，虽然都是关于人的，但就好比一个是研究思想，
一个是解剖大脑。

但我却不想拒绝任何一个来访者，我相信自己能帮助
别人。

于我而言，每一个来访者，都是一扇门，让我可以通向一
颗心灵、一种人生、一个世界、一种可能、一个结果。每一个
世界都是那么辽阔和复杂，都充满神性和魔性，都有让人无法
跳出的迷恋和痛苦。但同样，每一个世界又与世隔绝，独立存
在于宇宙之间。

而对于每一个走进心理咨询室的人来说，这里是他们迷途
中的一间小屋。他们可以在这里歇一歇脚、认一认路、等一等
灵魂，然后，重整行囊再出发。

人在处理好了和天的关系，处理好了和物质的关系之后，
就要处理肉体和心灵的关系、心灵和心灵的关系。这是每一个
人的命题，也是我始终的思索。

感谢每一个来访者，让我们可以在人生这场大迷途中，成
为彼此的参照物。

人间情节

在我的印象中，那一个又一个的节日，仿佛是生活恩赐给我们的甜蜜的果实，它饱含浓郁的烟火气，它充盈着丰富的人情味，它让人间的我们更接近了人间。

◦ 端午节 ◦

如果说春节是孩子们的，中秋节是游子们的，那么，端午节就是上点儿岁数的主妇们的，是她们，在每年五月初五把端午节迎到了人间。

仿佛年轻的人们并不在意这个节日，只有到了一定年纪，才会看见它，才会感受到大自然的讯息，就像只有老人的腿才会感知到明天会下雨。

记得小时候，奶奶会在五月初四包粽子，北方的小院中就飘荡着南国的气息。柿子树新绿而厚实的叶片已足够遮阳，但一阵风吹来，还是会有点点闪光的宝石落在红枣上，落在苇叶上。奶奶会在桌子上放一根筷子，然后将泡在水里的苇叶平展地铺在桌子上，一头就搭在那根筷子上，这样方便苇叶折好后拿起来。大概三四片叶子并排并重叠一部分地放在一起，拿起来向内折，就形成了一个小兜兜，放上糯米和红枣后，将长出的叶片折回去，盖住这个小兜兜的口，最后用线缠紧，一个吊脚三角体粽子就包好了。奶奶的针线活儿不好，但包粽子的手艺高，直到现在，母亲每次包粽子时都会念叨："你奶奶包得周正，叶子折得齐。"晚饭后，奶奶会让爷爷烧火煮粽子。熟了先不吃，要在锅里焖一宿，这样才能让人们在五月单五（我们这里对端午节的叫法）早晨吃上又黏又甜的粽子。

五月单五早晨要早起一些，初夏的早晨刮着清凉的风，在我记忆中留下了夏天最美的印象。这天的早饭便是粽子。粽子上桌后，奶奶会掐两朵我们院中带着露珠的手巾花插在我和姐姐头上，将一片艾叶放在弟弟头上，并在嘴里念着："闺女戴花，死了不变大料喳（麻雀）；小子戴艾，死了不变坷垃块。"那时候我虽不懂为什么要给小孩子送上死后的祝福，但我感受到的是奶奶那充满喜悦的爱。现在想来，这样的祝愿或许就来源于端午节最长的根须，那是运行了几千年天人合一的理念，当人们将水边的植物作为食物的容器端上餐桌时，心灵就回归了自然，生和死便不再有区别。

我八岁时奶奶去世了，但仿佛母亲还不够老，所以有好多年都是妗子给我们送粽子。

有一回，五月单五早晨六点，风风火火的表哥骑着自行车从三里外的南白滩村，经过一条河，来给我们送刚出锅的粽子。粽子在篮子里被盖得严严实实，没有半点儿热气冒出来。表哥知道妗子要让我们吃上热乎儿的，所以他飞似的进胡同时，和迎面一个骑车的老头儿撞了个正着。粽子滚了一地，沾了一身早晨的泥土。这粽子是从老头儿的篮子里滚出来的，原来老头儿是去给他女儿家送的。老头儿一下子就火了："这小子怎么不看道儿啊！"表哥赶紧帮老头儿捡粽子，并一个劲儿地赔不是。老头儿一定想到，进这个胡同，很可能是这个胡同谁家的亲戚，就问表哥去谁家。表哥指着我们家门口，说出了我父亲的名字。老头儿立刻温和了下来："啊，走吧走吧。"

当表哥描述了老头儿的模样，我的父母立刻就知道是我们胡同南头的大胖，是关系挺好的邻居。表哥惭愧地说："人家的粽子都成土鬼了。"我们笑开了。虽然经过了一个小状况，但表哥送来的粽子，吃到嘴里依然热乎乎的。

后来母亲开始自己包粽子了，仿佛到了一定年纪，就会包了，也就想包了。开始包粽子，也就开始了送粽子。

胡同里八十岁的素彩一个人生活，母亲会给她送几个；大伯母去世后，大伯父也懒得包了，母亲也会让父亲给他几个；三伯母一向不会包，当然也要给他们拿去一些。正因为都知道三伯母不会包，所以他们家的粽子往往是最多的。母亲还会打电话给侄男甥女，问他们包没包，因为端午节正是农忙的时候。

春节和中秋节的礼尚往来，免不了有一些是应酬，而端午节送粽子，却是发自内心的，是亲友之间纯粹的惦记，是想让你在端午节吃上粽子。

二姨最后一次来电话和母亲闲聊，是四月末的一个晚上。人老了，就不急着睡觉了，而是急着把所有的话都说出来。她们从晚上 11 点聊到 12 点，二姨说等表哥买了叶子和糯米就包粽子，今年早点儿包。但是，她却没有再吃上粽子。二姨五月初一突发脑出血，在重症监护室坚持了三天，五月初四半夜两点，二姨走了。这天我们不让刚从葬礼上回来的母亲包粽子，因为她是那样悲伤和疲惫，但母亲却坚持要包。母亲安静地包着粽子，一阵阵地落泪。我知道，母亲不能让二姨吃不上粽子。第二天，母亲就把粽子端到了二姨灵前："姐，五月单五呢，吃粽子吧。"此后，每年二姨祭日都少不了的一样祭品，便是粽子。亲人之间的惦念，不会因为生死而阻隔。

二伯母说："粽子就得在五月单五吃，过了五月单五就不是那个味儿了。"是啊，那不只是单纯的糯米、红枣、苇叶的味道，而是端午节的味道。那端午节是什么味道呢？

我想，那味道中不仅有回归自然的宽广，有龙图腾的期盼，有阴与阳的智慧，有崇尚英雄、崇尚贤德的精神追求，更有母亲般朴素的情怀，那是对亲人的牵挂，那是对晚辈的庇护，是爱的传承。

端午节，它的宽，纵横了几千年；它的厚，蕴藏着中国人的真善美。当然，其中也包含着我所经历的一个又一个平常而又经典的端午节。正是有了一代又一代老百姓对端午节的滋养，才让粽子的味道中有了人情味，多了烟火气，才让端午节充满生命力，就像每年的野草青青。

所以我相信，人间有端午，就有草长莺飞、万物生长。

◦ 中元节 ◦

农历七月十五中元节，也称鬼节，但这一天在我儿时的记忆中，却没有半点儿阴森感，反而全是热闹和欢乐。

虽已入秋，却还是夏天的阳光、夏天的风，我和姐姐还穿着漂亮的太阳裙，我的辫子绸儿像盛开的浅粉色月季花——粉罗盘，而我们院中还盛开着更多真正的月季花，杏黄田、马克、德国白……像我们这些孩子一样，虽不动声色，却暗藏欢悦。我们在柿子树下写作业或者下棋，身后的灶台前堆放了很多新柴，灶台的案板上放着早晨父亲买来的猪肉。那时候，村里只有早晨会有一个卖肉的来，谁家要改善伙食，就不能错过早晨的肉摊。

七月十五和清明节、寒衣节一样，是给去世的亲人烧纸的日子。奶奶去世后，爷爷去世前，也就是我8岁到12岁那几年，是我们家烧纸的鼎盛时期。因为我们和爷爷住一个院，所以我们这天要迎接五个姑奶奶、两个姑姑、三个伯伯、三个伯母，以及姑奶奶家的孙子孙女、姑姑和伯伯的孩子们。

用我现在的眼光来看，那一天我家的院落就像 90 年代的人物集锦，老人、中年人、年轻人、孩子，以最鲜活的形象刻进了我的心。

这一天的第一个重头戏就是迎接他们陆续到场，我和姐姐经常打赌，猜谁先来。

第一个来的永远是三伯，他总会赶在亲戚们之前到来，仿佛这样才算尽到了地主之谊。三伯长得黑，微胖，关键是他总少不了两句抱怨："怎么还不来？让老少闺女们等着他啊。"所以他总会让我联想到包公，仿佛在他的眼中，所有的事都有对错之分。

这一天，父亲兄弟四人和各自的媳妇除了重要的事，都会在这里接送、陪伴着老少闺女们，这虽不是上纲的规矩，却是我们家不言自守的家风。

第一个到的亲戚，总会是大姑。大姑进院的第一句话总会说："这天儿真好啊。"那时候，有很多人走亲戚或串门儿，进院后都会以这种方式打招呼，要让屋里的人听到外面来人了。如果有人不声不响地进屋了，会被认为没礼貌。

大姑是个勤劳的人，别看她来得早，其实在早饭前已经去地里干了两个小时农活儿了。趁着早晨的凉快下地干活儿，是庄稼人的作息。只要大姑一到场，气氛立刻就热闹起来，笑声不断。大姑说什么都像讲故事一样有意思："这一阵子可是真忙，那过道里连着老了两个人（死了老人），你姐夫怎么得攒忙（过去帮忙），那梨树又该打药，五亩地都是我和小涛（我表哥）俺俩（忙活）。夜了黑介（昨晚）九点多才回的家，干脆咱熬个晚，今个出来心静了。"

　　说话间，我的二姑和五个姑奶奶也陆续到了。

　　除了五姑奶奶穿着现代的碎花翻领小褂，另外四个姑奶奶都是斜襟大褂，而且五个姑奶奶是一样的发型，都是新中国成立初期的妇女们最常见的、齐脖子的青年头，再在耳后一边别一个黑棍卡子。五个姑奶奶的形象，就成为我心中老婆儿（上了年纪的女人）的代表。多年后我才意识到，她们的头发原来和我的父亲一样，是自来卷儿。看来，在这一天相聚的一群人，有很多东西是一样的，有一些是能看见的，有一些是看不见的。

　　姑奶奶们老模老样，拿的东西也是老模老样的。她们会边说话边从塑料皮编的长方体提篮里，掏出三四包果子（点心）其中的一包，让我们这些孩子们吃。那果子用桑皮纸包着、用纸绳绑着，一般都是蜜三角、桃酥、马蹄酥。而现在已经绝迹的，是三姑奶奶最常拿的果子，当时我们叫它果子蛋蛋。它类似于现在的开口笑，只是没有裂开，也没有芝麻，而是一个个油炸面球，有红的、绿的、黄的，或许正是因为有了这些颜色，才让我们这些孩子格外喜欢。那时候人们思想简单，串亲戚只拿果子，这也让我曾经以为，果子就是为串亲戚而生的。

　　当然还会有一些孩子跟着大人到来，记得五姑奶奶的一个外孙女、两个孙女特别漂亮，她们比我小一两岁，她们穿着精致的背心短裤，戴着那个年代孩子们特别喜欢的警帽，眉间还用胭脂点着一个红点。现在想来，她们的形象多么具有时代典型性，足以登上那个时代的杂志封面了。

　　人到齐后，同一姓氏的两代儿女便出发了，带着纸钱和祭品，去不远处的另一个家，看望那些故去的亲人。他们跪在几个沉默的土丘前，一边烧纸一边和去世的亲人说话，就像和他们活着的时候聊天一样。我的长辈们脸上没有悲伤，有的只是牵挂和思念。他们关于鬼神的观念都很淡泊，但都特别重视烧纸，我知道这是对亲人的重视，这重视无关生死，亲情不会被生死阻隔。

当父亲他们去了坟上，家里便开始点火熬大锅菜了。近三十人吃的大锅菜，母亲说什么也得小火慢炖两个小时才好吃。大伯母腌茄子，二伯母切肉，三伯母烧火，母亲作为本家统筹着所有食材、配料，她出出进进地忙着（后来每每看到电视剧《辘轳、女人和井》中四个妯娌一起做饭，我都会想起当时的场景，想必那样的画面便定格在八九十年代的农村了）。或许这样做出的大锅菜才是真正意义上的大锅菜，因为不仅吃的人多，而且做的人多。多个主妇一起下手，多种做法融合到一起，那大锅菜就有了复合而丰厚的味道。当然这还不够，还要掺上她们的闲话和玩笑，那味道才算经典。

熬大锅菜，是那个时候招待亲戚最好的饭，也是我儿时记忆中位居第一的美味。它的食料只是猪肉、粉条、炸豆腐块和一种时令蔬菜，冬天是大白菜，秋天是冬瓜，春天是圆白菜，而夏天便是我最爱吃的茄子。把茄子放在大锅菜里，让茄子有了肉香，那茄子比肉还好吃。那时候，虽然从经济上说，每家都有了随时熬大锅菜的能力，但人们的观念仿佛还没有跟上，平时熬顿大锅菜还是需要理由的。所以，我对七月十五的期待，是少不了这顿美味的。

影壁前的两棵大槐树下，放上两张方形的、低矮的桌子，桌子上放着烧鸡、火腿、花生米。两张桌子难以围坐这么多人，大家就各自找地方坐。大姑瘦，一块砖头也能坐，她左手的前三个手指端碗，后两个手指拿馒头，右手拿筷子夹菜，吃馒头就把筷子往后一攥，拿起左手的馒头咬一口再放回去。这种吃饭的技能，以前还是很常见的，或许只有集体吃饭才能练出来吧。

大家看似随意，其实有着内在的秩序。小辈们一张桌子为中心，长辈们一张桌子为中心，而且一定要安排姑奶奶们坐好位置，并且先把大锅菜端到她们前面，馒头筷子什么的，一定要及时照顾到。母亲一顿饭根本就闲不下来，父亲就守着我们，把他碗里的肉都给我们。

那时候，汗珠一个一个从耳边滚落也不觉得热；那时候，知了在槐树上不停地叫也不觉得烦；那时候，大锅菜的香气一阵阵地飘，一直飘到了现在。

午后，我们这些孩子会在我的屋里吃冰棍、看电视。姑姑和姑奶奶们会在爷爷屋里坐着，而我的伯父伯母，不管上午来得早晚，下午都要和姑奶奶们正儿八经地说说话，如果有时间，最好在姑奶奶走的时候都能送送她们，那才算完整尽到了礼数。

如果说我们家的家风是什么，那便是礼数。这个礼数，并不是意味着腐朽，而是敬重。敬是互相之间的感恩，重是对亲情的看重。礼数就成了我们含蓄地表达敬重的方式。

我一直感到对相敬如宾这个词无法体会，心想亲人之间相敬如宾岂不是太见外了。那次姐姐说可能就像爷爷和姑奶奶们的状态吧。我一下子就理解了这个词。

爷爷排行老二，家中唯一的男丁，按照过去的价值观，在家庭中应该是众星捧月，但他把自己的位置放得很低，凡事都为别人着想。爷爷和姑奶奶之间的相处我并不了解多少，只是在家人的话语中听到了一些。三姑奶奶膝下无子，爷爷就将二女儿过继给了她，尽管奶奶为此抹眼泪，但她知道爷爷不可能让妹妹孤独终老。五姑奶奶的婆家近，回娘家多，她只要来了，奶奶就立刻烙饼，天黑了，奶奶还要把五姑奶奶送到婆家村。姑奶奶们的丈夫如果来了，更是为座上宾，爷爷不喝酒，却会陪着妹夫喝。姑奶奶们对哥嫂也是格外尊重，说话都是恭恭敬敬的，以至于我小时候以为爷爷奶奶是她们的长辈。奶奶最后的那段日子，姑奶奶们频繁探望，尤其是三姑奶奶和五姑奶奶，加入了儿女的行列，在病床前照顾。给奶奶穿寿衣前，三姑奶奶还在自己身上穿了穿，说这样奶奶穿上了舒坦。看到他们之间的情义，小辈们私下里自愧不如姑奶奶想得周到。

亲人之间能做到相敬如宾，不仅是对亲情的看重、对人和事高度的认识，更是普通人家对真善美的追求。

每当落日还剩一些余晖，姑姑和姑奶奶们才不得不离开。母亲说，闺女回娘家，总是待不够。这时我的父母拿出了早已按照爷爷的指导备下的回礼，送至大门外。

时光总是悄悄地改变着一切。记不清是哪一次送她们走，却送走了一个时代，那是一个大家庭的时代，是烧纸的时代。

如果说曾经烧纸的日子算是一个节日，那我更愿意称它为亲情节，血脉相连的人，无论生死，这一天都能团圆。它不像父亲节、母亲节那样单一具体，而是更加广阔。谁的血液中没有兄弟情、姐妹情、姑侄情、爷孙情，它不具有代表性，却同样伟大浓厚，持久地为每一个人提供着赖以生存的温度。

如今，爷爷奶奶、四个姑奶奶、两个伯母已去世，我们这一代虽已长大，却都被淹没在各自的忙碌中。在这个电话不离手的年代，却再也聚不齐了。

以前，人就像长在藤蔓上的果实，知道自己的位置，知道自己身边是谁，知道自己的根在哪里，那根须深深地扎在土地里。而现在，人们就像水中的浮萍，尽管身边尽是繁华，但匆匆来去，都是过往，每一个人都带着迷茫漂泊，每一个人持久的陪伴者只有孤独。

◦ **重阳节** ◦

　　曾经，九月初九是我们县城一年一度的九九庙。庙会在新中国成立前还是名副其实的庙会，称之为钱粮开柜庙，新中国成立后为了破除迷信，改为物资交流大会，"文革"时期取消，后又恢复。我的父辈们也没见证过九九庙的诞生，所以在我的记忆里，九九庙就像土地一样，是原本就有的一部分。

　　庙会为期五天，数第一天赶庙的热情度最高。村里虽不是万人空巷，但绝对能看出冷清来。长年不去城里的老头儿、老太太，也会在这一天把自己收拾得利利索索地去赶庙；再忙的庄稼人、家庭妇女，也会在这一天放下手里的活儿去赶庙；住在城里的人，都会邀请村里的亲戚们去赶庙，这一点已成为约定俗成的礼节；就连村里的小学也会放假两天，孩子们又怎么能不去赶庙呢？这一天的傍晚，人们见面的第一句话准是："赶庙去了没？"去过的人总会感叹道："人太多，有什么啊！"但这并不能减弱没去的人的向往。

　　这一天没去的人总会有些缺失感，尤其是孩子，不管大人不带他去的理由有多充分，这一整天还是会没好气，我就多次成为那个没好气的孩子。写作业就是踏不下心，下棋、画画也无趣极了。我的母亲也是心不在焉，她会冷不丁地说一句："看，起风了，准刮赶庙的人一身土。"听到她这样的安慰，我就更来气了。

　　坐轮椅的我们，并不能像其他孩子那样，一辆自行车就带着去了，我们去的话，就要全家出动，父亲还要去 5 公里以外的桥头雇一辆摩托三轮车——这是那个年代常见的出租车，就像小型货柜车，拉人也拉货。那样的车可以把我们连人带轮椅直接抬上去。如果是比较小的三轮车，还得雇两辆。但我的父母并不是嫌出行麻烦，而是担心我们的身体。九月初正是秋冬交替的时候，总会有一场又一场的风，要不是艳阳高照的极好天气，父母是不敢带着抵抗力低的我们出门的。幸好有那么几个风和日丽的日子，也让我和其他孩子有了更多共同的回忆。

我最早的赶庙记忆，是我七岁的时候。像那时候大部分的庄稼人一样，父亲开着拖拉机，拉着我们姐弟三人、母亲、奶奶和一车的兴高采烈，车厢里铺着棉被，母亲和奶奶头上的三角巾随着颠簸而颤抖，而我们总是不停地说话。一路上总会不断地有邻居、亲戚路过，总会不断地打招呼。

在庙会上遇到熟人，绝对是庙会吸引人的地方。你来了，我也来了，这样的赶庙才有意思。

路边拥挤着卖衣服、鞋帽、布料、气球、玩具的，摊主和顾客们都在大声地讨价还价；炒饼、烩面、大锅菜、炸油条、烤红薯的香气随着飞扬的尘土，一浪一浪地诱惑着人们；马戏团的大棚前、文艺表演舞台前、变戏法的摊位前，更是人山人海。我们跟着潮水一般的人群涌动，我把刚买来的面包圈戴在了手腕上，感觉这个能吃的手镯好玩极了。我坐在车里，视野比较低，看到更多的是人们的后腰，我就只能在晃动的人缝中张望。那时候还是土路，坑坑洼洼的，我坐的还是竹子做的婴儿车，人多的地方根本走不动，父母就在我的前面倒退着，拉着我的小车走，边走边喊："借过借过。"有时父母会让我们和奶奶在卖馅活儿（当地一种食品）摊位前稍等一会儿，他们再去前面看看。

我们看拥挤的人群，无论是穿着中山装满脸皱纹的老人，还是穿着牛仔装的小青年，他们的眼神都特别干净，仿佛前方有他们各自的幸福。不一会儿工夫，就有好几个熟人路过，奶奶和他们打招呼，我也记不清他们说了什么，只觉得他们都特别高兴，而且格外亲切。其中一个是大姑父，大姑父人实在，还给我们买了几个现做的白菜肉馅的馅活儿。那馅活儿又软又香，可是吃着吃着就吃到了馅里的土坷垃，我们觉得很好笑，但并不想因为卫生问题去找摊主。

那时候，我像其他赶庙的孩子一样，心里还藏着一个任务，那就是买到过年穿的衣服。所以到了童装集中的摊位前，我就睁大眼睛找。有一次总也找不到喜欢的，我就有些着急了。但是我的父母却非常有耐心，尤其是我的父亲，哄着我一件一件地挑。就在快没有希望的时候，我被一件大绒袄罩吸引，大红色的布料配上雪白的人造绒大翻领，腰间还有一根抽绳，既华丽又可爱。为了我，父母当时以不菲的价格买下了。多少年过去了，这件衣服依然放在我的衣柜中，小小的，却毫不褪色。

赶庙的孩子还有一个特点，那就是不想错过庙会上的任何地方，这样回去和孩子们交流才有资本，最好是别人看到的我看到了，别人没看到的我也看到了，那才神气。在庙会上，我弟弟抽奖抽到了一个洗脸盆，我们看了蟒蛇表演、遇见了抓小偷的，回去后我就给别的孩子讲了好多遍。

临近傍晚的时候，街上的人少了许多，声音也少了许多，地上随处可见糖葫芦棍、包装纸、甘蔗皮、橘子皮，偶尔还会有一只踩扁的婴儿鞋。现在想来，其实并不是有了庙会才有了赶庙的人，而是有了赶庙的人，才有了庙会。那庙会，又何尝不是那个年代的人们，对美好生活的向往而聚集起来的呢？

带着新衣服、好吃的和干裂的嘴唇、一身的尘土，我们踏上了回家的路。拖拉机越走越远，庙会在我心中就越往上升，直到像那夕阳一样，在我记忆中闪闪发光。

慢慢地，购物方便了，出行方便了，天地拓宽了，幸福的标准提升了，仿佛生活中处处是庙会，人们可以根据自己的时间赶自己的庙会，所以，九九庙便在经历了两年冷清后，被取消了。

从此，九九庙就被留在了曾经的岁月里，但它散发出的光芒，在我心中却越来越亮。

◦ **过年** ◦

小时候，不知具体哪一天算过年，我就问父母。父亲说，大年初一是春节。母亲说，年三十儿也算过年。父亲又说，正月里都是年。听了他们的解释，我就更糊涂了。长大后，我才慢慢领悟到，过年是一个很长很长的仪式。

那时，每当迈进腊月的门槛，过年，这个词出现得就越来越频繁。"把凳子修修吧，过年来人多还坐呢。""赶集去，该买过年的粉条了。""过年谁谁就回来了。""过年呢，不许……""过年呢，就要……"年味儿就在这不断地提起中越来越浓，直到过完正月，再在恋恋不舍中散去。

随着过年被提起，带着年味儿的物和人陆续来到家里，带着年味儿的事也开始不断发生。无论是平时就有的米面油、肉蛋菜，还是稀罕的黄花菜、木耳、带鱼，无论是生活常用的笤帚、蒸布、碗筷，还是过年特有的春联、灯笼、吊挂、鞭炮，都被称为年货。只要被称为年货，就都带着年味儿。而这段时间来往的朋友、走动的亲戚，也都带着年味儿。按照我们这里的习俗，朋友们会在正月里聚会，亲戚们会在过年时拜访。尤其是看望长辈，一年里再忙，过年上门的问候却不能省，不然就失了礼，就忘了自己是谁。无论来访者还是主人，都是喜气洋洋的，是过年，让所有人放下了平日的忧烦。

每家都开始忙碌，打扫、拆洗、赶集、制作各种美食。平时在做的事，过年做就不一样了，每一件事、每一个步骤，都是有讲究的。就拿我们这里来说，过年要蒸笼糕、花糕、肉糕，寓意一年更比一年高。还要准备糖果和干果，不仅为招待来客，更寓意着来年的日子香甜。过年蒸馒头，面发得越暄预示着来年越兴旺，每每看到面起得满盆了，母亲就像看到了希望一样高兴："起好了！"过年再懒的人家也要大扫除，不然就会留在旧年。虽然大年三十是最不着急出门的一天，但每家都在暗中比拼，看谁家最先包完饺子去放炮，因为这说明谁家是勤劳之家，好运气自然先到谁家。除夕夜煮饺子要烧芝麻秆，寓意来年生活节节高。煮罢饺子要留下一些，留到大年初一，寓意着来年不会饿着。年初一不准开柜，要穿的新衣服得除夕晚上拿出来，这样老鼠一年不会来捣乱。这一天也不准扫地，不然就会把福气扫出去。总之，人们的一举一动，都被赋予了重大而美好的意义，虽然还是熟悉的地方、日常的事，但都非常神圣、正式。

在过年的日子里，无论做什么，都是在进行一场仪式。

除了有实际价值的事被赋予了仪式感，还有一些纯粹的仪式性活动。贴春联、挂灯笼、放鞭炮；正月十二不睡早，听老鼠娶媳妇；正月十六转寨墙，一年不腿疼。那时候人们对这些事是格外用心的，如春联，大部分人家都是找人写，甚至自己编。我们家的春联都是父亲创作，记得我七岁那年，我家春联写的是：换来精面油满瓮，买来彩电购纱灯。虽然没有什么文采，但真实表达了 20 世纪 90 年代初农民生活变得富裕的心情。

还有一些仪式活动，如今虽已经消失，却在我的记忆中代表着浓郁的年味儿。

除了约定俗成的仪式以外，很多人家还会用独特的方式，表现出过年的心气儿来，比如我们家。

　　祖父健在的时候，每年都会自己制作过年的灯笼。一进腊月他就开始不急不慌地预备材料，铁丝、白纸、颜料，开始检查毛笔、钳子这些工具是否好用，还会将铁质的灯笼架拿出来。灯笼架是一大一小，长方体，大的两尺高，小的七八寸高，铁架周正，花式精美。祖父会先给它上油明漆，哪里坏了再修一翻，然后糊上白纸。大的挂在影壁和大门之间，小的挂在大门洞里，当灯笼里面的蜡烛被点亮，整个院子都沉浸在一种喜庆又庄严的气氛中。

　　最特别的，还是祖父做的靠山灯，两个灯笼的形状像两面鼓，靠在影壁上。这是祖父的重头戏，他不仅要糊纸，还要在上面作画写诗。祖父每年画的画都不一样，要有一些故事情节在里面。所谓的诗，也就是顺口溜。小孩心思不在这上面，所以我记得的画面很少，只记得有过老虎、大胖子、穿蓑衣的老人。这两面靠山灯正对着大门，蜡烛点亮后，总会引来邻居们的欣赏和夸赞。

　　祖父走后，便没有人再自己制作灯笼了，一下子少了很多年味儿。

　　而年味儿最浓的就是磕头了。

　　大年初一早晨是仪式最多的时候，我的祖父母、父母会四点起床，俗称起五更。他们先给各路神仙摆上供，再准备好上坟的用品。天刚蒙蒙亮的时候，我的父母就和我的三个伯伯、伯母走出家门磕头了。

　　磕头，就是每家的已婚男性以兄弟为小组、每家已婚女性以妯娌为小组，去给村里的大辈和兄嫂拜年。主要是给一个家族中的大辈磕，有一些不是一个家族的、亲近的乡亲大辈也要磕，大多数人要磕大半个村子。这也是新年的第一场热闹。

　　清冷而新鲜的风让干净的街道更加干净，让喜庆的灯笼、春联、吊挂更加喜庆，也让热情相互拜年的乡亲们一点儿不觉得冷。每一个人都穿上了新衣，笑容也是崭新的。这个仪式就像整个村庄的大游行，但大家走的不是一个路线，因为人们都是几代人在一个村繁衍生活，每家都有庞大的家族系统，所以这路线就是宗亲脉络的外化。

我家在村里辈分大，我的祖父母不必出门，只在家里接待来磕头的人。我们小孩自然是看热闹的。毕竟是冬天的早晨，大人不让我们出去，我和姐姐就从棉门帘的缝隙往外看。磕头的人一拨儿接着一拨儿来，他们带着喜气高声喊着爷爷奶奶，祖父母就出去迎接，来人见到主人就磕头，同时说着："给您磕这儿了。"我的父母外出磕头了，但礼儿也不能少了，来人会再磕两个，同时说着："给我叔叔婶婶磕这儿了。"祖父母就热情地说："都有了，都有了。"意思是一个就代表了。但人们那时候都特别实在，一个都不会省略掉。还有幽默的人就会说："我张着包呢。"很形象地表示每一个磕头都收到了。平时非常熟的人，在这个仪式中竟有了些正式感，也正是这正式感，让我觉得这些人格外亲切。我们家大概会陆陆续续来二十多拨儿人，气氛非常热闹。

人们的亲疏关系、家族位置、长幼身份，在这一仪式活动中再一次被确认，人们对待他人该有的态度基础，也再一次被强化。

但渐渐地，人们越来越分散，越来越忙碌，也就让越来越多的年轻人对平时不联系的宗亲越来越陌生，以致再进行磕头这个仪式时，都是给不认识的人磕了。这就让这个活动显得多余和莫名其妙了，直到有一天以移风易俗的名义，把这一磕头活动取消了。从此，人们对家的概念，也就只剩下了单一的小家了。

慢慢地，不仅是磕头拜年，很多过年期间的仪式都消失或淡化了。

这几年每到不像春节的春节，总会感到冷清，但冷清中，我仍能闻到年的味道，所以，在过年的日子里，我会带着庄严和喜悦去做每一件事，把过年的日子过成一个很长很长的仪式。

村里的散步时代

晚饭后，母亲邀我出去散步：不冷不热出去转转吧。于是，在这个仲秋的夜晚，母亲便推我走出了家门。

当我的轮椅走下大门口的斜坡，向胡同口望去，便感觉到了舒畅。胡同里隔一户人家就安着一个太阳能路灯，不晃眼的光线正好可以驱散黑夜带来的恐惧。每一条胡同，都像一个彻夜不眠的亲人，在等待着每一个回家的人。

以前赤裸的土面让人感觉胡同很长，那个长度阻止了我的人生脚步，而现在，平整的水泥路缩短了我与外界的距离，不到一分钟，我就可以抵达人间烟火。

"转转啊？"

"转转。"

"下班了？"

"我去买点儿菜。"

来到村里的街上，遇见的全是熟人。

母亲推我向西走去。走到小广场，母亲在长椅上坐一会再往回走，这是我们每次散步最好的路线。街上正是热闹的时候，回家的三轮车、四轮车、两轮车不断，小超市也进出得频繁，路边的小吃车和卖茶叶的、修表的，顾客又迎来了新的高潮。除了这些还在赶时间的人，还有一些走着的人，他们便是晚饭后散步的人。

他们三三两两的，大多是上了岁数的人，他们家住东边的就往西走，家住西边的就往东走，他们慢悠悠地，仿佛再没有什么着急的事了。还有一些年轻的父母，带着或大或小的孩子出来散步，他们大多会去村里的小广场，因为那里的健身器材是孩子们喜欢玩的。他们边走边聊天，让路过的我也能嗅到人间幸福的味道。

我突然意识到，我们村里的人也开始散步了！

记得初一课本上，有一篇课文写到了有老人和孩子的一家人晚饭后去散步。当时我便开始想象，那是一种什么体验。晚上没事了，不坐在一起嗑瓜子、看电视，打扑克也可以啊，怎么会去走路呢，散步不就是走路吗，而且是不为了去哪里而走路，那怎么走啊？这让我觉得奇怪。后来还在一些电视剧中看到了散步的场景，主人公边走边聊，让当时的我感觉特别洋气，特别优雅。现在看来，散步在那时候的我心中，已经成为一种行为艺术。

虽说散步也是普通人的日常，但却不是我生活的日常，所以，我觉得能散步的人和我生活的不是一个世界，那是他们的世界。

而我的世界又是怎样的呢？我们的夜晚很黑，土路坑洼、泥泞，腿脚不灵便的人走路就像探险。有月亮地儿的时候，邻居们会串门，而远一些的人走的时候，主家总会热情地让来客拿上手电筒。记得有一次我晚上回家，走进自家的胡同，却感觉无比陌生，前方的黑是从未去过的地方。那个磨盘变成了坟墓的形状，那几根木头里一定藏着野兽，而每经过一个门口，都担心跳出一个鬼来。各种可怕的想象，把自己吓得浑身发抖。

那时候，要是谁晚上出来溜达，准是精神不正常了。

这样想着，母亲已推我走到了小广场，母亲坐在长椅上就和几个同样散步到这里的老太太聊得火热。这散步也就有了串门唠嗑的功效了。

我继续想着，以前我们村庄的夜晚没有平坦的道路和明亮的路灯。可是，如果把今天的水泥路铺到那时候，路灯安到那时候，那时候的我们会散步吗？或许我们会把白天没有干完的活儿拿到晚上来干，我们会把白天没有办完的事挪到晚上来办。我看见，说好用一天的小推车，因为道路平坦了，再晚也能还回去，不必言而无信了，住在村西头的人去找村东头的人商量事，可以说完了再回家，有不灭的路灯再晚也没关系。我看见，人们会去趁免费灯光，女人们会搬着小板凳去路灯下纳鞋底、织毛衣，老头儿们拿着小马扎去路边编筐。那景象真是挺特别的。

想到这里我不由自主地笑了一下，和母亲聊天的人们以为我在听她们说话，就转过头来，把我拉进了她们的话题：你说是不。我说：可不是嘛。

那时候村里的晚上还不能散步，但更重要的还是人们不想散步。那时候维持日常生活的劳动内容多，占据了一天大部分时间，剩下一点边边角角的时间，人们更愿意歇歇，哪里还有人愿意没有目的地地走路呢。

而现在村里的人，真正的农民已经很少了，大部分是商人、上班族，还有不少一部分是他们不用工作的家人。人们的时间早已不再被体力活占据。对于年轻人来说，更多的劳动方式转换成了脑力或某种技能，能量消耗转换到了内心。对于老人来说，在物质的充足也可以给人带来更多隐患的今天，他们更看重了健康。从这方面说，村里人的精神层次史无前例地接近了城里人。在这种变化中，散步这个生活内容油然而生。

人们想散步了，也就会散步了。

　　我们这些村里人已经体会到了散步的妙处，体会到了人可以在移动中停下来，体会到了过程就是目的，懂得了体验生活、享受生活。

　　散步，在村里算是一个小现象，但它却连接着物质、体制、认知、价值、追求等多方面，体现出的是农村多维度的发展，更是农村人内与外的变化。所以，我觉得村里人开始散步，具有时代标志性。

　　我们往回走的时候街上人少了很多。远远地我又看见了那对五十多岁的夫妻，他们几乎每晚在村里散步，而且是在人少了之后。他们走得那么悠闲，还时不时地说几句话。或许是在说家里的事，也或许是在说以前的事，但无论说什么，这是只属于他们两个人的时间。这让我感觉，无论生活多么繁杂，每天当中有这段散步的时光，他们就是幸福的。

　　与他们擦肩而过，我没有说话，希望路过的我，没有惊动他们的浪漫。

　　突然觉得，其实我已经来到了小时候看到的"他们的世界"，不，比"他们的世界"还要美，农村新的田园生活已经来临。

十年春风沁心脾

　　春天里的边角地，从表面看反应是迟钝的，柳枝发芽了，梨树开花了，它还不为春动声色。但突然有一天，你会发现它一下子就变绿了，变活了。这时候你才意识到，它并不是静止的，其实它一直在听着春风的召唤，一直在内部涌动着春潮，正如我的村庄。

　　我小小的后彭头村，这两年突飞猛进。所有的街道都铺了水泥路；每一条胡同都亮起了太阳能灯；每户都在政府大力度补贴下安装了地源热泵；临街的墙面粉刷一白，隔不了多远就会看到一面乡土气息浓郁的墙画，画着绿水青山，画着丰收和希望。当看见了这些看得见的变化，才发现，其实还有很多看不见的变化已悄悄来到我们身边。农民养老金的实现，六十五岁以上的老人一年两次的免费体检，让农民感觉到了被重视被牵挂；雨后春笋般的电商产生，商业化的水果生产模式加入，繁荣的企业对工人的大量需求，都让很多人在传统农耕之外找到了更优越的生活；网络信息的不分地域、畅通无阻，让农民的思想史无前例地与时俱进。

　　这些具体的变化，或许都不算惊天动地，但汇集在一起，让我看到了这十年来我认为最伟大的成就。这成就是什么呢？

　　我作为一位生活在农村的心理咨询师，难免会不自觉地留意这里的人们的内在变化。在人们观念的细微变化中，我看见春风已吹进了人们的心灵。

例如，现在村里几乎已经听不到读书无用论了。二十年前，人们仿佛有一个共同的认识，那就是：要么学习出类拔萃，要么早些上班挣钱；不是拔尖人才，大学毕业了也找不到好工作。这样的观念不仅是消极的，更是狭隘的、浮浅的。在这样的观念下，我们村有一大批"80后"和"90后"的孩子，没有读完初中就辍学了。

而近两年，没有人再质疑该不该读书，读书已经成为像吃饭一样的必然选择，学习文化已经成为人生的基础。"00后"的孩子几乎没有不读高中的了。这不能不说是人们的追求提高了，眼界拓宽了，认识更积极了。

人类的心灵进步是缓慢的，但心灵的每一点儿进步都是宝贵的，都是巨大的，因为心灵的一点儿进步，都会带来外界巨大的进步，正所谓一念之差千里远。在人们精神和实践的互动中，精神无疑是主导者。

再例如，人们都知道"玩"了。我说的玩儿，不是消极的、不务正业的玩儿。那样的玩儿一直都存在，就像我们村以前就有玩钱聚赌的大闲人。尤其是农闲的时候，会有更多的人用麻将扑克来消磨时间。我所说的玩儿，是积极的、进步的玩儿。这种玩儿是生活条件富足到一定程度后才会出现的行为，这种玩儿是精神层次需求达到一定境界才会出现的追求，是体验生命的表现，是享受生活的表现。

上岁数的人会选择广场舞、戏迷俱乐部，年轻人的天地要广阔一些。他们会在忙过一阵后外出旅游，他们会定期给自己放假。尤其是小广场建起来之后，无论男女老少都多了一个共同的爱好，那就是晚饭后去小广场转一圈，打羽毛球、滑旱冰、跳广场舞，更多的人就是散散步。要知道，散步这种活动以前是不属于农民的，而现在人们已经把这一项内容当成了对这一天忙碌的犒劳。

越来越多的人认识到，生活不仅只有工作，活着不仅需要物质，有享受生活、欣赏世界的能力，才有能力获得精彩的人生。我们的生活已经富裕到让人们有时间玩儿了，有条件玩儿了，有心情玩儿了，有勇气玩儿了。

还有，除了生活在这里的人的心理变化，还有离开这里的人的心理变化。那些二十多年前就搬进县城生活的人又回来了，他们建设了新居或装修了老房，在工作不忙的时候会回来住一阵，他们把很重要的一部分生活搬了回来，这部分承载着他们的精神根系。他们仿佛重新看到了自己的家乡。这个小村庄对于他们来说，不再意味着离开、丢弃、回忆，而重新回到他们的生活现场，甚至成了他们人生的前方。这里安静、优美，这里交通便利、设施齐全，这里还有更为难得的乡情。所以，对竞争激烈的现代人来说是极具吸引力的。想必那些曾因为自己是村里的而感到无奈的人，一定会感到庆幸了，因为自己意外收获了一套别墅，更关键的是这套别墅在一个洋溢着幸福的地方。

是的，幸福感，每个人心中都有满满的幸福感，在我看来，这就是我们这十年最伟大的成就。人们内心的变化，正是这幸福感的体现。

为什么说这是伟大的成就，因为经济的发展不能直接带来幸福感，物质的富足和精神的富足不成正比，幸福感更不是某一方面的突出能够得到的。幸福感，就从这十年来生活条件的改善、各项制度的建设、文明水平的进步所给人们带来的内在变化而来。幸福感，就从越来越富裕的生活所点燃的希望而来，就从越来越美好的环境所激发的力量而来，就从越来越和谐的关系所构建的信念而来。

这十年的发展，既微小精准，又宏观全面。它不是波涛汹涌的洪流，因为那再汹涌也有冲击不到的地方，它就如同浩浩荡荡的春天，不会丢下每一个旮旯，不会忘记每一粒等待生长的种子。

这春风不仅吹到了每寸土地，更吹进了人们的心脾，让每个人的脸上都绽放着幸福的花朵。

我相信，只有怀着坚实幸福感的人，才会心中有梦想，才会脚下有力量。只有怀着坚实幸福感的人，才能向世界传递更多光亮，才能让世界更美好。

时逢这伟大的时代，我们这些生活在田园的人们，将在春风里继续前行，从幸福走向幸福。

第二辑

母亲不老

寻味冬天

童年的冬天是单调和寒冷的，而留在我心中的却是快乐和温暖。随着时光的陈酿，我儿时冬天那一个个家常的味道，已成了我记忆版图中幸福的坐标。

◎ 白菜肉饺子 ◎

北方人爱吃饺子，想必区别只是比较爱吃和特别爱吃吧。我属于前者，母亲绝对属于后者。母亲少有空闲，但只要一得空就会包饺子，在她看来，对于蔬菜的最大利用就是做饺子馅。她会跟随时令的变化选择不同的饺子馅，韭菜馅、茴香馅、青菜馅、茄子馅、西葫芦馅，如果在丝瓜丰收的季节，没有包上一顿丝瓜馅的饺子，那今年的丝瓜算白种了。

饺子馅虽然可以随心而创，但在母亲心中，稳坐首席位置的还是白菜猪肉馅，用母亲的话说：还是白菜肉的正庄儿。想必石家庄、衡水这一带大部分人都是这么想的，正如东北人爱吃酸菜馅的，烟台人爱吃鲅鱼馅的，地域的特征早已成为个人特征的一部分。不过要想吃白菜肉馅的饺子，只能冬天，尽管一年四季都有大白菜，但其他季节的白菜没有面性，包出的饺子自然要逊色很多。所以我记忆中那白菜肉饺子便和冬天融为一体了，那香喷喷的味道必定伴随着满屋的热气，必定伴随着红红的炉火。

　　白菜肉饺子无论是用料还是制作程序基本都是一致的，但却一个人包出来一个味儿。从客观上说这点儿差距是甚微的，但就是这点儿不同，让饺子有了各自的灵魂。除了买的，我吃过六七个人包的饺子，虽然都很好吃，但却有一种距离，那是味蕾和味道之间的拘束感，仿佛那美味背后的语言我并不能听懂。于我而言，最好吃的当然是母亲包的，仿佛那味道我是可以理解的，我能听懂它所有的意思。

　　小时候，我和姐姐经常咳嗽一冬天，父母要为我们的病奔波，为照顾我们操劳，有时候连过年也顾不上包顿饺子。妗子知道我们家忙，会送一些煮熟的饺子。我们吃得非常珍贵，并感觉着她家的幸福。于我们家而言，包饺子是奢侈的，不是缺乏物资，而是没有时间和精力。所以只要我们家能够包饺子吃，就意味着我们没有生病，家里没有事，母亲有了空闲。

　　每次包饺子都是我们家的好日子。母亲会守着我们剁馅、和面，她一个人会鼓捣一上午，因为她会被我们的事不断打断，但母亲却从不觉得包饺子麻烦，反而她的心情会格外好。母亲不期待大富大贵，只期待平平安安。多少次在我们病中，焦虑的母亲多么思念能够包饺子的时光。母亲说：能过那样的日子我就知足了。

　　我和姐姐一边写作业一边看母亲包饺子，必定会要一块面团玩儿，捏个小兔子，或者弄成一个饼，用火柴在上面按出一圈一圈的小坑。有时候会有邻居来串门，和母亲有说有笑地一起包起来。

　　窗外寒风一阵阵吹着，而屋里的温暖却穿透了岁月。

　　正是有了这个包饺子的过程，白菜肉饺子才会这么香吧，这味道中不能缺少的，是那包饺子前曲折的路和对幸福的期盼。

云青 人最的子静

如今，我和姐姐已不再那么频繁地生病了，但吃顿白菜肉饺子依然是难得的。因为母亲的身体已不如前，腿疼、哮喘，让她在照顾我们之后，就没有多少体力了，要想吃顿饺子就得父亲做主力，但母亲对此好像更加热衷了。我们经常阻止她：吃什么不行，干吗做那么麻烦的。母亲也会在吃完饺子后，疲惫地说：不捏了。但只要她有些力气的时候就又张罗着包。以前母亲忙，吃不上饺子但有盼头，而现在，母亲老了，她知道那样的日子越来越少了。母亲想用包饺子来证明生活还是原来的生活，她在包饺子中寻找着安全感。

人生就是这样，幸福就在不远处，和人若即若离，既让你品尝到它的美味，又不肯彻底给你，带着向往和遗憾走过一生。

我五十一岁的堂姐癌症末期时，从城里回到家中，停止了治疗性药物，只为了给她最后的日子减少一些痛苦。眼睁睁看着亲人离去，想必是世上最痛心的事了。人们已不用再为救她而努力，唯一能做的是让她再尝一尝人间的味道。大堂姐送去了包子、粽子，三伯母炖了排骨。母亲说：人有病的时候最想吃的就是饺子。母亲为她送去了白菜肉馅的饺子。这应该是堂姐的最后一口饺子。几天后，堂姐走了，永别了人间。

在我看来，人有多热爱饺子，就有多热爱生活。对于我们这些普通的老百姓来说，饺子是脚儿（娇耳）还是手儿不重要，岁月长河中它肩负了什么使命也不重要，重要的是饺子是人间烟火的中心，维系着我们赖以生存的精神家园。每家独一无二的饺子，都是一种生活的诉说；每一份对饺子的依恋，都是对生命独特的解读。

或许，生命个体赋予饺子的密码，正是饺子独特的灵魂。每一个人对幸福的向往，正是饺子代代相传的动力。普通的人们，不会去想传承民族文化的意义，但他们就在这意义之中。

◦ 柿子 ◦

老院子中那两棵柿子树，正对着祖父母屋门和窗户之间的墙垛，是祖父的爱物。他先种下黑枣树，然后精挑细选来柿子枝嫁接而成。祖父不选有底座的磨盘柿子，那种皮太厚，也不要像鸡心般的火星柿子，那种更适合做柿桃，他看上的是那种个头儿不大、圆中显方、像小包袱一样的柿子。祖父并不知道它的学名，只叫它小柿子。祖父多少次问我们：你们说什么水果最好。我们自然每次回答得都不一样，而他每次都会接着说：我说最好的是柿子，它没籽没核，皮薄肉软，不酸不涩，甜得纯正，在树上时像红灯笼一样好看，摘下来又能放好多日子。正因为这珍视，所以祖父吃柿子从不剥皮。

我五六岁时它们才开始结果，我十四岁时因为盖房就把它们砍掉了，虽然仅那么几年，但它们成了我整个童年的背景。

我童年的很多早晨和上午都是在这树下度过的。树影漏下的碎光在我的课本上随风闪亮，我们会随着树影的缩小不断向东挪。我们吹着泡泡糖做游戏，偶尔会有小柿子突然从旁边掉落。小柿子可不是软的，它比小梨小苹果还要硬。我们觉得小柿子可爱，经常捡起来拿着玩儿。有时候我会想，它这么硬，怎么会变得那么软呢。那时候我还不知道，时间可以让一切软下来。

突然会有一天，风有些凉了，树叶变得吵闹，秋天便到了。我们更多时间会在屋里，但每次出入，都能看到柿子又红了一点儿，我们便越来越期盼着摘的日子。

祖父会在农历十月初一（给死去的人送寒衣的日子）前下令摘柿子。每次都是祖父指挥，整理装箱，父亲做主力，爬梯子上树。我们自然是兴高采烈的观众。父亲发现了怪状的柿子，像小猫的，像小茶壶的，都会给我们拿着玩儿。每次摘下来的柿子好像都比树上长着的时候多很多，这是实在的柿子树给予我们家的爱吧。

祖父会按照每年的产量进行分份儿，我的三个伯伯、两个姑姑、五个老姑，每家十几斤，祖父会用秤称好，每份儿不多也不少，在烧纸聚会时分给他们。我们这屋里祖父会多给一些，母亲又会从我们那份儿中一瓢一瓢地送给左邻右舍和大姨二姨。祖父会留下很少，而且是有点儿毛病和不太好看的。

在冬日的午后，祖父没事了，会在日头地儿里吃个柿子，吃得认真，吃得只剩下一个把儿。这时候祖父就又问我们：你们说最好吃的水果是什么？在我的印象中，这是祖父少有的悠闲时光。

而我们却没有祖父的耐心，细吃个长远，非得在刚摘的柿子里捏出软点儿的吃，那味道自然也是美的，但吃完嘴会麻半天。为了让柿子快点儿软，我们会把它放在梨筐里，让梨把它埋起来，都说这样软得快。果然，几天后外面的柿子还是老样子，梨堆里的就又红又软了。这段记忆其实伴随着熟透了的鸭梨香，现在想来是那么诱人，但对于我们这个梨村来说，梨并不招我们这些孩子稀罕。

那个时候，农村冬天能买到的水果很单一，人们也没有买水果的意识，好吃又好看的柿子就成了我们家的掌上明珠。

或许是因为我们家那满树火红的柿子招眼，或许是因为吃到的人迷上了那冰凉的甜蜜，那几年，每到春天都会有人来剪柿子枝，回家嫁接。以至于后来我们村几乎家家都有柿子树了，让我总感觉是我们家引进的。其实还是它不用管理、虫害少、种在农家院美观的优点，让百姓人家选择了它吧。我们家盖好新房后，还特意把别人家嫁接我们家的接了回来。

不知从什么时候起，柿子没有像从前那样受我们欢迎了。

可能因为祖父去世了，没有人不断地夸赞它了，但更大的原因，是越来越多样的水果来到了我们的生活中，不分季节，不分国界。人们越来越重视吃水果，不仅看重味道，还看重营养，甚至也为了品尝新奇。去超市花一百多块钱买水果，已是常事。在各种水果面前，柿子默默无语地被冷落了。

很多人家柿子的命运都变为被摘下来后放到烂掉，然后扔掉，也有人家懒得摘了，任凭它被乌鸦啄食，任凭它一个个地掉落，和落叶一样被清理走。

柿子丝毫没变，变的是我们。

我经常在心理咨询中对来访者说：你的价值不能被别人评定。这句话缓解了很多自卑人的焦虑，可在柿子面前，这句话多么错误。任何一个个体的价值都存在于它与外界的互动之中，又怎么能够独立存在呢？钻石如果不被人类追捧，它也只是一块石头。或许人们的迷茫就来自于无法预测地被评定吧。在这动态的评定中，有多少人还能做到坚守初衷呢？如果你还能像柿子一样，该红就红，能有多甜就多甜，那你就还是你。随时光起伏，看人世间的繁华和落寞，才是生命最真实的风景。

如今，每到送寒衣的日子，我都会让父亲给祖父带两个柿子。这不仅是我对祖父的怀念，而且是我对远去的柿子的一种纪念。那冰凉的火焰，给我的童年留下了甜蜜的记忆，给我的冬天点亮了希望的灯盏。

◦ **豆腐丸子** ◦

有时候我会想：小时候为什么对春节那么向往呢？是向往

那众多美食？是向往那带着仪式感的新衣服？是向往人来人往的热闹？还是向往对联灯笼装扮的喜庆？其实都有，但却没有那么单一。如同大锅菜一样，豆腐、粉条如果单独吃，营养也是有的，但却不可能有大锅菜的味道。当众多具有象征意味的人、事、物集中在一起，它们就有了一种共同的味道，那就是年味儿。

那时候，很多春节都是在我们生病中度过的。一冬天的咳嗽，使母亲不敢让我们吃肉，因为民间公认吃肉上火。所以过年的大鱼大肉我们都是看着别人吃，最多享受一下诱人的香气。现在想来，如果我还算有意志力的话，就是在那个时候培养起来的吧。

为了丰富我们的春节食谱，母亲会给我们包白菜粉条的饺子、炸豆腐丸子。

豆腐丸子的制作方法不算复杂，把豆腐捏碎，加入适当的淀粉、鸡蛋、葱、姜、香菜，再加入盐、香油和味精，搅匀即可下油炸了，一小会儿就可以出锅了。外焦里嫩，咬一口，豆腐和香菜混合的香气扑鼻。

我们家的豆腐丸子与别人家的略有不同，大多数人家是用手挤，有的还会搓，为的是让丸子更圆，表面更光滑，而我的母亲是用勺子舀，图的是快。母亲怕耽误照顾我们，做家务她都是争分夺秒的状态，就像父亲说的，跟急着上厕所似的。母亲一个上午可以做三条棉裤，针线活儿自然粗陋，但穿着一样暖和舒坦。炸丸子也是一样，母亲炸的是不规则形，表面粗糙，一个个像小珊瑚礁，自然不符合大众对好活儿的评价标准，但也因此增加了丸子的香脆口感，以至于有一次父亲炸了光滑的豆腐丸子，我们却觉得既不好吃又奇怪。

母亲的小珊瑚礁对于不能吃肉的我们来说是解馋的，吃它满口都是幸福的味道，这也让我在印象中把小珊瑚礁当作了好吃的豆腐丸子的标志。

不知是我八岁还是九岁的春节，不知是正月初二还是初三，过年的气氛还十分浓。无论想到哪儿都是高兴的事：打扑克的朋友们下午还会来找我们；又多了许多的压岁钱一定有大用途；父母比平时好像也高兴；我又长了一岁肯定和以前不一样了。电视里又开始播放我们百看不厌的《西游记》，这时母亲熥（把熟食放在笼屉上加热）了豆腐丸子和肉丸子，掀锅时那混合了肉香的豆腐丸子香与我的视觉融为了一体，瞬间让我记住了春节于我个人而言永恒的味道。豆腐丸子，准确地说，是和肉丸子一起熥的豆腐丸子，更准确地说，是看着《西游记》吃的和肉丸子一起熥的豆腐丸子，便成为我儿时春节的一个情节，是这么多年来对我一直具备高辨识度的年味儿。

世界上也许没有美食，有的只是承载着美好记忆的食物。我们对一个食物的印象又何尝仅仅来源于这个食物的本身呢？它不仅来源于五官的通感，更来源于当时对生活的理解、对未来的憧憬以及食物所携带的情感符号。从贫乏年代走来的父亲和伯伯们，直到今天没吃够过鸡蛋；在姨父弥留之际，最想吃的是他父亲腌的咸菜；从北方长大的人，又怎能习惯拿汤圆当主食呢？

我跟姐姐开玩笑说：要想让一个人喜欢什么食物，是可以设定的，那就是在他还没吃过某种食物时，找一个他肚子饿但心情好的时候，以美好的方式给他，他一定会爱上这个食物。

苦尽甘来时吃过的食物一定是一生珍贵的，热恋中吃到的食物一定是永远甜蜜的，和屈辱一起咽下的食物，无论多么美味也是让人厌恶的。

说到底，食物带给我们的味道是精神体验，食物留给我们的印象是一段段不可复制的时光。

如今，我们的身体和精神食粮都丰富了。那一天碰巧《西游记》、肉丸子和豆腐丸子又见面了，虽然是在夏天，但年味儿一下子就来了。这让我有些激动，但却不觉得那么好吃了。

豆腐丸子还是豆腐丸子，只是吃它的人不一样了，它所在的世界变了，事变了，人变了，味儿也就变了。人的一生当中，有太多东西分散了，再也无法遇到了。曾经的岁月无法回去，豆腐丸子令我迷恋的味道也只能留在记忆里了。

◦ **缠糖稀** ◦

过去的时光是缓慢的，人们走路很慢，干活儿很慢，有时候一句话能说一辈子。人们擀面、赶车，但就是没有人赶时间。尤其是冬天，人跟着土地一起歇了，除了很少人会打零工或做小买卖外，大部分人都像过年一样悠闲。

三嬷嬷会拿着给堂姐洗的登山服来凑我们家的暖气，把衣服放在暖气片上，边纳鞋底边聊天，一个上午就过去了。用我们如今的价值评判标准来看，一上午的时间纳一只鞋底，单计算时间的成本，一双布鞋至少值四五百块了。胡同里比母亲小几岁的小欣会拿着毛线活儿来串门，边织毛衣边聊天，一个下午就过去了。毛线活儿织得舒坦，话说得痛快，时间不紧不慢，过成了最真实的样子。现在，几乎没有人用正儿八经的时间串门了。

有时候小欣来串门，她的孩子会来找她。胡同里几个孩子一起玩儿累了，想找娘了，就到各家邻居问问，准能找到。小欣的孩子是个六七岁的女孩，女孩拨弄着小辫儿靠在母亲身上没好气（孩子无趣时的一种撒娇耍赖）。小欣就会从兜里掏出一毛钱说，去买糖稀吧。小女孩就像放上电池的娃娃一样，立刻活蹦乱跳地跑着去了。

糖稀是蜜状的麦芽糖。对于不同年代的人，小时候的玩具和零食，有着不同的年代特征。但糖稀却在好几代人的童年留下幸福的味道，它是"50后"到"90后"共同的儿时记忆。

不同的是，五六十年代很多人家会自己做。必须在冬天，一是闲下来了，二是粮食归仓了，人们看着大囤的红薯、玉米、小麦，才有足够的勇气奢侈一回。因为五六斤红薯才能出五六两糖稀。但人们总要有奖赏自己的时候，我的父辈们的奖赏方法，就是慰劳孩子们。

姥姥会将浸泡一夜的大麦放在灶台边，每天洒上一些水，需要六七天的等待，大麦长出了足够长的芽，才能转化成与一场甜蜜相遇的前身。等时机到了，姥姥会煮一锅金灿灿的玉米面或鲜艳的红薯丝，然后将大麦芽剁碎，倒进锅里，让大麦芽中的淀粉酶和玉米、红薯中的淀粉相遇。接下来又是几个小时的等待，让它们融为一体，并获得新生。再用纱布过滤出汁水。最后，汁水经过漫长的熬煮，水分慢慢蒸发，麦芽糖慢慢浓缩，甜蜜的糖稀就脱颖而出了。

没有理论知识的传授，是生活教会了人们。这漫长而复杂的过程，就是老百姓们对甘甜的获取方式。

我这个"80后"的童年记忆里，几乎没有人家自己制作了。糖稀的来源已经和泡泡糖、巧克力豆、果丹皮一样，成了用零花钱买来的好吃头。但糖稀却必须在冬天才有的买，因为天不够冷，糖稀就缠不白、缠不硬。

所谓缠，就是用两根15—20厘米长的高粱秆，一手一根，将糖稀团在小棍的头上，拉开绕一个结再拉开，循环进行，不能停，否则糖稀就流到地上。如北方的糖瓜、麻糖，南方的龙须酥的制作过程一样，不过那是十来斤的糖稀，要将一头固定在墙上，一个人使出全身的力气才能拉动，几个小时后汗水也会湿透棉袄。将这活儿缩小到孩子们的手头上，便成了有趣的游戏。这种游戏需要专注和耐心，更需要手上的力道，所以小女孩更喜欢缠糖稀，小男孩也缠，但坚持不了多会儿就吃了。

糖稀在不断地缠绕下，不仅会变得温度更低、水分更少，而且内部还会充满无数小气孔，从而让它越来越白越来越硬，体积也会变大。如果糖稀买来直接吃，想必会逊色很多。缠过后，味道会更好。缠的过程是极其好玩儿的，它不仅需要持续的专注力，更能让人感受到超强的控制感，就像今天的解压泥和沙盘，在小范围内体验一种强大的自由、随心所欲的畅快。而且有了缠的付出和期盼，那味道才会好上加好，才会在糖稀之外多出许多甜蜜，才值得让人回味一生。

所以我觉得，糖稀应该叫缠糖稀，不然就不是那种美食了。

比我大一岁的小围儿是高手，她会和妹妹一人缠着一毛钱的糖稀来找我们玩儿，一毛钱的量也就是大人的一大口。我也会让弟弟买来，和她们一起缠。我们一缠就是一下午。

小围儿缠得很轻松，很有观赏性，因为她拉的时候会往外拧一下，像玩花。这样会增加糖稀和空气的接触面，不一会儿就发白了。可我就是缠不白，缠不硬。现在想来，那拉、绕的过程，也需要一定的速度和力量，才能制造出小气孔，并把它们锁在里面。而我的手并没有那么灵活，速度慢，力气小，只是让它不掉而已。那时我不会想到原因，还是很纳闷儿的，但缠糖稀的乐趣却丝毫未减。

现在的孩子们可没有这样的耐心了。那天我在小区外看到一个三十多岁的父亲给一个七八岁的女儿买了一小盒糖稀，并兴致勃勃地坐在路边的长椅上教女儿如何缠，小姑娘试了试就

143

又递给了父亲，看那不耐烦的小表情，就知道她不可能学会了。这个父亲有些失望地自己缠了起来。在焦虑的世界中，孩子们也难免浮躁。

有一个棉花糖心理实验，就是让几个孩子坐在一起，在每个孩子面前放一个诱人的棉花糖，然后告诉他们在工作人员回来之前不能吃，能做到就再奖励一个棉花糖。结果有好几个孩子没有坚持住，先吃了。实验跟踪到二十年后，发现当初坚持住的孩子都对自己的事业较满意、收入较高、生活较稳定、身体健康状况较好、自我评价也比较高，而那些没有坚持住的孩子则各方面都不理想。这个实验结果说明有自控能力人更容易成功，更有幸福的能力。如果让20世纪80年代的孩子和现代的孩子相比，那结果可想而知。看来自控力差是当今孩子的普遍现象。

如今也时常在街边看到卖糖稀的，不过它已不再为今天的孩子们出现，而是为了昨天的孩子们出现，就如卖糖稀的三轮车上的广告语：追忆儿时的味道。

多少个冬天的日子，我专注地缠着糖稀或看着别的孩子缠，我们天马行空地说话或安安静静地缠着。那时候的世界很小，我们却从未觉得封闭；那时候的冬天很冷，我们却觉得无比温暖；那时候的时间过得很慢，我们却从未觉得无聊。

我就在这缓慢的时光中，慢慢地学会了期盼。

后来我发现，期盼是多么神奇的东西，它可以把辛劳、等待、苦涩、泪水都变成幸福的味道。

感谢我曾经缓慢的时光。

院落

○ 一 ○

　　每个人都有一处精神的故乡，我的精神故乡在我的记忆中，那是我青灰表砖的院落。

　　那个院落在十几年前拆了，我们盖了新房。那时候，我们向往更明亮宽敞的房子，老房子注定在一个时间节点上被丢弃了。

　　最后一次离开它的时候，我知道我再也回不来了。看着它的墙上到处都是我画的小人儿、小花，我突然明白了，有一个我将永远留在这里。也就在那一刻，这里被尘封在了我的记忆中，躲开了时间的氧化，躲开了季节的风，躲开了生活的打扰，永远留了下来。

　　所谓表砖，就是里面是土坯，外面横立着一层青灰色的砖，为的是里面的坯少受雨水侵蚀。那是那个年代常见的盖法。那房屋是我父亲三岁时建的。他隐约记得上梁时的情景，有人在高高的房顶上逗他。那是他最早的记忆。而我，是那个房子迎接的最后一个女孩。在这期间的几十年里，它陆续迎接了我的三个伯母和母亲嫁进来，迎来了我的一个个堂哥、堂姐的出生，也陆续送我的老姑少姑出嫁，送我的曾祖父母以及后来我的祖父母离开人世。这院落在饱经沧桑之后，我来了，它又成了一个孩子童年的记忆。

现在我才知道，一个老院落，一个到处都是岁月痕迹的背景，对于一个孩子是多么珍贵，那是一生的财富。

我在那个院落里出生，并长到了十五岁。那是我人生最美好的一段时光。

我睡觉的屋子就是曾祖父母去世的屋，偶尔提到这些，母亲总会感到有些别扭，而我并不以为意，这些和我又有什么关系呢？那是遥远的别处。我并没有意识到，它所有的历史与我血脉相连，我也将成为它历史中的一部分。

那个院落在华北平原上是极其普通的。五间北屋，东边的两间是爷爷奶奶住，西边的三间是我们住。每间屋子也就十几平米。如果按照现在的认知，它是那样的矮小，可那时却觉得空间是那么合适，就像天空与大地一样，是自然而正确的。

屋子虽然小，但我们家大部分活动都在这里。很多时候我们都是听众，家里人说话分几组，高一声低一声地互相打扰，很热闹。

有时候局限也是一种开阔，没有那个小空间的限制，我会少知道很多事，就像现在环境更自由了，每个人都有自己的房间，但每个人的空间只剩下了自己。

我还清晰地记得每一件家具的位置。我们外间屋的东北角是一个高低柜，用来放碗筷和一些杂七杂八的食物，而柜的上面却是我们的天地，我们的课本、练习本、课外书很多都放在上面，只有近期不看的才收起来。我弟弟的奖状也贴在这一块墙上，每年增加一张，这一片便贴满了。每一幅我正在画的素描，也都会摆在这里，远一些看看，再继续画。我的父亲也总喜欢把我的画靠在这里欣赏，如果来人看到了，他便会介绍一番，赢得许多夸赞。母亲也很喜欢装饰这里。3月，外面的梨花、桃花开了，而我们还不敢出去，母亲就折一两枝，插在一个玻璃瓶里，并在瓶中放上水，摆在高低柜的最高处，我们的春天便来了。

屋子的西北角是一个柜门上画着熊猫吃竹子的半人高柜子，柜里我不知道具体有什么，但有一些我是知道的，那就是一个黑皮箱装着的我和姐姐的许多病历，北京 301 医院的、北大附属医院的……

正北边是传统的方桌，上面是母亲陪送的红玻璃花瓶，花瓶的上方是一幅中堂画，画两边的对联是：涓流渐汇成沧海，顽石频添作泰山。小时候我并不知道是什么意思，但记住了。

在时间和母亲年复一年地擦拭下，每一件家具都焕发出岁月的光。这光中，渗透了我们家的许多故事。当我们遇到困难，它们的表情是那么肃穆、沉重；当我们有了好事，它们的姿态是那么轻松愉悦。它们听见了我们所有的话，它们在冬天和我们一起围坐着看电视，它们和我们一起感受冷暖。

我和姐姐也仿佛是这屋里的家具，我们的轮椅也有着准确的位置，靠着西边的墙。因为这里既不影响别人出入，也方便我们看到进来的人，更重要的是，这里紧挨着暖气，是我们家冬天最温暖的地方。

我们的院子是南北长的，除了北边用水泥铺了一块晾晒谷物的月台和去西屋、大门的小路用砖铺了，其他都是赤裸的土地，爷爷整理得平整瓷实，走在上面没有声音，或许这就是那个时候安静的原因吧。整个院子都是土色和青灰色的，阳光照在这里也从不刺眼，仿佛世界是那么柔和。

院子的东边北半部分是柿子树和葡萄架。每年 9 月末，祖父都会把收获的果实用秤称了，再按户头分份儿，四个儿子、两个闺女还有五个妹妹。祖父称得精准，想得周到，收获的喜悦谁都不会落下。

院子的西边是四间西屋。西屋很矮，但那个时候站在房上就觉得离天空很近，不像现在，在几十层的楼顶上也觉得天空是那么遥远。

大门在西面的中间开着，父亲说那是以前的大门，有一百多年了。我凝望着厚厚的抽丝木门，多少时候我看见，夕阳的红光落在了它上面，它神秘不语。

每天早晨第一个人起来的第一件事就是打开两扇大门，直到晚上最后一个人临睡前才插上大门，这是我们家多年不变的习惯。

大门的南边两间小西屋的门前，有两棵高大挺拔的槐树，我记事时已很粗了，应该与这房子的年龄相仿。我和姐姐弟弟，有时候也有堂姐堂弟喜欢在那玩儿，那里能够看到门外路过的人，而且因为有树荫和过道风也格外凉快。更重要的是树上会掉落许多有趣的事，可以算命的树叶，可以吃的槐花，以及又怕又好玩儿的小老虎（一种虫子）。

对着门口一个小影壁的后面，也就是院子的中央，是一大片月季花。这些花年龄比我大，每一种都有它的名字。我们姐弟三个尽管非常喜欢，但从来不敢随便摘花，因为我们知道那是祖父的爱物。祖父总是把花间扫得很干净，每个傍晚都会剪去开败的花朵，这样其他花就能开得很大。这些花开在我童年的整个夏天和秋天。不经常来的人一进院子总会惊叹：呵！这花真好看！

这个院落，不仅因为这些花，还因为祖父总是打扫得非常干净、归置得十分整齐，而有了一种钱财之外的富贵，那个时候我经常听到，人们因这个院落而夸赞我们家的人品。

我对祖父的记忆，是与那个院落长在一起的，他是那个院落的灵魂。正因为有祖父，才让那里的砖瓦如此憨厚，让那里的阳光无比慈祥。

在我的印象中，祖父总穿一件青灰色老式褂子，那是和老房子一样的颜色；他总是穿一条深卡其色的捻腰裤，那是土地一样的颜色；他总是箍一块白毛巾，像那个时代的白云一样白。盘疙瘩扣儿、捻腰裤是那时老人的特征，从祖父以后，再老的人也不穿老式衣服了，那是一个时代的结束。

我总是看见他在院中拾掇、归置杂物，在西屋里一个上午不断地传出声响。或在某个午后，在大槐树底下，修理一件农具。夏日的阳光透过树叶之间的缝隙落在他的背上，炎热并不能打扰他的专心致志。或在每一个傍晚，将整个院子打扫一遍。院子很大，他却不用扫把，而用笤帚，一笤帚一笤帚地，不漏掉每一个脏或不脏的地方。一些树叶渣儿和面面土在祖父的笤帚下聚集，整个院落就亮堂多了，这也昭示着我们家一天平稳结束了。那个时候有祖父时刻收拾着这个家，让我以为世界是安全的。

祖父除了种花、打扫卫生，还有一大爱好，那就是养鸟。每个鸟笼两只鸟，七八个鸟笼，有鹦鹉、白眉、白玉、画眉、百灵等，虽不是什么稀有品种，但十几只鸟祖父伺候着，每天给它们打扫粪便，把小米和鸡蛋黄一块蒸了，再搓成小疙瘩喂它们。可以说，我从小到大的背景音乐，就是那些清脆悦耳的鸟鸣声。

祖父无数次跟我们讲鸟下蛋的故事，这些鸟如何喂养就可以下蛋，一窝下几个，能孵出几只小鸟，一只可以卖多少钱。

虽然这样讲着，但他的鸟却从来没有下过一个蛋，所以后来再听这个故事的时候，我们就把它当成了传说。有人开玩笑说他，这么老了还财迷啊。其实祖父不是个财迷的人，四个儿子他每年每人只要一百元的供应，在那个年代这个数也是非常低的，但要多给，他说什么也不会接受。直到现在，我才有了一些理解，人无论在什么时候，都是需要盼望的，即便在人生的暮年，也需要一个眺望的空间和距离，这是人活着的必要条件。

我有记忆时，祖父就七十岁了，不再是地里的主力，但在家中他也闲不住，只有母亲去地里或去赶集，他才会搁下手里的活儿，给我们做伴。

祖父会给我们画各种飞虫，用他的话说，都是心里出的，也就是在地里见多了，就会画了。他没受过任何专业指导，但透视、比例甚至章法上的安排都十分到位。祖父的笔一勾，两根胡须让蟋蟀活灵活现。我们总是让祖父画知了、螳螂、蟋蟀，拿着祖父用铅笔画在我们练习本上的画，如获珍宝。我喜欢画画的源头正是来源于此。那几年我非常喜欢画画，几乎每画一张都要拿给祖父看看，仿佛得到他的肯定，就算成功了。其实每次都会得到祖父的夸赞。在那样的氛围中，我已立志成为一名画家。父亲也为我买来素描书、专用画纸、铅笔，我也用心练了几年。看到我画的人都会说，我随祖父。要不是命运剥夺了我的画笔，或许我真的可以把祖父绘画的艺术细胞发扬光大。

不画画的时候，我们就让祖父念嘴儿，也就是民间流传着的有故事性的歌谣。念了很多遍了，还要祖父念，我们都背过了，还要祖父念。

馋老婆，不奏（做）活儿，东家子出来西家子磨。东家子烙哩大白饼，西家子蒸哩大白馍。人家光顾着吃没顾着让她，馋里她哏喽嘎啦咽唾沫……

　　说胡话，胡话胡，荞麦地里耪两锄。一耪耪哩枣树上，落哩任子（桑葚）黑大呼……

　　母亲没有听过祖父念嘴儿、唱戏，因为严谨的祖父是不会在儿媳妇面前失态的。有一次母亲赶集回来了，但祖父有些耳聋，没有听见，我们听见了也不告诉他，就是想让母亲听一听祖父唱戏。母亲笑着进屋来了，祖父才赶紧停止。"哎呀，不唱了。"祖父尴尬地笑了。

　　祖父虽然有十一个孙子孙女，但因为祖父和我们在一个院中生活，我们总认为祖父是我们家的。改善了伙食，祖父自然不用做饭了。我们有什么好吃的，也要让祖父尝一尝，但想让他吃一口也是困难的，他总是说："大人吃了有什么用，你们吃吧。"有一次把姐姐急哭了，祖父只好哄着她吃了一口。至今我仍然清晰地记得祖父那一刻幸福的微笑。

　　但现在想来，祖父是孤独的。尽管儿孙满堂，但各过各的日子。奶奶去世后，祖父一个人做饭吃。记得有一次，我从茅房回来时，看见祖父吃着吃着饭睡着了，脑袋一栽一栽的，还流着哈喇，当时我觉得祖父好笑极了，便慢慢地凑过去，猛地一声喊："爷爷！"祖父被我吓醒了，惊慌地看着我，笑着说："我怎么睡着了！"

　　如今我的父母也老了，我才隐约感受到，一个人多么无趣，吃饭才能睡着。祖父一辈子为一大家人忙活，当屋里只剩下他一个人，是一种怎样的无法说出的孤独。

　　或许正是因为这种孤独，祖父有一个习惯，就是每天晚饭后，来我们这屋坐会儿，拎着他的马扎来，守着我们一起看电视，或者大家围坐着剥花生、聊天。

祖父从来不和人抬杠，孩子们和他说什么事，他从来不提反对意见。村里公认祖父是"老好子"，也就是逆来顺受的老百姓。祖父从来没有说教过谁，但在他平时的话语中我经常听到："吃点儿亏心里平妥。"这句话无疑进入了我的价值体系。直到现在我都认为，不占别人便宜是做人做事不变的基础。

祖父从不向别人诉苦，从不给别人添麻烦，但他对别人却非常实在，总想着给孩子们多干点活儿，特别是我们家，因为我和我姐离不开人，祖父怕我们家地里的活儿忙不过来，就大晌午扛着锄头去给我们的地锄草。对陌生人也一样。有一次晚上，几个外地铸锅的来我们家求助，祖父就带领我的父母烧火做饭。

我十二岁那年，离春节仅有十天的时候，祖父去世了。那是他脑出血一个月后，人们都以为祖父的病情稳定了。那天阳光温暖极了，祖父被父亲背到外间屋的圈椅上，正对着门口晒太阳。冬天我们很少出屋，但这天我们竟然出去晒太阳了。母亲把我们推到祖父的跟前，我和姐姐喊了一声爷爷。祖父睁了睁半睡半醒的眼，用含糊不清的声音说："新鲜。"祖父是在说我的帽子。眼前的这个祖父让我感觉到了距离，他面色如土，没有精神，没有了我熟悉的慈祥面容、和蔼微笑，我竟然不知道该跟祖父说些什么。

母亲把我们推回屋的时候，我竟然感觉到这是我最后一次见祖父了，我的眼睛使劲向后看，直到祖父的身影消失在了我的小眼角。

下午三点，我们姐弟三个在看电视，突然听到祖父屋响起了可怕的哭声，那种声音之前我只听到过一次，那是祖母去世的时候。

我知道祖父走了。在姐姐和弟弟还没有反应过来的时候，我便失声痛哭。我反复说："怎么着啊？怎么着啊？"这是我从小到大最无助的时候常说的口头禅。那是我第一次体会到失去亲人的悲痛，也是我第一次感受到冥冥之中那股可怕的力量。那两天看到帮忙的乡亲们说笑都让我痛恨，我爷爷死了，你们还笑！

现在想来，我对祖父并不了解，我只是他漫长岁月结尾处一个他疼爱的孩子。我不知道祖父为什么对小动物从无恻隐之心，还专门制作了工具抓黄鼠狼，抓住以后放在布口袋里摔死，然后剥皮，仿佛它们都是他的仇人；我不知道祖父年轻时在他父母的逼迫下，经过一个怎样的心理过程，多次打祖母；我不知道祖父怎样让他的习惯和威严成为孩子们不可侵犯的领域。我所熟悉的只是一个老人经过大半辈子后，剩下的慈祥和释然。

祖父留在了那个院子。二十一年了，他又时刻与我同行，在不同的阶段给予着我不同的提醒和引导，像一把斧头修正着我的人生道路。我已习惯了，在遇到不明白的事时，在心里跟祖父说说，就知道是怎么回事，就知道该怎么做了。

◦ 三 ◦

在那个院落里，我记住了春夏秋冬最初的模样，而四季里给我印象最深的是夏天和冬天。

记得夏天的上午我们很少在屋里。我和姐姐就在院子东边柿子树下写作业。母亲把我们打扮得像花一样。我梳着两个紧紧的辫子，辫子上系着粉色或黄色的绸。地上的影子从西边慢慢退过来，快晒到我们的时候，母亲就向后推一推我们，我们就是不愿进屋。

而午后就必须待在屋里。外面的知了叫得人有了倦意，父母总要我们去睡一会儿。有时候姐姐和弟弟投降了，但我却坚持不去睡，一个人画画。汗珠一个接一个流下来，但我不觉得热，更不知道什么叫疲惫。只等着傍晚来临，那有意思的事就多了。傍晚的时候孩子们就会来，我们可以在院子里玩儿一大会儿。母亲也可能推我们去当街或村外，那凉爽的风至今在我心头吹拂。吃过晚饭后，也是好玩儿的时光，我们一家人围坐在院中乘凉，有时候还有邻居家的孩子们。有时候我们还会放一张床，躺着或坐着，讲鬼故事，看星星。这时孩子们开心，大人也好像轻松多了。母亲用蝇栓——也就是一根棍上绑一块布，像道家的拂尘，为我们驱赶蚊虫。直到弟弟睡着了，直到有一些潮湿了，我们才散去。这样夏天的夜晚，在有了空调之后，便很难再有了。

而冬天，我们的领地就局限在了屋里，因为天冷的时候，我和姐姐要咳嗽好长时间，我们一冬和初春都在屋里度过。有时候索性就不下床了，早晨穿好上衣，坐起来，一边放个枕头，把被子缝压实，两个枕头之间还可以放一块木板当桌子，看书、写作业。或许是因为有母亲无所不在的爱，或许是因为有姐姐时刻的陪伴，更或许是因为当时内心的纯净和丰盈，那样的岁月幸福快乐极了。通过窗口看到的雪花和邻居房顶上扫雪的人，让我记住了冬天的温暖。通过窗口看到的烟火和飘动的风筝，成了我心中年味儿最浓的春节。那段岁月告诉我，外界给予的不是真正的幸福，真正的幸福和外界无关。

那时候生活简单极了，完成了自己给自己留的作业就万事大吉了。那时候世界辽阔极了，我总问姐姐一些无边的问题。那时候不需要意义，时间却比任何时候都充实。

那时家里来人很多，伯父伯母、老姑少姑来得比较频繁，邻家的妇女也常纳着鞋底、织着毛衣来找母亲聊天。那时候时光缓慢，人们并不着急去做什么"有用"的事，所以她们一聊就是一晌。再就是来找我们的孩子。能跟我们玩儿住的，都是比较安稳的孩子，坐不住的很难成为我们的朋友。

朋友来了，我们会一起看书、打扑克、下棋。或许正是因为有了性格安稳这个条件，他们大多学习都很好，所以后来也都考远了。我能感觉到，按照自然的发展，在我们有了不同的世界之后，我们的友谊就该结束了，但他们刻意维持了下来，直到现在我们还维持着。这源自她们的善良和莫名的责任，我为有这样的朋友而感动。但每每想到我的朋友Y，我内心总会有隐隐的疼痛。

和别的孩子玩儿，多少会有一些比试，和Y却不会。Y是个傻姑娘，但她和别的智障者不一样，她只是有些愚钝。愚钝地从一年级读到六年级，又从一年级读到四年级。她只是有些软弱，软弱到孩子们往她身上扔坷垃，她从不还手。她只是过于善良，她想象不出别人有坏心眼儿，从来不懂得防人。

自从Y跟着堂姐来我家玩儿，我和姐姐就成了Y仅有的朋友。Y说："你们不欺负我。"说的时候眼圈红了。

Y比我大六岁，可她凡事听我的。那时村里有彩贴可以买，真是把我们迷坏了，我出钱差Y去买，都是明星照。买回来是一大张，得按明星的轮廓剪下来，Y用大剪刀，我用小剪刀，然后贴满我的铅笔盒、夹板甚至课本。还要分给Y一些，或者让Y帮我和姐姐整理书包，有用的笔和舍不得用的好看的圆珠笔、练习本、课本，还有各种好玩儿的折纸、弹簧球、糖果纸，都倒出来，再一个个整理回去，其乐无穷。

有时候我们聊天，Y很喜欢谈论她的梦想。她指着我书上的一个高楼插图问："这是哪？"姐姐说："这是深圳。"Y用手摸着一本正经地说："我以后跟着姨父学裁剪，有了本事就去那里。"我们一起憧憬着未来。

还有时候，我们写作业，Y就在我们对面坐着，安静地望着我们，脸上总挂着腼腆的微笑。屋子虽然小，可我们坐在那，空间是那样合适，没有回音，说话清晰、安静，棉门帘上方很少有光线进来。这样的冬天，成了我记忆中时常出现的画面。

Y家是村里最穷的，至今如此。我问她："你吃过香蕉吗？""没。""面包呢？""没。"我为此感到难过，就趁母亲不在屋的时候，告诉Y好吃的放在哪里，让她吃。其实母亲和我们一样，也经常给她一些炒花生、粽子（她家没人包）、袜子什么的。

Y在时，如果别的孩子来找我们，Y就走了。如果不走，她们也不和她玩儿。我知道她们嫌弃Y。但没有想到的是，随着年龄的增长，我也开始嫌弃她。当我看到别人看Y的表情，看到Y在别人面前的羞涩，我感到很别扭。我越来越不知道和Y有什么好玩儿的了。

我开始躲避Y，她慢慢地来少了，我们搬进新房子后就几乎不来了。

但我一边躲避Y一边问自己，我也像别人一样瞧不起她了吗？这让我感到自己陌生了。随着时间的流逝，我越来越感觉到，自己成长过程中膨胀的自尊心一定伤害到了Y。她说过我们是她仅有的朋友，而我们也抛弃了她。她会不会恨我们？

直到多年后的一天，Y来了。她还是那么瘦弱，还是那腼腆的笑容，只是眼中时不时露出以前从未有过的焦急和无助。她结婚了，生了一个男孩，倒插门的丈夫心眼儿也不多，所以家里依然贫穷。Y来借一百块钱，给她娘买药，钱数是我力所能及的，我便毫不犹豫地拿给她。我为Y的命运难过，但也为她在困难的时候想到我而感到高兴，Y依然把我当朋友。我突然明白，Y是不会恨谁的。

　　我希望Y的生活有所起色，善良的弱者应该得到幸福。

　　和Y的友谊永远留在了老房子里，成为我童年抹不去的最纯净的记忆。

◦ 五 ◦

　　这个院落中的记忆，不仅有无忧无虑的时光，也有苦难挣扎的日子。虽然小时候我生病是常事，但我并不知道我正在经历什么，很多痰在气管里响着，只要能呼吸，我就念儿歌。我十二岁那年的一场病，才是我真正意义上的劫难。仿佛我的灵魂该睁开眼了，我的生命也到了上路的时候，以一场病的方式唤醒我新的旅程。

　　那是初夏，多少天阴雨连绵。我高烧四天后，开始呼吸困难，我得了严重的肺炎。但母亲斟酌后，决定不去医院。她对二伯说："哥，你就看着下药吧（二伯是村里的医生）。"有时候一个时期的想法是另一个时期无法理解的，我不知道母亲为什么决定不去医院，或许她觉得二伯比医院的医生更可靠。

　　我的肚子使劲起伏着，每呼吸一次我都觉得再也没有力气了。母亲不停地哭，让我焦急；父亲偷偷地哭，让我恐惧；来看望我的亲戚都哭红了眼，并悄悄说，到时候就把我的画笔放在棺材里。这让我知道我快死了。

可是，我的母亲是丝毫不肯放弃的。十多天她一直守着我，白天坐着，晚上也躺不下。我不能睡，母亲这十多天也似乎没有睡过。母亲握着我的手，把她的力量传给我，她的眼睛一刻也不肯离开我，好像一眨眼我就会消失。她哭着说："让所有的灾难都降临到我身上吧，让我的孩子好起来吧。"听着母亲的祈求，听着死神的脚步，我心中有了强烈的求生欲望：别让我离开母亲，我要活着，我要活着！

这十多天就像十个月一样漫长，我们一分钟一分钟地坚持。终于，母亲把我从死神的手中夺了回来！我好起来了，上帝又把一个虚弱的孩子还给了她。母亲瘦了，也老了许多。可她脸上露出了发自内心的笑容，因为她又可以为我受累了。

当我重新坐了起来，我托不住我的头，父亲就在我的下巴下垫了好几本《词语手册》。我的胳膊瘦得像竹竿一样。我的身体状况向下迈了一个台阶，但我的灵魂却长高了。

当我再一次来到了外间屋，我看见，那方桌、高低柜以及我的书包是那么熟悉和陌生，那墙上的阳光有无限生机，那门上的福字变旧了，院中的槐树更茂盛了。是我，让这个院落又沧桑了一些。

这场病仿佛让我离开了我的生活，走了好远又回来了。我开始无比珍惜眼前的一切，我能畅快地呼吸，能看到阳光和天空，能尝到人间的味道，能与亲人说话，这多么幸福！

也从那个时候起，一个自然生长的生命，在真正意义上踏上了属于它的生命之路。

那个院落最热闹的日子莫过于过年了。那时候，一进腊月我就开始盼望，期待着过年的日子早日来临，那是多么好的事啊。我想象着，那一天我要把屋子布置得特别漂亮，折许多五颜六色的小船、幸运星，还要买一些小灯笼。我要穿上早早预备下的新衣，还要把送给朋友们的贺卡制作好。到了那天，我就肯定就不是小孩了，所以从那天开始我要学会大人一样的表情，像大人一样说话。年味儿就在我这样的期盼中越来越浓。

春节不是一个具体的日子，而是一个漫长的期待过程，更多的年味儿在准备之中。人们一进腊月就开始陆续置办年货。那时候物资没有现在丰富，人们也没有现在富裕，但每家置办年货的数量和规模都比现在大。把各种年货置办齐全了，年也就到了。

父亲也会买一大块猪肉放在院中的大缸里，那是天然的冰箱。等到临近春节的时候，再分割制作。把肥瘦相间并厚实的部位切成四寸左右见方的大肉头，煮一大锅，主要备用熬肉菜、蒸碗、上供，再把剩下的肉剁成馅，氽丸子和包饺子。我们家还会为我和姐姐炸豆腐丸子，因为我们很多春节都在咳嗽中度过，不敢吃肉。豆腐丸子就是把豆腐挤压成豆腐泥，再加入葱姜末、香菜末、鸡蛋和淀粉，再加入少许食盐，炸至金黄色。豆腐丸子外焦里嫩，豆腐香里透出清香，仿佛那就是我童年春节独特的味道。有人说，世界上没有美食，只有美好的记忆。或许就是因为童年的岁月太美好了，所以豆腐丸子至今是我的挚爱。

还有花糕、笼糕、豆包、黏饼子也是要准备的，图的是蒸蒸日上、一年比一年高的寓意。除了有寓意的，平时舍不得吃的贵点儿的菜，比如银耳、木耳、黄花菜，仿佛有了犒劳自己的理由，大可买来享用，过年了嘛。每家主妇都要忙活，但辛苦中有一种喜气。

现在做这些准备的，大多是上岁数的，年轻人觉得没有必要了，一些有寓意的食物准备起来太麻烦，平时又没什么舍不得吃的。没有了准备食物的过程，年味儿就要减去一大半了。

对这院落的布置也是大事，挂灯笼、贴春联，还有我们这里特有的吊挂，也就是带着两个尾巴的小彩旗。每年冬闲以后，卖吊挂的人就开始制作吊挂。把一尺见方的毛头纸按照一定规律折叠，各个角蘸上不同颜色的泼色，再打开来，便形成了各种新鲜的花形图案，在底部粘上两个长三角形的同样五颜六色的尾巴，便制作完成了。等到进了腊月便拿到村里的集市上去卖。除了有丧事的人家三年不挂红，家家户户都要买。把吊挂按照一定距离粘在一根绳上，在院中东西屋之间抻上几绳。人们已不太清楚为什么要挂吊挂，但人们已经习惯了这样的传统。

春节的风吹得新鲜的吊挂舞动着，反而让这热闹中添了一分孤独。正月里总有一两场春雨或春雪，吊挂就湿了，那湿了的色纸要比桃花浓烈得多。春风再一吹，就破了，就掉了，掉落在泥泞的春天里。

除了家家相同的布置，我们家还会有一些独特的。祖父是个有心气儿的人，他不但把屋里屋外收拾得整洁干净，还在大门洞和影壁之间的南边挡起刨子，这样就有了一堵墙，为的是挡住那边的凌乱（其实并不凌乱，只是祖父希望院落更加整齐），再在这面临时的墙上贴上大红福字、挂起灯泡，这个院落真的就有了新气象。

三十晚上我们会亮起家里所有的灯，让人格外注目的是祖父自己制作的灯笼。他用铁丝弯成骨架，有大长方形的和小长方形的，再糊上纸，非常周正精致。还有挂在影壁的靠山灯，它更像两个圆形的大灯罩。

两个靠山灯分别画着有故事情节的画，那应该算是工笔画，先用线条勾出轮廓，再涂上颜色，最后在画的一边题上像打油诗一样的注解。无论是构思还是作画，都是祖父的杰作。可惜我当时年纪太小，没能记住那画的模样。难得的是，大表哥是个有心的人，他竟然还记得那画上面的打油诗："行路深山，虎把路拦。你看烟鬼多么消瘦，只有骨头没有肉，猛虎一见发了愁。他的身体像肥牛，吃他顺嘴拉拉油，猛虎一听心中乐，树上有个大胖货。"现在也只能通过这样的语句，来追忆那时过年的气氛，来感受祖父的情趣了。

除夕，邻居们会来欣赏，聚在我们院中说笑，孩子们跑动着，再放一些烟花，便是高潮了。之后大家会聚在我们屋里看春节晚会，晚会演的什么并不重要，因为我们屋里更热闹。

那时候，我总觉得年味儿我们家最浓了。那时候，总觉得年是一个很神秘的东西，在一个神秘的地方藏着，我们在召唤和迎接它。然而后来我才发现，从个人角度说，年就在每个人的心中，当我们把期盼、祝福和感恩外化出来，年就到了。

春节包含的东西太多了，它不仅包含中华民族的大传统，也包含一个地域的风俗、一个村庄的特点，甚至还包含一个家族的家风和习惯。如果你想研究中国人，研究春节是再好不过的了，而且一定要以家庭为单位，一定是要有老人和孩子的大家庭，这个家庭最好是在农村，因为只有在那样的春节中，每一个细节才能连接着中国人的基因密码。

祖父不相信鬼神，却一直继承着上供的习俗。上供是一个精细且准确的仪式活动，无论是位置还是供品，都不能随意和出错。我们家供奉的神仙有七八位，正房正北边是老母，锅台是灶君，门后是财神，院子南边是观音，月台东边是天地，猪圈台是猪神，大门洞里是宅神，正屋西边是老艮。除夕晚上我们家接神，祖父负责安神，就是在每一处都贴上画像或写着名称的红纸条，摆设蜡烛、香、供品，然后磕头念告，邀请神仙来我家过年。这时候父亲就要点燃鞭炮，让整个仪式隆重热烈。那时候上供的人家比较多，接神的鞭炮声就连了音，各路神仙就齐聚我们家了，包括仙家和佛家。记得那时我有些纳闷儿，各家邀请的几乎一样，那神仙到底在谁家呢？年年如此，从除夕晚上接神开始到正月初五，再从正月十二到正月十五，每晚要点蜡上香。每到晚上，看到门后和月台等一些地方点着小红蜡，摆放着饺子，就感觉我熟悉的院落变得神秘了，冥冥之中一定有我不能侵犯和估量的东西。这时候如果自己在屋里便会有一些害怕了，特别是祖父会将芝麻秸撒在院中，说这样踩上去有声音，鬼就不敢来了。这会让我在夜里睡不着，担心地听着外面的动静，稍微有些风吹草动，我就想象着鬼来了，在大家安然睡去的三十晚上，把自己吓个半死。

大年初一早晨是最忙的时候，母亲四点就起来帮祖母装碗、摆供。天地神位前要摆五碗，一碗丸子、一碗肉头、一碗炸豆腐、一碗粉条、一碗黄花菜；老母面前是五碗素供；其他神仙都是一个肉头和一个点着红点的圆卷子。那时倒也没人疑惑，观音菩萨到了我们家竟然开了荤戒。这顿饭是神仙来我家享用的最丰盛的大餐。我们家每年初一中午都是吃神仙们剩下的，用这些供品熬一锅菜，就是我们这些凡人的大餐了。然后祖父焚香祷告，父亲放鞭炮，祖父带着全家人磕头，祈求保佑全家人健康平安、人丁兴旺。在天亮之前，完成一个家庭神圣的祝福活动。

但在我十一岁那年过完春节之后，祖父把神仙送上天了，他把神相和牌位放在一个破盆子中烧了："你们上天吧，我老了，不伺候你们了。"虽然母亲早就跟祖父祖母说过，愿意接替，请他们放心。但祖父还是体谅孩子们辛苦，主要因为有我们累人，而且我们家又都是明确的唯物主义者，如果仅仅作为对老人的安慰，祖父觉得就没有必要了。

祖父或许有先知，因为这真的是他的最后一个春节了，就在这一年祖父去世了。

和祖父一起远去的年俗不仅有上供，还有磕头拜年和请媳妇。

请媳妇是把这一年家族中刚进门的新媳妇请到家中吃饭，新媳妇可能是一个，但陪客却要一大桌。从正月初二开始，新媳妇就要到家族中各家吃请。现在这样的活动已简化成了送红包。

磕头是一种拜年方式。大年初一早晨，父亲兄弟四个以及母亲妯娌四个先给祖父祖母磕了，再去转当家，也就是给族中的大辈磕头拜年。毕竟是祖辈生活的村庄，所以他们一磕就是几十户，这个是不能丢掉哪一户的。家里也会不断迎来拜年的人，即便是主人有不在家的，也不能少了他的磕头，祖父祖母总会说："有了，都有了。"

这样的仪式的确让人辛苦，但正是这样的仪式，明确着族中血脉相连的关系，提醒着长幼的次序，维系着亲人之间的情感。

这样的仪式消失以后，家族中不常来往的人失去了唯一的见面机会。多年过去后，一些辈分已经记不清了，家族的观念在年轻人心中已逐渐淡化了。

现在的春节年味儿越来越淡了，只因为我们内心一些东西远去了，一些东西不再重要了，让更多与"年"无关的东西占据了位置，年味儿自然会淡去。

岁月匆匆，或许真的有很多东西必须留在昨天，就像每次搬家，我们只能带走重要的东西，而更多的记忆和物品无关，好与坏，也只能留下。然而，那些记忆终将无法忘记，也不该忘记。

那年味儿浓郁的春节留在了那个院落中，留在了我童年的记忆里。每每回想起来，我都会再一次意识到，我从何处走来。

我知道，我永远也无法说出老房子的丰厚，无法说出它给予我的馈赠，无法说出我们共同的记忆。有一些不会说，有一些不想说，还有一些与我同在我却说不出来，就像铸就我灵魂的无数平凡的日子，就像母亲的血液在我体内无声地流淌。

多少年过去了，我仿佛已经过了几个轮回，看着老照片中那青灰表砖的院落以及那院落中的我们，恍如隔世。

但那院落再遥远，也与我连着。我在那里出生，在那里缓慢并不停歇地生长，长出了我内心最柔软和最坚强的部分。在那里我认识了烟火人间，那烟火让我记住了快乐的滋味，并养育了我的梦想。在那里我第一次经历生死，并懂得了珍惜，在那里我开始写诗。在那里我获得了为人处世的标尺、对方向的辨别力、生活中难改的习惯。

多少个轮回了，那里的阳光依然温暖着我现在的冬天，那里的安静依然净化着我现在的吵闹，那里的蛐蛐依然会在每一个秋天叫起，那里夜晚做下的梦我依然带在身上。

如果把一个村庄当成故乡，那么还可以回去看看，让那些变和不变的安慰思念的心；而我的故乡是那个院落，那个院落已无处可寻，我永远回不去了。在它的位置上，前半部分是我们新盖的房子，后半部分已是别人家的院子了。那青灰的砖一些送人了，一些在过道的角落已被风吹了很多年。那院子中出入的人，很多已去世，还有一些也变成了另外的人。那院子中的说话声和所有动静，更是不知去向。

我甚至想，按照推算的位置，在夏天的上午，再去那两棵柿子树下坐一会儿，从那里看看世界，看看阳光的挪动，然而那位置已是别人家的羊圈了。

现在我把家的含义定得更虚了，我说，有父母的地方就是家。因为无论我身在何处，都觉得自己是一个漂泊的人。

但在孤独中能够怀念那个院落，是幸福的。那是我生命的根，无论我身在何处，根始终都在那里，我就不是一片无根的落叶，而是一棵旺盛的生命。

我说过，我是一棵草，所以我的根也庞大不了，它只在那个青灰表砖的院落吸取营养。然而，那个院落不是和华北平原的大地相连的吗？那百年的风不是日夜吹拂着它吗？我的父辈、亲人多少故事不是年复一年滋养着它吗？

感谢上天给了我一个无忧无虑的童年、给了我童年一个青灰表砖的院落，因此，我可以相信，我是一个幸福的人。

那条路还在

我再次走上这条路是多年以后，我已经不记得最后一次走上这条路是什么时候了，就像逝去的童年，没有告别，远去了才知道远去了。

在我经过了无数条路之后，在这个黄昏，我又走上了这条路。这条路还在这里，还是老样子，近二十年的时光消失了。

路边的树没有长高，庄稼也没有成熟，路没有长宽，来往的人也没有变多，天空的燕子仿佛还是那几只，只是落日落下去了一小截。

那个时候，我们所有的时光都是用来玩儿的。

在多少个夏日的早晨，我们边玩儿边走，清凉的风饱含水分，一阵阵吹拂着路旁摇晃着树叶的杨树和湿漉漉的小花，也吹拂着我的辫花和裙子。在这样的风中，弟弟推着我，母亲推着姐姐。我们总是一阵阵加快脚步，仿佛再跑几步，再张开双臂转个圈，就飞起来了。

秋日的傍晚，金色的夕阳下，会飞来许多蜻蜓，它们透明的翅膀都带着光芒。它们飞得很低，一点儿也不怕人，我们不会去抓它们，只看着它们飞。

路边的庄稼地低于路面，视野很开阔，可以望见远处另一个村庄。

我们总是喊叫：那边的花多！远处的那片更好看呢！这条

小沟我能跳过去你们信不信……

在这片田地中，我们变得很小，声音也变小了，怎么喊声音都远不了，好像被风送回来了。

我们总是清楚地知道，这棵树到哪了，前面是一片什么庄稼，路上的那条小岗快到了，过去之后，路的右边会有一小段篱笆墙，上面结满了又小又红的枸杞。

走过了这最后一座房子，就出村了，赤裸的落日和我对视，我们之间只有辽阔的原野，原野当中一条平坦而安静的小路把我们相连。

每当走到这里我都是兴奋的，仿佛前面有好多好事在等着我。突然我又发现了自己的陌生，我像一个外来者，我怎么会穿这样的衣服，面带这样的神情。唯一能证明我和以前那个我有关系的，是我的轮椅和推着我的母亲。

那片葡萄地看似安静，但你顺着树趟看去，就会突然看到一个人在锄草，她离你是那么近。二十年后，我再一次向那看去，依然是那个人，二十年了，她没有变老，还穿着那样的衣服，还是满脸笑意，直起腰来和我说话。我开始怀疑，时间并不能带走什么，只是让一些东西换了换位置，让一些东西远了，让一些东西分开了。

趁着落日的余光还在，我想去寻找那一棵树。那是一棵非常高的杨树，就在那拐弯之前，寻找我在那树上刻下的我的名字。

它变大了，每一个笔画也变得粗壮，我的名字看上去更像是许多重叠的疤，和这树长成了一体。当初我只是想留下一些记忆，让它和树一起长大，而现在我发现，一些美好的往事，长着长着就长成了疼痛而刻骨的疤痕。

我继续走着，不为去哪里，只想让时间摆脱掉用途和目的，只想模仿小时候，在天黑的时候再回家。

我走到了两边都是老梨树的地方，这是我梦中经常出现的场景。春天的时候这里开满了白色的梨花，梨花的香气仿佛变成了春风。一阵阵的花瓣落在我们身上，让我以为是那路过的白云掉落的。如果是夏天，树上未成熟的小梨可爱得总让我们忍不住摘一个。树下路边就有几个坟，我们不知道是谁的坟，但我们围着它们玩儿，丝毫不会害怕，仿佛它们和不远处那个窝棚一样，里面也住着一个看地的老人。

记得我在树下吐过一个泡泡糖，弟弟用小树枝把它滚成了一个泥球，用小树枝撕扯，拉力极强。我们说，看地的老头儿一定会发现这块特殊的泥土，没错，一定会感到奇怪。我们感到神秘，好玩儿极了。

现在，这几个坟一点儿也没有变旧，不远处的那个窝棚响起了一个孩子的笑声。

天暗了下来，我还在继续走。这条路原来很短，走不了多大会儿就到头了。

我即将走进另一个村庄。这个村庄好热闹，卖菜的、卖熟食的，聚在街边，挂起了电灯，街上散发着烤鸭、炸香肠的味道，吸引来好多购买幸福的人。其实幸福是可以购买的，它就存在于这些商品中，让人们直接拿在手中。

这不是我要去的地方，但是我走到了。

我回头望去，那条路还在那里，还会有像我一样的孩子在那里玩儿。而我，只是一个过客。

我看见，我的车辙、我亲人的脚印、我们的笑声和话语，留在了这里。我说我那么多东西怎么找不到了，原来掉落到了这条路上。这条路永远收藏着我的往事，我相信，它会记住每一个来到这里的人。

有一些事物，时间并不能将它们奈何，它们将长存于岁月之中，但没有谁能够与它们相守。

我走了，把一条路留在了那儿。

看着母亲送走他们

短短几年里，母亲兄妹四人，就只剩下了她一个人。

我看着母亲一个一个送走他们，与他们永别。

◦ 一 ◦

那天我们正从医院走廊向外走，经过一上午排队预约，经过让人窒息的汗味和焦虑的拥挤，只希望快点儿回到门外那夏日的阳光中。但就在这时，我接到了表哥的电话，他用颤抖的声音说："你姨不行了。"

或许正是因为我们习惯了二姨的心脏病说不清哪一会儿发作，习惯了她常把死挂在嘴上，就以为死只是一个可能了，是一件永不会发生的事了，所以听到这个消息是那么突然。

父母加快脚步，把我们先送回住处，母亲便打车匆忙赶往二姨所在的医院。我们都知道这是最后一面了。

看着川流的人群，我仿佛看见了一列火车，它说来就来了，不容分说，不会延迟，要把一个正在生活着的人带走。所有的人都不许她再见了，所有的话都不许她再说了，昨天刚买的衣服也不许她再穿了，正打算包的粽子也不许再包了。只许她一个人赤裸地走，就像来时一样，而且永不许回来。所有的亲人都向那个站台奔跑，只为赶在火车开走之前，与她道别。我仿

170

佛看见，忙碌的生活有了边缘，这个边缘离人群这样近。

母亲在重症监护室见到了因为脑出血而已经脑死亡的二姨。母亲使劲喊她的名字，挠她的手脚，只希望把她喊回来。然而，二姨已经坐上了那列火车，再也回不来了。

兄弟姐妹中和母亲最亲近的就是二姨，这不仅因为她们是挨肩儿的，更因为她们的婆家是紧挨着的村，傍晚天黑之前也能骑着自行车转一遭。所以二姨来得特别多。但她和母亲的性格却很不一样，母亲活气，二姨死倔，母亲爱说爱笑，二姨话少好恼。二姨做针线活儿要一针不差，在生产队摘棉花要把头秤。或许这种要强的个性注定会有太多不如意吧。我小时候，总感觉二姨来的时候天就阴了，让人压抑。后来我经常在背后调侃二姨，说她是先天性抑郁症。

母亲小时候学针线活儿，第一回纳鞋底纳得不均匀不周正，二姨看到就恼了，对母亲大发脾气，当即就用剪刀把母亲纳的鞋底绞了。母亲终究没有学会做针线活儿。直到后来，我也能明显地感觉到母亲说话会迁就着二姨，因为母亲了解她，不想让她不痛快。母亲不会针线活儿，我们姐弟三人小时候的棉袄棉裤棉鞋就都成了二姨的事。不知这样做了多少年，直到我们长大一些，不再穿二姨做的衣服和鞋了。

记得弟弟六岁该上学了，二姨便给弟弟和表妹一人做了一个布头拼凑的书包（他们俩同岁）。我和姐姐看到他们的新书包很是羡慕，二姨看出了我们的心思，便给我们这两个不能上学的孩子也一人做了一个，我们高兴极了。虽然我们从未把书包背到过学校，但我们却因此觉得自己是和他们一样的学生了。这两个书包在我们家挂了多年，装着我们的课本和铅笔盒，陪伴着我们自学的时光。

母亲总说二姨苦，这苦不仅是生活上的，更是心里的。二姨心里有一股傲气，但命运却给了她伴随一生的两个磨难——疾病和贫穷。这让她的这股傲气便成了苦的来源。

在我五六岁时，二姨父突然胃穿孔，在省城做了手术才保住了性命，但以后却不能再干重活儿了，只能在果树队看仓库。二姨父有病欠下的债，就成了二姨使劲挣工分的动力（他们村一直延续着生产合作社的模式）。我十一岁那年，二姨家的债还得差不多的时候，二姨高烧一个月，汗珠一个接着一个地滚，高烧至四十摄氏度，在村里和县里输液都无效。医生说："不是心脏病就是白血病，你们去省城医院吧。"结果二姨在省城医院查出了先天性心脏病。住了一个多月的院，烧终于退了，但医生建议尽快手术，手术费需要两万元。二姨坚决不做，便出院回家了。

母亲反复劝她，说钱的事会替她想办法，不用担心。但她就是不肯。当时我觉得她太固执了，但现在想来特别理解她。那时候，她的一双儿女一个十五岁、一个九岁，万一有什么危险，孩子们怎么办？再说，那次她住院又欠下了不少债，再加上手术费，身上的担子就更重了。二姨多年后还经常跟母亲感慨说："你是不知道为钱嗑瘪子的滋味啊？"后来的好几年里，只要她身体因为心脏又出现什么不适，水肿、气短、胸闷，母亲都会再次劝她。有时候二姨便说：等着儿子长大后挣了钱再做手术。

二姨嘴里的人，让人听上去总是差点儿，只要和她来往稍多些，总会被她挑出理儿来。她唯一能看上的人，就是她的儿子。在二姨艰难的日子中支撑她的希望的，就是她的孩子，这份希望也维护了她心中的那份傲气。

或许正是有了二姨这份绝对的欣赏，表哥非常有出息。他大专毕业后，进了省城一家建筑公司，靠自己的努力，三十岁出头就当上了资产过亿的公司总经理，而且给小妹在省城安排了工作。他们每次过年回村，都是开着宝马、奥迪，穿着貂绒大衣，二姨也是几千块的羽绒服穿着，金耳环、金手镯戴着。表哥还会一拨一拨地宴请亲友，引来不少乡亲们的夸赞。我能感觉到，表哥的心里也有一股傲气，他这样高调，不仅是为了在别人面前找回以前的生活中没有的面子，更为了完成昨天的自己和母亲的期盼。

表哥没有忘记给二姨做手术的事，他一有能力就给二姨做了手术。虽然近二十年过去了，手术费翻了几倍，虽然二姨的身体已发生了很多不可逆的情况，但二姨等到了。

遗憾的是，在表哥成功前两三年，二姨父患癌症去世了，他没有看到他那个家扬眉吐气的一天。多少次，表哥喝多了，都会哭诉想他爹。

二姨父的离世，对二姨打击很大。她感觉自己突然成了一个多余的人，游荡在这个世界上。好几年里，二姨三句话就拐到了二姨父身上，如果继续下去，就又会泣不成声。二姨让我发现，对于儿女成家后丧偶的老人来说，那种孤独是为家庭忙碌的人无法理解的。

二姨父去世后，二姨便跟着表哥去了省城，在那里度过了她人生最后的十年。都说她去享福了，但母亲依然说她活得苦，依然牵挂着她。虽然表哥把二姨的吃穿用度都挂在心上，非常有担当和责任感，但责任和权力有时候是一体的。对于二姨来说，除了为儿子的孝顺感到欣慰，是否还会因为权力和能力丧失感到悲哀呢？二姨成为表哥的附属品。再加上她心脏的慢性衰竭和腿疼，走几步路就大汗淋漓，基本失去了行动的自由。表哥怕二姨闷得慌，经常带她出去散心，但更多的时光是她要独自面对的。

尤其是最后两年，表哥为了孩子上学，在学校附近临时租了房子，二姨便一个人留在了表哥的家中。她经常夜晚 11 点来电话，她知道母亲睡得晚，而且这时间母亲也不用做家务了。电话依然会把压抑的气氛灌满屋子，二姨会反复说当天的、几天前的、几个月前的，甚至是多年前的痛苦经历，这让我感觉她的生活是多么空虚。二姨从来不主动挂电话，如果陪她聊下去，她能说一夜。这让我想象挂掉电话后，她的周围是怎样一种寂静。

母亲经常说，她一个人在那里可等什么呢？等儿女们忙碌之余的逗留吗？等自己的病消除的那一天吗？等姨父回来吗？或许正是因为她没有什么好等的了，她便等来了死亡。

在一个麦浪金黄的日子里，二姨又回到了她熟悉的村庄，和二姨父团聚了。

母亲多少次拿起电话想给二姨打，才发现再也打不通了。多少次下雨，母亲都会说："你二姨在地里呢。"二姨走后的第一个除夕夜，母亲一个人坐着悲痛地感叹道："霞，你怎么就死了呢？"越说声音越颤抖。

母亲觉得二姨死得憋屈。可是，如果她有留下遗言的机会，她会说些什么？面对活着和死去都无法改变的无奈，她还想说什么呢？

二姨的一生让我思考，什么是幸福？

◦ 二 ◦

母亲第一个送走的是舅舅。

那是一个寒冷的腊月，母亲接到电话便匆忙赶到县医院。整个病房都响彻着舅舅的哮喘声。那声音就像无形的大海在咆哮，它即将把舅舅淹没。舅舅挣扎着，在浪头的间隙中呼吸着，这样的挣扎让他顾不上喝水，顾不上说话，顾不上睡觉。他躺不下，只能坐在病房的沙发上，脸上扣着呼吸机，就连他的目光也极度疲惫。他见到母亲的第一句话就是："不行了，乔。"并不断地重复着。这句话让母亲心疼。

在这恐惧的大海岸边，再多的亲人也只是守着、看着，除此之外什么也做不了。

不仅舅舅自己预示到了死亡的来临，医生也说已经转不得院了，但是母亲却不相信。我知道她那个时候一定觉得，活和死之间隔着什么，至少隔着一段遥远的路，她一定觉得，正常死亡都是老人的事，而在她的印象中，舅舅还不够老。

"不要紧，能好了。"她用轻松和坚定的口气安慰舅舅，也安慰着她自己。

那天母亲离开医院时天已经黑了，本打算第二天再去看他，谁知那次不被母亲当成永别的见面，却真的成了她和舅舅的永别。现实中的死亡，不是艺术作品中的精神结局，而是生被死最终吞噬的过程。这个过程没有给要走的人和世界告别的机会，有的只是痛苦地挣扎。在生物法则面前，情感是微不足道的。每个人的人生尽头，都是不了了之的。

第二天早晨，一开门便迎来了报丧的人，说没有舅舅了。

舅舅走的时候才六十八岁。母亲的家族中大部分人寿命都不长，姥姥也是气管炎哮喘，六十六岁就走了，那个时候根本得不到什么有效的治疗。而舅舅，儿女孝顺，无论是生活的照料，还是对疾病的治疗都非常周到及时，但却仅仅延长了两年，仿佛在基因已注定了，不是人力所能改变的。

母亲说舅舅年轻的时候很帅，村里的姑娘们说他长得像《铁道卫士》中的高科长。兄妹四人当中，我觉得母亲和舅舅长得最像了，肉肉的圆脸，肉肉的鼻子，一笑露出两个酒窝。舅舅皮肤更黑，所以牙也格外白亮。那样的笑容在我心中也成了纯朴、善良的代名词。

母亲经常说舅舅懒，舅舅听了就笑笑。在他眼中，小十三岁的妹妹永远是孩子。

母亲说的懒，不是不思进取的堕落和拖延，而是一种天生的与世无争，非常接近道家出世的思想。和世界保持一种距离，更愿意顺其自然，没有过高的要求，格外珍惜现状。我感觉这样的观念不仅在舅舅身上存在，更像一种家庭气氛，在这个家里的每个人身上或多或少地荡漾着，只是在舅舅身上更明显一些。他眼中看不到与他人的攀比，看不到不进则退的生活危机。

经常听母亲戏说，以前家里的猪下了小猪仔，舅舅就和同村的一个人一起去集上卖。那个人很聪明，扯得小猪仔吱啦乱叫，既能引起注意，也显得小猪仔格外欢实，不一会儿就都卖了。而舅舅的小猪仔和他一样淡定，在集上和他一起蹲了一个上午，就一起回来了。

或许正是因为这种释然，舅舅家一直没有过上多富裕的生活。但我相信，也正是这种释然，让舅舅的人生少了不少焦躁，多了不少平淡的乐趣。

在我的印象中，舅舅喜欢蹲在东屋门前抽烟。他很少说话，只是看着我们笑，夕阳会让他洁白的牙齿闪光。院子的西边，是拆开各自歇着的骡子和骡子车。骡子会在一天的疲惫后，在地上打一个滚儿，看着特别解乏，就像舅舅抽一阵烟一样。

舅舅经常用这架骡子车接送我们。我现在依然清晰地记得，舅舅会在车上铺两床被子，为的是我们坐上去软和。骡子车前高后低，倾斜着我们坐不住，还得让母亲扶着。但我们却格外兴奋，因为离这个大动物很近，这个大动物让我们又害怕又好奇。看着它一扭一扭地往前走，我们颠簸的节奏和它一样，舅舅坐在最前边挥着鞭子。

记得有两次，母亲和父亲吵架，母亲便让我和姐姐一人一头，坐在八九十年代的那种竹子做的儿童车上，再在中间放一块竹板，把两三岁的弟弟放上去，这样她便可以一个人推着三个孩子回娘家了。两村之间也就距离三公里左右，每次走到了娘家，母亲的气也就消了。再像说闲话儿一样跟舅舅说说，就烟消云散了。在晚霞的照耀下，舅舅就又牵着骡子，慢悠悠地送我们回家了。

那时候有骡马车的人家很多，但接送妹妹回娘家，却是舅舅给命苦的妹妹特殊的关爱。

舅舅五十岁左右时就患了脑血栓和气管炎，成了半自理的状态。没有了舅舅的接送，我们去少了，但母亲依然习惯于回娘家，甚至更多了一些，这原因可能有两个，一是牵挂常年半病的哥哥，二是母亲看到生活的艰难更多了。因为回到那里，母亲不再是生活的强者，而可以暂时做委屈的孩子；因为回到那里，母亲可以毫无顾忌地倾诉，说什么都不会被挑礼，不会被笑话。

舅舅患脑血栓后，情绪容易波动。每次母亲提到我们，他都会泣不成声。

虽然姥姥、姥爷不在了，但那个地方依然是母亲的家，舅舅依然是母亲的心灵后盾。而这个后盾，不光是舅舅，还有妗子。

妗子在母亲八岁的时候就进了门，母亲一直把妗子当成兄弟姐妹中的一员。妗子在我的印象中，是典型的传统好媳妇。比如照顾卧床的姥爷，妗子从不指望舅舅、母亲和姨，抓屎擦尿都当成自己的事。姥爷咽气的时候，也是紧紧抓着妗子的手。

八九十年代物质没有现在这么丰富，只要我们家需要的而舅舅家有的，妗子都会毫不吝啬地拿出来。她的大方程度和经济条件并不匹配。比如，别人家送亲戚花生，用的是篮子，而妗子用的却是编织袋。从某个角度说，人们对财物的重视程度，要看它所对应的情感是否重要，看重情感了，自然就轻视财物了。

妗子知道母亲忙，所以她每年端午节都会包两锅粽子，一锅是他们家的，一锅是给我们的。端午这天天一亮，表哥就驮着粽子到了。年年如此，直到妗子的记忆力越来越差，去村里的小超市都找不到家了。母亲才不许妗子再给我们包了。

舅舅去世三年后，妗子也走了。

记得吊唁妗子回来，母亲自言自语了一句："没家了。"

我在她眼中，看到了一种从未有过的凄凉。

世间的人们，就像一年一度的草，生时默默无闻，死时更是不声不响，只在亲人的心中留下无声的回忆。

◦ 三 ◦

大姨的一生极为正常，生有两个女儿一个儿子，大女儿嫁到外村，二女儿嫁的本村，小儿子在家务农。大姨年轻的时候给村里的人裁剪衣服，上了岁数就看孙女。正是因为大姨和蔼慈祥，不仅孩子们孝顺，孩子的孩子们也很愿意围绕在她身旁。大姨父一辈子热情、实在，七十八岁寿终正寝。大姨虽没有大富大贵，但平平淡淡，或许这就是最幸福的人生吧。

大姨比母亲大十七岁，很像母亲的一个长辈。母亲三岁时，大姨就出嫁了，母亲从六岁起，一到星期天就和九岁的二姨走五六公里去大姨家。如果每个人小时候都有一个常去而且特别向往的亲戚家，给人留下许多童年快乐的回忆，那么大姨家就是母亲这个快乐的回忆。

从母亲记事就存在的大姨，一直在不远处见证着母亲的生活。六十多年过去了，仿佛大姨与那些老树、村庄一样，是永恒不变的东西，但现在她要走了。

母亲去见大姨最后一面时，正是新冠肺炎疫情最严重的时候，母亲给小区门口的执勤人员说了半天好话，才允许她在非出入时间出去。大姨村的路都封了，母亲就在田间道上走，深一脚浅一脚地，迎着寒风，走向那个悲痛的消息。

大姨一直在昏睡，但来的人跟她说话，她都会睁开眼，也能说出是谁。她躺在护理床上，身体变得瘦小，干枯卷曲得真像一枚秋天的树叶。

她的二女儿在讲自己的外孙女，外孙女的作文、裙子、聪明；大女儿靠大衣橱站着，听人们聊天；七十岁左右的小姑子断断续续地给大姨的娘家人说着都知道的往事；儿子进进出出地忙，但这忙不再是为了母亲的救治，而是在张罗母亲的后事。

屋里的门帘全掀着，屋里一点儿热气也没有，没有人考虑大姨冷不冷。母亲说喂两口水吧，他们说算了，万一再呛死了。

母亲感到一阵寒风吹来。

大姨活到了八十岁，算是母亲家族中寿命最长的一个了，她也是病病歪歪的，心脏病、脑血栓，经常住院，就是因为孩子们孝顺，才多次化险为夷，坚持到现在。二女儿不仅吃穿想得周到，还会想着法儿地让大姨开心。儿子为了守在父母身边，没有像他们村的大多数男人那样外出打工，只在家里种地。

而现在，他们不再做什么了，他们觉得把人需要尽力的事都已经做了，剩下的只有等待了。或许他们认为现在最应该做的，就是让母亲平静地离开，这才是他们最后的孝敬。

我母亲的生死观和别人不同。在她看来，对亲人生命的呵护不应该因这呵护是否还有意义来做决定。而在更多人看来，死是人生的一个阶段，当它来了，需要的是换一种方式对待。

母亲更慈悲，他们更豁达。但他们谁更尊重生命？谁更接近自然规则的本意呢？

我看见，死的意义对于人生的不同阶段是截然不同的。或许，当一个人从人命关天的阶段活到死就是一闭眼的事时，人生就圆满了。或许，生命的长度就是接受死亡的过程。

大姨在那天夜里走了。

从此，再也没有见过母亲小时候样子的人了，母亲儿时的时光更像一个传说了，就像所有的故事，终将成为无人见证的历史。

如果一个人活成了虚无的历史，世上再无了解他的人，那么这个世界还值得留恋吗？

母亲一个人坐着发呆的时候多了，望着窗外很久之后会说一句："都走了。"

与母亲血肉相连的兄弟姐妹都化作了泥土，母亲用活着感受着死的滋味。

或许我还不够老，但我离母亲太近了，通过她的目光，我看见了人生末尾处的孤独和恐慌。就像一阵秋风刮来，秋叶都纷纷落下，飘向了远方，枝头只剩下一枚叶子在风中颤抖。

我又能为母亲做些什么呢？面对苍茫的人间，我只能将母亲的手抓得更紧些。

现实照亮梦想

　　天不再那么黑，仿佛有一些透明了，当我正想着这是不是黎明的时候，天又透明了一些。细看，那光亮来自东边，这让我确信了早晨的太阳正在无声中向我走来。直到高速公路两边的树木清晰可见，直到我看见了更远的地方，我的激动也像势不可挡的光一样，铺满了整个世界。

　　这是我第七次去北京了。

　　北京，是每一个有梦想的人向往的地方，而之前我的北京行却与梦想无关。前五次都是因为求医。我一周岁在北京确诊，两周岁母亲带着我和姐姐在北京做了一个月无效治疗。那几年辗转于北京各大医院的经历并没有给我留下多少记忆，但父母抱着我和姐姐匆匆地穿行在人流中的身影，我在火车上彻夜地哭泣，还有母亲那望向窗外焦虑的目光，都在我心中比记忆更深的地方留下了不可言说的无助和孤独。十二岁时，我的父母抱着几年过去了是不是有好法儿了的心态，又带着我们经历了一次失望。二十三岁时又以相同的心态去了两次。我仿佛看见父母心中的星星之火，一次次残酷的风也没有把它们吹灭。所以很多年里，北京对于我来说就是悲痛，那气派的高楼大厦、交错的立交桥，都是冷漠的表情。这样的北京与梦想相关的北京好像不是一个。或许就是想改变这种印象吧，父母在2018年专程陪我们去北京玩儿了几天。母亲说：不看病了，咱们这回玩儿去。那一次的北京之行是快乐的，但更多是温暖的，因为那是我在亲情的包围下，远远地看着北京，它美好而真实，但它看不见我。

而只有这一次，是我带着梦想前行在去北京的路上！

这次去参加中国作协、《中国作家》编辑部、中国残联共同举办的"残疾人文学"研讨会。我作为十二名残疾人作家代表中的一员，在 4 月 23 日凌晨 3 点就出发了。这次研讨会是2019 年首届鲁迅文学院残疾人作家研修班的延伸，是对残疾人的文学创作和当前状况做更深一步的探讨。默默写作这么多年，参加过一些以文学为主题的会议，这还是我第一次参加一个以残疾人文学为主题的文学会议。虽然我一直都不认可社会上有什么活动把"残疾人"这三个字圈起来，比如，残疾人奥运会、残疾人艺术团、残疾人企业，让人感觉仅仅是残疾人事业内容的一部分，是社会建设的一种倡导，是政策对残疾人的关爱和福利，但残疾人依然没有融入社会。我一直期待着这种圈分能够早日消失。但这次参加以残疾人文学为主题的研讨会，让我感觉到的却不是屡见不鲜的社会意识，而是一种黎明要来了的希望。

研讨会在中国作协十楼会议室召开，由《中国作家》主编程绍武主持，中国作协书记处书记胡邦胜、中国残联副主席程凯分别讲话，参会的十六位专家老师有《文艺报》总编梁鸿鹰、《诗刊》社主编李少君、鲁迅文学院常务副院长徐可、《人民日报》文艺部原主任王必胜、《光明日报》文艺部主任邓凯、《解放军报》文艺评论版主编傅逸尘等。

他们对残疾人作品、残疾人创作及目前社会对残疾人的态度、社会对待残疾人当务之急还有哪些方面是值得思考和改进的，都阐述了自己的观点，可以说起点高、眼界宽、洞察力强。

虽然我这么多年切身体会着社会如何对待残疾人，但那就相当于神经末梢的直接感受，感知到了冷与暖的我只能想象着四季的变化，看到了世界的表情的我只能用各种推论去理解她在想什么。而今天，我真切地触摸到了神经的线路，触摸到了社会的主流意识。虽然仅仅是十几位老师，但不能不说他们体现着社会的主流意识形态，这让我看到了社会主流目前对残疾人的理解和为什么这么理解。更为难得的是，通过各位老师的观点和角度，我看到了社会主流思想是如何看待残疾人现状的。各位老师的发言，给我解开了很多困惑，同样也给了我很多新的思考，让我看到了很多新的角度，收获很大。比如大家讨论了把残疾人称为残疾人是否还合适？大多数老师认为这个名词过于生硬并且有贬义成分，已经不适合现代社会的进步程度了；讨论了为何残疾人的文学作品要比其他作家更具有向上的力量？因为我们总能在残疾人作家的作品中看到温暖、爱、坚强和希望，残疾人的作品始终重视文学的根本价值，那就是真善美；讨论了当前残疾人文学创作普遍存在的一些不足，讨论了如何改进，讨论了社会在残疾人事业建设方面有哪些需要具体改进等问题。

老师们发言之后，是十余名残疾人作家代表发言，除了两三个我认识的，大部分是研讨会上刚结识的。王忆，一位江苏的"80后"，出生被诊断为小脑偏瘫，不能行走，说话非常吃力。会上由她父亲代她读了发言稿，而她只能用微笑和大家交流。就是这样一个女孩，却成为中国作家协会会员，出版了六本书，多次参加文学交流活动。辽宁省的"70后"作家赵凯，因为类风湿，从十八岁人生刚开始的年纪就被定格在了床上，平躺了十八年，但当他经过手术再次站起来之后，却一步一步成为辽宁省签约作家、沈阳作家协会副主席。看到这么多在写作的道路上取得不小成绩的残疾人作家，我在敬佩他们的同时，也对我们的社会更加充满信心。以前我认为自己在一条小路前进，但当我看到这么多残疾作家都能够前进，我终于明白，原来残疾人有很多条路。现代的观念已经相当公平和公正、相当多元化和人性化了，让残疾人的才能可以基本得到客观的认可，这是多么振奋人心！

另外，让我感到欣慰的是，正是因为这次研讨会，让这些老师们对残疾人有了一次正视的机会，有了一次用心思考残疾人与社会与文学的关系。而且因为这次思考，让旧的观念和新的认识有所碰撞，甚至是惯性思维有所更新，所以这次研讨会必将会对残疾人事业起到推动作用，给残疾人写作注入新的动力。而残疾人的文学作品无疑是了解残疾人的最佳渠道，只有了解才能够更加促进平等和尊重，所以残疾人作品会再次推动残疾人事业的发展。想到这里我明白了，会议前我的激动正是因为我意识到了残疾人文学研讨会的首次召开，意味着残疾人事业从下层建筑提升到了上层建筑，意味着社会对残疾人的认识从客体转换到了主体存在，意味着残疾人的价值得到了更高的关注和更深的认可。我相信，这次研讨会具有历史性意义。

研讨会结束后，与老师们告别，走出中国作协已是华灯初上，走在这并不繁华的小街上，看着有些陈旧的居民楼，看着闪烁着灯光的一个个小店铺，却觉得是那么美。这是与梦想相关的北京，这是与我相关的北京，仿佛所有的路人都在微笑，仿佛那一阵阵吹拂的晚风都是一浪浪的希望。

我的耳边突然响起了振奋人心的话："我们都是追梦人"，"人人都有人生出彩的机会"。这让我热泪盈眶！

每个人都有追求梦想的权利，每个人都有实现自我的机会，可以说这样的理念找到了生命发展的根本脉络，说出了个体生命和群体存在的最初和最终目标。这句话的涵盖面是非常全面的，能够体现出平等、资源分配、权力、社会结构等多方面发展的整体性。

我忍不住感叹，这是多么好的时代。这个时代是属于每一个普通人的，每一个普通人都可以在历史的舞台上闪烁光芒，这同样包括每一个残疾人。

走过这三十多年的轮椅之路，我深刻地体会到新时期以来残疾人事业的发展，尤其是党的十八大以后，变化可以说是日新月异。毫不夸张地说，残疾人迎来了新的天地。

回想二十年前一次打车的经历。父亲推着我，母亲推着姐姐，父母的身上还挂着多个旅行包。我们从医院出来，试图拦一辆出租车回旅馆。我们边走边向路过的出租车招手，可一个小时过去了依然没有车停下来。有的仿佛看到有人招手就下意识地减慢了速度，但看见我们之后就开过去了。天黑了，还下起了小雨，车流仿佛也更加匆忙了，父母有些着急了。后来父亲走到离我们远一些的地方，再招手，果然拦到了，这样做是为争取一个给人家说好话的机会。我看到父亲面带笑容地向车窗内说着什么，并时不时地指一指我们。终于出租车开了过来。我记得司机很热心，帮我们折叠轮椅，而且我们在旅馆门口下来之后，他说什么也不要钱，匆忙开车就走了。我们非常过意不去，这也让我们在这个冰冷的城市感受到了一些温暖。现在想来，虽然有冷有暖，但何尝不是歧视在麻木和善良的人身上的不同表现。那个时候我们一年到头出不了两次门，不能不说这样的经历让我们外出需要更大勇气。

而现在，我外出要频繁很多，却再也没有这样的困难了。地铁、高铁、公交以及任何一处公共场所，都建了无障碍通道而且其精细已经延伸到了社区和村庄。除了硬件还有软件，为盲人设计的读屏软件，为聋哑人增加的手语翻译，还有一个个多元化服务机制和针对性政策的出台，打通了一个个"软障碍"。当然还有一条路在人心，那就是社会对残疾人的接纳和友善。每次出行都让我体会到，帮助弱势群体已经成了全社会的共识，成了现代人的文明习惯。每次进出超市门口都有人帮我们掀门帘，每次在候车大厅或候诊室总会有人看到我们的水喝完了而主动帮我们打水。一次母亲推我辗转几次公交车去外地，途中还经过了一大段因为施工而十分难走的道路，如果不是每一段路都有路人帮忙，我们是无法抵达目的地的。所以毫不夸张地说，无论走到哪里我都有安全感，而这安全感来自陌生人。因为团结友善的社会气氛，让陌生人都成为熟悉的朋友，每一个人的善良都被唤醒了。

就如同心理学所讲的，认知可以支配行为，行为也可以改变认知。正是因为有了对残疾人硬件的建设和多方位的号召，才更加促进了人们精神文明的提高。

记得有一次在动车上，母亲看到残疾人专位感叹道："如今社会太好了，有了轮椅的道儿了。"

是啊，世界向残疾人敞开了怀抱。

一百年前，为了大多数人的利益，中国共产党诞生了，一百年后，中国共产党在为少数人的幸福而奋斗着。不仅要保证大多数的根本利益，还要让小众、个别人一样幸福，这是一个国家的进步，更是中国共产党坚定的初心。"小康路上一个也不能少"，这句话就像春天一样，抵达了中华大地每一个角落，唤醒了每一颗等待力量生长的种子。

这样的种子中就有我瘦弱的梦。正是因为这春风，没有上过学的我，才可以通过助考老师协助的考试，成为一名心理咨询师。正是因为这春风，手无力拿笔的我，却可以成为一名青年作家。

都说梦想照亮现实，而我想说，是现实照亮了我的梦想！

一个人的生命意图，只能通过和外界的互动才能实现，正是因为有了社会这一优越的环境，有了这无私春风的召唤，我这颗瘦弱的种子才开出了茁壮而灿烂的花朵！

看着伸向前方的路，看着辽阔的天空，我知道我将踏上新的征程。海阔凭鱼跃，天高任鸟飞，在这宽广的天地间，做一个追梦人，多么幸福！

我也曾是迷恋游戏的孩子

曾经，我也是一个迷恋游戏的孩子。

我十一二岁的时候，我们这些村里的孩子还没有几个见过游戏机，只有少数能接触到"进步"条件的孩子，才有机会。比如我家胡同的小磊，一个十四五岁的男孩，他姐姐的对象经常外出，有一次给他买回来一个小型游戏机。就是上半部分是黑白屏幕，下半部分是有几个按钮的手柄的那种，游戏机里只有一种游戏，那就是"80后"都知道的俄罗斯方块。

现在孩子们玩儿的电子游戏丰富多彩，俄罗斯方块虽没消失，但已被冷落了；而对于生活在90年代的孩子们，却依旧能让人上瘾。

小磊得到这个宝贝，拿来和我们炫耀。我既羡慕又惊讶，竟有这么好玩儿的东西，自然也是一下子就迷上了。小磊每天放学之后，就拿着游戏机来找我们。他教我们如何玩儿，我们学会了就比赛。我和姐姐这两个菜鸟怎么能比得过他？越比不过，就越是着迷。有时候他几天不来，我就让母亲推我去他家玩儿。我家离他家也就四五十米，但那时候都是土路，不是坑就是泥，平时很少去，要跋涉去人家玩儿，自然是惦记着人家的游戏机了。那个时候，大人还能做孩子的主，小磊的父亲看到我们特别喜欢玩儿游戏机，就大方地让我们拿回去玩儿几天。可把我们高兴坏了，可惜小磊第二天就拿回去了。

我很想也拥有一个这样的游戏机，可县城没有卖的。不久以后，父亲要去天津出差，我就央求父亲给我买一个回来。虽然我知道大城市一定有，但工作繁忙的父亲有没有时间去找呢，我盼望着。

　　几天后，我早晨醒来，看到父亲回来了，父亲正在外间屋里和母亲收拾东西，我便迫不及待地问："爹，买游戏机了吗？"父亲从包里拿出一个盒子，一边递给我一边说："是这个吗？"我看到小盒子上是游戏机的图案，比小磊的还要高级，便惊喜地说："是！是！就是这个！"如果我能动，当时我一定会高兴得跳起来。

　　我和姐姐、弟弟都爱不释手。弟弟好歹有上学的时候，而我和姐姐所有的时间都是没有约束的，所以游戏机就占据了我们大部分时间。虽然我们还是会像往常一样学习，可心里总想着游戏机，小方块组成的各种形状总是在脑海中落下，做不了几道题，就给自己找理由：该下课了，我就玩儿十分钟。可是一旦拿起游戏机，一个下午就过去了。在我如此"用功"下，在消耗了一年多的时光后，我成了玩儿俄罗斯方块的高手。

　　星期天的时候，我们姐弟三个就比拼，一人一局，看谁的分高。我这个高手，自然成了机霸，打上四五十分钟都不会输。弟弟着急，轮到他的时候，十几分钟的一局结束了，他就接着玩第二局。我是不服的，便开始喊叫："你犯规！不兴这样的！不行！不行！"我一边说一边晃动轮椅，以一厘米的幅度撞击弟弟的腿。弟弟坐在姐姐轮椅脚踏板上，一边得意地笑一边说："你玩儿了那么长时间，我再玩儿一回怎么了？"姐姐不和我们抢，也不管我们抢，只看着我们笑。

　　父亲听到我们这边的吵闹声，便过来制止，当他看到弟弟在玩儿游戏时，已经不对我们为何吵闹感兴趣了。他对弟弟说：

“作业写完了吗？你非要留到最后一刻啊，还不快去写。”弟弟去写作业了，随手把游戏机给了我。

我拿起了游戏机，耳边继续响着父亲对弟弟的教导："你的字东倒西歪的，得注意，字如其人……"

突然，我感觉世界安静了，我对游戏机的兴趣一下子消失了。看着游戏机，我感觉全身血液温度降到了冰点，我感觉到了一种强烈的羞辱。

这种羞辱感来源于何处呢？

我的父亲是个有心气的人，不然他也不会引导我和姐姐这两个不能上学的孩子在家里学习，而且非常支持我们读课外书和学习画画。这心气在我身体健康的弟弟身上就体现得更明显了。父亲要求我的弟弟不仅要主动完成作业，还要字写得工整，不仅要成绩好，还要爱惜书本。我知道，因为父亲对他的未来是有期许的。而父亲对我和姐姐却没有什么明确的要求。那时候我并不知道，父亲对于我们这两个每年都要经历生死的孩子，除了爱，又能有什么要求呢？当时的我只在这种不被要求中，感受到一种被放弃，这种被放弃正是羞辱感的来源。

我的时间不是珍贵的吗？我是不值得被要求的吗？我的未来是不值得被给予希望的吗？我陷入了深深的思索。

此后，每每拿起游戏机，都会激发我的羞耻感。渐渐地，我对游戏失去了兴趣，不再玩儿了，而是把大部分时间用在了学习上。我给自己安排好每天写作业、读书、画画的计划，并且严格地遵守计划，我成了别人眼中勤奋的孩子。

其实，我只想证明我的时间同样是不能被荒废的，我的未来同样是值得被期待的。

长大后我才明白，正是因为不被外界要求，我才发现了自己对自己的要求；正是因为不被外界期待，我才拥有了自己对自己的期待；正是因为有了这种自由，才唤醒了我的梦想。肯定就像阳光，可以给予一个人生长的力量，但否定就像狂风暴雨，可以激发一个人的斗志，因为生长是生命的本能。

从这个角度说，我应该感到幸运，因为这样的境遇，让学习对于我来说成了主动的行为，有了纯粹的意义。

如今，在心理咨询工作中，我见到了太多沉迷于游戏的孩子。他们被父母摔手机、撕书本，在咨询室里，眼泪如断了线的珠子。可他们就是"站"不起来，在放弃自我中躺平。我想告诉他们，你被父母要求，被老师要求，被那么多人要求，是多么幸福，这证明你是有价值的，你是被重视的。但我并没有这样说，因为我知道，我生命中的缺失如何能抵消别人生命中的负担呢？每个人都在自己的人生路上孤独地前行，今天的孩子们比我当年更辛苦。

一颗种子，需要水的浇灌才能破土而出，但如果洪水将它淹没，它又怎么生长？我看见，有那么多孩子，在洪水般的要求中奄奄一息。

所以，我会对每一个孩子的父母说：请把生长的空间还给孩子，当你不再要求他长成谁，他才能长成他自己。

我与父亲的争吵

每个人的成长都必然要经过一次次阵痛，我同样经历了这样的挣扎。

记得我十几岁的时候，我总是"阴着天"，脑袋歪在轮椅靠背上，一整天不说话。我还经常给家人找碴儿，父亲脾气好，我摔个碗啦，骂个人啦，他依然哄着我。都说柿子挑软的捏，所以父亲惹着我的地方最多。尤其当我的父亲在别人面前说我的成绩时，我的气就不打一处来。

那时我非常热衷于素描，并且立志要当一个画家。我也的确有这方面的天赋，因为我画什么像什么，尤其是人物，只要看画的人见过我画的这个人，他准能认出是谁。父亲会将我的新作摆在屋里最显眼的地方，远看近看，欣赏一番，仿佛比我自己还重视。每次家里来了客人，只要问起这幅画，父亲就会热情地拿出我更多的作品展示。每次都会招来人家的一番夸赞，父亲自然听得美美的。而我却感到这夸赞就好像在夸一个十八岁的人知道一加一等于二，但又不得不听着，同时还要配以谦虚的微笑，这让我感到非常难受。

我总是在客人走后，责备父亲："以后不许再展示我的画了，这点儿小事有什么好炫耀的，真丢人。"父亲会笑着说："看看怎么了，又不会弄坏。"我便恼怒地说："都弄脏了。"那时我并不知道如何表达对此的反感，随口找理由而已。父亲看到我的愤怒，便会满口答应，他的答应只是哄我，并没有理解为什么。那时父亲以为我只是不好意思或过度谦虚，所以，他并没有当回事，有客人来了他依然乐此不疲。

这样的事情屡次发生，让我对父亲的责备力度越来越大，说的话也越来越伤人，但父亲只是在炫耀的时候更加小心翼翼了一些，只是在人家走后对我略带歉意地找个理由，并没有扼制他炫耀我的冲动。

后来随着病情的发展，我的手拿不动画笔了。我清晰地记得，我十六岁时艰难地画完了最后一张画，我的画家梦破灭了。当时的我非常迷惘和愤怒，我的梦被谁打碎了？我竟找不到这个凶手，更没有机会和谁斗争，这让我的内心开始了强烈的挣扎。

这让我急需找到一种寄托，来承载我的疑问和眼泪，我迷恋上了写作。我已经开始几年的诗歌创作，仿佛瞬间获得了营养。当一条路被截断，才能看见另一条路。从此我开始了有意识地写作，我的梦想得到了重建。

在我投稿十七次后，我的诗歌发表了，并越来越频繁地出现在各大文学刊物上。

我的父亲就又热衷于向别人讲我发表了多少作品，我又获了什么奖，并擅作主张拿出我的许多获奖证书和样刊来展示。特别是我听到对方的反应后，我会更加严厉地责备父亲。比如我听到有人说："正常人干这点儿事不算什么，就是因为你们是残疾人。"人家这样说可能只是理解我们的不容易，但我感受到的却是锋利的刺痛。再比如我听到有人问："光采访，给钱吗？"本来兴致勃勃的父亲便开始了无奈的解释。我能感受到，遇到这种情况，父亲不但没有炫耀带来的喜悦和畅快，反而像吃东西噎住了一样堵得慌。但父亲却不会接受这样的教训，依然初心不改。

于是我与父亲为此发生了一次激烈的争吵。我冷冷地对父亲说："以后我的事不许跟任何人说了！"父亲不理解地问："还保密啊？"我越说越急："你烦不烦，你都快成祥林嫂了，他们又不懂。"父亲也有些生气了："人家怎么不懂？你不说，更没人懂。"父亲接着用非常正式的口气说："别人知道了才能瞧得起。"我被他的这句话激怒了："知道了也瞧不起！你太天真了！你不要再自寻其辱了！我的东西你少碰！如果你不听，我就当场给你翻脸！"父亲彻底恼了："翻吧！"说完将我的书橱重重地关上走开了。那次我还给父亲写了一份最后通牒，以我认为最正规的方式警告他："如果再炫耀，我就当众让你难堪。"

我看见，父亲陷入了深深的无奈和迷茫。此后，父亲很长时间没有再犯这个"错误"。

父亲在村里算是文化人，不仅是高中生，后又做了会计，而且能写一手漂亮的毛笔字，经常给乡亲们写写算算。更重要的是，父亲也是个心气很高的人，在和我们同龄的孩子们都背着书包上学的时候，父母也引导着我和姐姐走上了自学的道路。父亲给我们借书、要试卷、买小黑板，和母亲在家里给我们上课。在当时各种资源都有限的农村，父亲每次出门，都会给我们带礼物，带得最多的就是书，各种各样的课外读物：《唐诗300首》《365夜故事》《历史故事系列丛书》等。这让我儿时的伙伴们羡慕不已，也让我的童年丰富多彩。有多少残疾孩子的精神世界被荒废了，而我们却没有。我的父母并没有因为残酷的现实而放弃对我们的培养。而且可贵的是，父亲对我们的培养并不像很多父母一样有明确的目标，因为医生已告诉我的父母，我们只能活到十二岁，所以父母对我们的教育更多是因为爱，因为在父母心目中，他们的女儿不容被忽视。

我不敢想象，如果没有父母在我们还不懂事的时候的引领，现在我们会是什么样子？我们眼中的世界将会是怎样的？

记得我十三岁那年，我从小玩儿到大的朋友要去省城读中学了，父亲便对来与我们告别的朋友说："要是小宁小厦好好的，我们说什么也得让她们和你一块去石家庄读书，你们三个准是大学生。"原本在朋友面前很有优越感的我，强烈感受到了一种自卑。我看见父亲那充满遗憾的笑容，那笑容深深地留在了我的记忆里。

我不想是父母的一个遗憾，我不相信我只是父母的一个遗憾。

一天晚上，我在日记本上写下了这样两句话：我要让父母为我而骄傲，我要让父母为我而自豪。当时我就像一个战士写下誓言一样，我满含热泪，我慷慨激昂。

如果说一个人的梦想需要被什么点燃，那么点燃我梦想的便是我滚烫的不甘。

那时候我以为只要能够发表作品，我就是作家了，我就可以扬眉吐气，让父母为我而自豪了。但当我的名字一次又一次出现在报刊上的时候，我却发现什么都改变不了。我仍然是一个不能自理的残疾人，父母仍然是每天的疲惫不堪。这让我意识到，这点儿小小的成绩怎能托举起我的尊严，怎能抵抗我命运带给父母的巨大悲痛。父母心中那个遗憾的坑，不但没有被我的努力和成绩填平，反而越来越大。这让我有了强烈的失败感。

所以，父亲一直以来的炫耀，都只能让我强烈地看到我的无能，只能让我明显地看到我的理想与现实有多遥远。父亲对我小成绩的炫耀，我认为是轻视，对我大成绩的炫耀，我认为是贬低。内心巨大的落差，让我听到的惋惜和夸赞，都化为锋利的刀。而我把不能承受的痛，都抛给了父亲。

现在回头望去，我特别想告诉那个时候的自己，其实父亲又何尝不是和你一样，内心深处隐藏着自卑？其实你又何尝不是和父亲一样，想证明给别人看？和父亲的斗争，其实正是我和自己的斗争，是理想中的我和现实中的我的斗争。

直到几年后的 2011 年春节，父亲一个在县城工作的朋友来做客。他们在外间屋里聊天时，母亲推着我从外面回来，进门来，我看见沙发上摆着我的样刊，父亲拿着一本正向人家介绍，我看见父亲看到我后那紧张的眼神，就像一个犯了错的孩子，不知如何是好。

看到这一幕，突然一股酸楚涌上我心头。

除了我的父亲还有谁如此在乎我这点儿成绩？还有谁为我的这点儿作为而如此高兴？除了父母的爱，哪里还有这打击不下去的执着？哪里还有这说不明白的"愚蠢"？

这强大的父爱让一个父亲无法熄灭对一个孩子的期待，期待让所有的人都知道他的孩子多么优秀。正是这份期待，让我的梦想诞生了；正是这份期待，让我的梦想上路了；正是这份期待，让我的梦想将永不退缩。

此生，我能给父母什么回报呢？

就算有人觉得父亲浮浅，就算我还是会被别人的反应刺痛，就算父亲可能永远不会理解我内心的经受，但这又有什么关系呢？如果父亲能在炫耀时，感受到暂时的骄傲和幸福，我又何必去阻止呢？

此后，我没有再为此责备过父亲，更没有为此和父亲发生过争吵。让父亲随意去炫耀吧，因为我已战胜了我自己。

母亲不老

◦　一　◦

当初，命运刚刚显露出冷酷的面目时，父母如何辗转于医院？如何听医生的解释？如何抱着孩子、背着包袱上火车的？如何因为没有粮票,而给食堂里要了一碗面汤喂我们？实际上，这些我在场的经历，我却都是缺席的。

只有两周岁的我，并不知道正在经历什么。不知道为什么在车水马龙的北京街头，天快黑了，我们还不能回家。每经过一辆公共汽车，我都盼望父亲出现,不停地说："是俺爹来了！"我每天傍晚都哭闹着要去等车，盼望着某一辆车门打开，父亲突然就出来了，我们就可以回家了。不知道为什么我们会和另外一家人住在同一所地下室的房间里，我对那个陌生的每天哭泣的男孩（病友）很好奇，我至今记得他袜子上的花纹好看极了。更不知道为什么那长长的针每天要扎我，我会用家乡最粗辱的语言，也是我学会的第一句脏话骂医生。医生听不懂，以为我在叫她阿姨，还夸我懂事、坚强。

关于那段经历，我大部分是通过母亲片段的回忆感受的。我知道，有一些母亲说出来了，还有很多母亲是无法说出的，只能留在她的内心深处。

母亲每次回忆，都会提到姥姥的死。

为了不耽误父亲上班和种地，母亲和我十五岁的表姐带着我们在北京治疗。上午打针，姐姐打八针，我打六针，在全身的关节处打药水。下午气功，候诊的时间要比治疗的时间长很多。每天经历过这些后，母亲便带着我们去医院对面的小山坡上坐着，看天上的云，看路上的车。那是一个小土山，山坡上有许多小枣树，结着满树又红又小的枣，弯弯的树枝随风晃动着，一阵阵传来秋天的消息。母亲在这里的一个月，或许已忘记了季节，而此刻她是否有些想家了？然而回家不是容易做出的决定，虽然治疗周期已接近尾声，希望也越来越渺茫，但现在回家就是放弃。在这个人生地不熟的北京，母亲独自被风吹着。

在那样的日子里，有一天父亲来了。在那个没有手机没有网络的年代，这样突然的重逢让人欣喜却又不安。父亲说姥姥病得重，让我们回去，车票都买好了。父亲刻意平静的态度，简练的语言，让母亲感到事情的严重。她顾不得多想，匆匆收拾行囊，带着我们踏上了回家的火车。

当火车快到县城火车站的时候，父亲从他的腰间扯出一条白布，那是给母亲的孝，他说没姥姥了。听到这个噩耗，表姐哇地一声哭了。悲痛的气氛瞬间蔓延了整个车厢。母亲听到这个晴天霹雳的消息失声痛哭。这个消息太突然了，我们离家的时候姥姥还好好的。

下了火车，母亲便直接带着我们和行李回娘家奔丧了。有时候从一个悲痛中迅速脱离出来的方法是走入另一个悲痛。姥姥的去世，让母亲暂时放下了给我们看病的失望。在姥姥的丧事上，她哭得最凶。止不住的泪水中，有失去母亲的悲痛，有对母亲的愧疚，更有对命运不公、对内心委屈的宣泄。母亲压抑得眼泪都流了出来。

姥姥是肺心病，常年咳嗽、哮喘，那次病情突然加重，去医院三天就走了。

母亲每次说到这里，都会说："你姥姥最不放心的就是我，就盼着你们能好。你姨说，你姥姥临走的时候已经糊涂了，清楚一阵就说，谁知道小乔家的孩子好了吗。人走了，眼睛还瞪着。"

那一次去北京，就是姥姥从舅舅屋的黑白电视机里看到，北京某某干休所可以治疗我们的病，便满怀希望地告诉母亲，让我们再去看看。妗子还让表姐跟我们一块去，帮母亲带孩子。我们才再一次踏上了去北京的路。

母亲临走之前回娘家和姥姥告别，姥姥把母亲送到了村口。姥姥穿着黑色的斜襟褂子，绑着裤腿，她的个头儿像母亲一样，或许因为年龄大了，更矮了一些。她反复叮嘱母亲："能看好就看，看不好就回来，别让孩子们受罪，这就是你的命，你就认命，别疯了傻了的，让人家笑话。"

姥姥的这段话，在母亲心里起着至关重要的作用，在后来的日子中，多少找不到精神支柱的时候，这些话就是母亲苦难岁月中的中流砥柱。

母亲每次回忆到这里都会说："谁知道这竟是最后一面了。"泪水便在眼中转圈，有时候流下来，有时候流不下来。

她说："两个老人我都没伺候了，我这个闺女白养了。"每到这时，这愧疚还会让母亲联想起我的姥爷。"你姥爷临走那一个月你正在医院呢，一死一活的，我哪走得开，只匆匆地看了一眼。那时候他就什么也咽不下去了，你妗子给他冲半碗茶汤，喂一小勺就吃不进去了，你妗子就倒了泔水桶里，刷了碗。"

母亲每次都要讲这个过程的细节，或许当她看到这个程序仅仅是程序的时候，每一个画面便像钉子一样，刺痛并深入了她的内心。

母亲和女儿这两个先赋角色，在我的母亲这里却成了冲突，命运让她不可调和地选择一种疼痛，选择也是必然的，因为母亲的角色超越了一切角色，疼痛却也是深远的，因为它在生命的最深处。

对爹娘的愧疚，仿佛是母亲内心没有愈合的伤，没有因为岁月的流逝而慢慢结痂，反而随着她的苍老而日渐扩大、加深。

或许就是因为这愧疚，母亲的兄弟姐妹中唯有母亲叨念姥姥最多。尤其是这些年，母亲总是时常说起姥姥的一些事，语气中充满了心痛。说姥姥一辈子受苦，纺棉花、织布到深夜。说姥姥死了一个女儿，便开始抽烟了。说姥姥经常挨姥爷的打，去世的时候脑袋上的包还没有落。说姥姥一辈子不会骂人，说姥姥跟谁都是实心实意的，不知道藏奸。

姥姥去世的时候我才两周岁，姥姥在我的印象中留下的只是一个模糊的黑色的身影。

小时候母亲说，我也只是听听，但多年过去后，等到我经历了该经历的，等到我足够成熟了，才真正听见母亲的诉说。

在母亲的讲述中，我仿佛很熟悉姥姥的生活，跟随母亲的情感，我感受到了过去的事。褪色的往事在今天又鲜活了。有时候真感觉生命是一个圆，在远离的同时，是另一种接近。

姥姥的很多话还在我们家流传着。"哄死人不偿命"是说对别人好没有极限，更没有错；"抓起灰来比土热"意思是一家人总比外人强。这些家常的人生哲理，无时无刻不在指导着母亲。

如果问母亲的精神依靠是谁，那无疑是姥姥。尽管她已经去世三十年了，但她仍然活在母亲的心中和生活里，陪伴着孤独的母亲。

　　十三年前，一个近五十岁的记者采访我们。他问母亲："当初知道孩子的情况了，你有过怎样一个思想斗争？"

　　母亲说："没经过什么斗争。"

　　他更直白地说："就没有想过放弃？"

　　母亲说："没有。"

　　他很不满意地说："不可能。"

　　他觉得母亲不够坦诚。而母亲也感到十分为难，因为无论做事还是聊天，我的父母都喜欢迁就别人。现在她觉得自己很对不起这个关注我们家的记者，可是我的母亲却怎么也想不出，自己应该有什么思想斗争。

　　母亲出汗了，她悄悄走过来问我："这该怎么说啊？"

　　我说："他爱信不信，你实话实说就行了。"

　　当时如果不是有熟人介绍，幼稚的我真想中断这样的采访，我又何必让母亲遭受这样的质问？

　　不过，他的提问让我有了从来没有过的一个疑惑：一个母亲，难道不应该无条件地接受她的孩子吗？没有考虑过放弃是不真实吗？难道考虑放弃才更真实，更容易让别人理解？

　　多年过去后，我才明白：一个人可以为自己的残酷说出一个合理的逻辑，找到一千个理由，而一个人要想为自己的善良说出什么逻辑，找到什么理由，是困难的。因为真正的善良，不在任何一个逻辑之内，不需要任何理由，母亲又哪来的思想斗争呢？

　　我们居住在母亲内心最柔软的部位，这里只有两种东西，一种是母亲把孩子视为自己一部分的自私的情感，另一种是善良的人被需要她的弱者唤出的无私的大爱。因此，我们可以幸福地存活。

母亲这个称谓是高尚的，因为无论谁，当她成为一个母亲，一定会将她最多的爱给予她的孩子。但面对一个残疾孩子，这份爱的表现方式是不同的，这不仅关系到单纯的亲子情感，更关系到一个人的境界层面、价值认识、人格和良知。

在复杂的人性面前，我的母亲只是做着最简单的事。

然而，我的母亲又哪能只有纯粹的简单呢？

母亲有一个梦，做了上百遍了。很多早晨，她都带着昨夜那个梦的惶恐和不安醒来，仿佛还分不清什么是真实什么是梦。她会不由自主地开始讲，还不肯睡醒的我有一句没一句地听着，有时候"嗯"一声。每次母亲都讲得非常认真，而我已经不在乎了，因为不听我也知道她在讲什么。

梦中，母亲抱着我们，背着包袱，从娘家回来，天快黑了，还下着雨，路很难走，母亲找不到道儿了。往哪里走啊？母亲不知道问谁。地上的水不知有多深，不敢下脚，只有一条容一个人过的泥路在水的中间。母亲说："这还掉下去了！"她硬往前走，因为没有别的路了。那路特别地软，根本站不住。包袱掉下去了，孩子也掉下去了。又是泥，又是水，越陷越深，可是我们软得像面条一样，怎么扯也上不来。母亲就一边喊叫一边扯。母亲这个时候会说梦话。很多时候天已经有些亮了，母亲带着哭声的喊叫，一句也听不清，但那急切和无助却从梦中溢了出来。我会叫她两声，她"嗯"一声，我们继续睡。我以为这样就打断了母亲的痛苦，但只是让她的梦不连贯了。母亲带着我们回到家中，每当这时，她总会着重描述当时的场景，那棵枣树还在呢，院中晾晒着好多祖父的衣裳。祖母在烧火做饭，祖父在扫院子，可是谁也不搭理她。父亲在屋里算账（那是他多年来做会计常见的场景），也不搭理她。母亲跟祖父祖母说好话，跟父亲理论，母亲就这样又哭醒了，一整天也不会摆脱这焦灼的心情。

这样的梦，我小时候她就做，现在还做，发愁的时候她做，不发愁的时候也做。这样的噩梦伴随了母亲三十多年。

小时候听母亲讲梦，只觉得可笑——梦还当真。后来，我接触到了弗洛伊德对梦的研究，便开始暗暗拿母亲当实例来分析，才发现母亲的梦怎么能是无稽之谈呢？那和母亲、和真实的生活有着一脉相承的联系，当然不是和外在的生活有什么直接联系，我的父亲、祖父祖母远不是那样无情的面孔，而是母亲以及她创造的生活内在的揭示。

用多年的时间，像缠一团线一样，慢慢地，通过母亲这个一再重复的梦，我隐约看见母亲的内心深处有这样几个词——拯救、惶恐、冷漠、无助，而母亲每天所做的事，又何尝不是在这些词的推动下，变化着模样地讨好和斗争呢？

母亲的心是纯粹的，就像一只小船，只承载着我们，然而它却要在波涛汹涌的大海中一路搏击。小船内是柔软的、光明的，而小船外却是无边无际的狂风暴雨、天昏地暗。

母亲用巨大的恐惧，保护了微小的幸福。

◦ 三 ◦

孤独的母亲独自面对属于她的灾难，即使是我也无法分担，就像我的灾难母亲无法分担一样。不一样的是，在这灾难中母亲想的是我，而我想的却是我自己。

那是一个最寒冷的日子，天就要黑了。我刚刚输完液，母亲把我抱上轮椅，给我先做了碗疙瘩汤，我却无法吃了。我感觉到生命的危机在我体内以突飞猛进的速度来临。我越来越憋气，气管中的浓稠痰更加多了，仿佛无数的石头和淤泥堵在那里；气流通过，发出艰难的呼噜声，每一次呼吸变得无比吃力。心跳加速，濒死感瞬间淹没了我。五天输液后，我的肺炎加重了。

母亲也看出来了，焦急让她呼吸急促。父亲和姐姐也紧张了起来。一个抉择堵住了我的路，要么等死，要么全力挣脱，去赢得那微弱的生机。我选择了后者。我说："娘打120，去省二院（虽然县医院更近，但没有气管切开的技术，危急时刻是不能进行抢救的）。"母亲匆匆打了电话。其他的话她已经听不进去了，只听着我的决断，她知道那是对我最有利的，因为我是自私的。

我被抬上担架时，天就黑透了。这次出门不知道我还能不能回来，很可能就是永别了，所以我郑重地说："姐姐，我走了。"姐姐被母亲安置在床上，这个夜晚她该怎样度过？但母亲却必须丢下她了。

在救护车上，母亲的情绪极度紧张，要在高速公路上停车，她要下车透气。我看见她的嘴那么白、那么干，她痛苦地恳求车上的人们，大家都劝她忍耐一下，而我却沉默地看着母亲。她哭着说："你不管娘了。"那声音让我的内心至今疼痛，让我认为那是世界上最无助的声音。

我知道，母亲快被我逼疯了，接下来的不测，她不知怎么面对，可是她无路可退。我的每一声求救，都使母亲痛彻心扉。这样的危急关头，母亲经历得太多了。

我四岁时，肺炎合并肠炎，在医生想要放弃的时候，母亲跪下来祈求医生救我；我十二岁时，急性肺炎，十多天母亲白天夜晚都不肯躺下，守着我看着我，我好了，她的屁股坐出了血印；我十九岁时，发热半个月，那是非典时期，母亲不敢把我送医院，怕被隔离，就去很多药店求情，购买一些退烧药；我二十六岁时，痰出不来，母亲就整夜整夜给我拍背助力，冬天只穿着一件秋衣，却连感冒也顾不上。而且除了我还有姐姐，所以这一次次磨难就都成了双倍的。

然而，母亲并没有百炼成钢，反而没有当初的果敢和淡定了。当一个人的心已伤痕累累，便再也经不起折腾了。就像生命是一条弧线，这是时间的作为，也是自然规律的无情。

母亲真的老了。

急救室的灯光很亮，人声杂乱。我看不见大厅的整体格局，只看见很多人在我身边走动着。我的右边是一对夫妻在愉快地聊天，我看不见他们，只觉得他们的声音特别烦人；我的左边是一个痛苦呻吟的妇女，她穿着破旧，头发蓬松，她身边的男人同样穿着破旧，头发蓬松，男人面无表情，不为她的痛苦而动容。这些，母亲后来反复地回忆。

不断地有医生护士过来询问、记录、测血压、输液、抽血，黑红色的血、鲜红色的血，一管管从我燥热的体内抽出来。濒死感迫使我催促父母，快去告诉医生，我要切开气管，我甚至觉得已经来不及了。父亲焦急地奔走着找医生、办手续。我向路过的护士反映情况，护士便开始给我吸痰。她迅速地将吸管插入我的喉咙并迅速拔出，第一次一无所获，第二次便是一管的血，母亲慌了。痰没有出来，我却开始咳血。这时呼吸科和耳鼻喉科的大夫拿着手术包裹来了，几个穿白大褂的人和两大包用白布包着的手术用具，瞬间把我带到了生死的边缘。医生说，这毕竟是一个手术，你们自己决定，而且切开之后就不能说话了，恢复自主呼吸是无法保障的。医生的话让我感到了另一种恐慌。就在我感觉被逼上绝路的时候，接近我喉咙的一口痰出来了！我的气管瞬间通了风，好像有一丝微弱的希望进入了我的身体。母亲说："咱怎么着啊？"我说："先等等吧。"

因为我真的无法衡量出不能说话、不能脱离呼吸机和现在憋死，哪一个更可怕？

急救室后半夜非常冷，人流不息的门口敞开着，腊月的寒风一阵阵吹着这里的人们。母亲还穿着没有来得及换的拖鞋。我将近六十岁的父母，坐没地方坐，站没地方站，奔走、求人，又不知道求谁，时刻注意着我的状况，又被下一分钟的不测恐吓着。而这一切我都看在眼里，却不放在心上。我想的是，我真的要死了，我怎么样才能救自己。那一夜是漫长的煎熬。

第二天早晨我就住进了呼吸科病房。

我不知道那是多少天，我被疾病折磨着身体，更被死亡的恐惧折磨着心灵，这恐惧甚至让我失去了理智。我不得不说，我真的是一个少见的怕死鬼。

翻身时父母弄不好了、我说话他们没有听清了，我都要冲他们吼。我看见母亲在看着旁边那个病床上的老头儿吃饭出神，大病初愈的那个老人把凉拌芹菜咀嚼出清脆的响声。我便又开始吼："你光看着人家干吗！"其实我知道那是母亲暂时的逃避，她在对平静生活的向往中休息一下。

母亲总在我稍微稳定一点儿的时候说："我回去看看你姐姐行不？"而我总是不允许。有时候我们还会因此争吵，母亲便急哭了。我也开始哭："娘你走了就见不着我了。"从争吵变成了央求，母亲的心便被撕裂了。其实我也在担心着姐姐，把她交给弟弟这么多天了，真的像她在电话中说的那样没事吗？弟弟的老板是否会允许他老往家跑？也同样在咳嗽中的姐姐病情有没有加重？可是我想再坚持两天，等我脱离了危险，再让母亲回去救姐姐。那天晚上 11 点了，二伯打来电话，他说小宁在家输了三天液了，她不让告诉你们。

这个消息让我们惊慌。母亲压抑着情绪，郑重地对我说："我回去看看行不？"我说："嗯。"那时正好二姨和表哥也在，深夜 12 点表哥开车把母亲送回了家。

又经过一番周折，姐姐也住了进来，幸运的是和我住进了一个病房。

姐姐是真菌肺炎，需要按疗程治疗，也就是说，春节前我可以出院，而姐姐却要留下继续治疗。

父亲留下，母亲陪我回家。这对母亲又是一次生离死别，不同的只是住院的换成了大女儿。

我在电梯口等母亲出来，电梯上来下去、下去又上来，母亲才从病房中出来，边走还边叮嘱姐姐。突然我看见，蹒跚着过来的母亲是那么憔悴，像生了一场大病。

回家的车启动了。我看着这个华灯璀璨的城市，看着慢慢远去的急诊大楼，看着姐姐所在的窗口，我抑制不住眼泪流了下来，我感觉对不起所有的家人，尤其是母亲。

死亡的恐惧刚刚放过了我，内疚和自责又淹没了我。

多年来，母亲就像我的一根救命稻草，在波涛汹涌的洪流中，我紧紧抓着不放，却没有想过这根稻草是否经得起，没有想过她和拦腰折断只有一线之差，但为了救我，她坚持着。

母亲多么孤独啊！在我上救护车的时候，没有人对母亲说，你别去了，再把你急出个好歹。在我被吸痰器吸出血的时候，没有人拍着她的肩膀安抚她，告诉她这只是喉咙黏膜出血了。在漫长的病房守护中，没有人能替她照顾我，没有人能让她放心，更没有人替她承担我生死的抉择。然而这一切，在别人看来都觉得，你又何必如此痴心？就连她为之付出的我，也自私地将她忽略了。

这是母亲人生中的缺失。

在医院里，六十多岁的老人身边最容易看到一个和她长得很像的年轻人，搀扶着她，给她安慰，给她解释，给她跑腿，给她挡事。三十而立的儿女们不再忍心也不再需要母亲再去承担什么，母亲这个角色便转化了一种存在形式。然而我的母亲，却无法完成这种转化。无论她有没有能力，都仍然要为我们支撑起生命的天空。

岁月让母亲老了，却没有让她的孩子长大成人。这个命运的结构或许就是母亲的终极悲哀。

当有人问我的母亲："你老了怎么办啊？"母亲的回答总是："我不会老，我不能老。"这是母亲的决心，也是母亲欺骗自己的谎言。因为越过了这个谎言就是绝路，有这个谎言相伴，母亲就可以度过走到绝路之前的所有日子。

我不能弥补母亲人生中的缺失，唯一能做的或许只有在危险来临时，微笑着对母亲说："娘，我没事。"

◎ 四 ◎

经常听到遇到难事的人在母亲面前说："我得向你学习，你心真大，真乐观。"

只有我知道，母亲的心很小，如果谁说一句让她伤心和生气的话，她都会翻翻好多天，并引发很多人生感慨。然而，老天却将山一样的灾难压在了她的这颗心上。但就因为她的善良，她承受了，一天一天地在崩溃的边缘，一天一天地坚持着。那疲惫我看见了，但只有她独自面对。或许这就是人们在她身上看到的"心大"。

母亲爱说爱笑，还很擅长鼓励别人。然而，这不是装给别人看的，而是给自己看的。她需要现实中有一个坚强的形象，这是"外骨骼"。或许这就是人们在她身上看到的"乐观"。

如果这个乐观的人，突然自杀了，人们一定想不通。

但实际上，这很正常，就像一个炸弹，可以沉默多年，也可以瞬间毁灭。这两种状态就真实地存在母亲身上。

母亲和我们谈论死是常事，这是无路可走时必然会看到的一条路。

母亲希望我们活着，又希望我们死在她前面。

母亲说："过不了了，咱们三个就吃安眠药。娘把你们生下来，娘还把你们带走。"母亲仿佛找到了好办法，说："咱们穿好躺好，一起走了，那我可就心静了。"

母亲一边说一边给我们倒感冒冲剂，落日的余晖透过玻璃杯发着光。或许傍晚会让母亲有一些恐慌，所以她经常在这个时候，一边忙碌一边说着。

姐姐说："不用安眠药，那还要攒，心得安（普萘洛尔）更方便。"

母亲说："只要你们别怪娘就行。"

我说："到时候再说。"

我更多的时候是沉默。她们说我不知道事。其实我是存在侥幸心理，总觉得还有别的路可走。我的确是一个贪生怕死的人，很多时候我是把生命放在第一位的。我告诉父亲："如果我病重的时候失去意识，你就告诉大夫，我愿意接受一切形式的抢救。"但是，那是父母完好无损的情况下的选择。有父母在，世界上就有我的位置，如果没有父母给我这个位置了，我自己也没找到自己的位置，那么我还会这样选择吗？当我活着就是勉强活在别人的怜悯和厌恶的交叉地带，每天忍受身体和心灵的痛苦，我还会贪生怕死吗？

不管怎么样，这样一个打算会让母亲减轻一些心理压力，仿佛就不再怕什么了，不必想着应该托付给谁，如何哄人，不必没有母亲了我们的惨状，就像一个战士，做好了牺牲的准备，便可以从容面对现在的日子了。

从这个角度说，这个计划并非消极的，因为它起到了建设性作用。

但另一个问题又会袭来，那就是我们死后的去向。母爱是不会在她的孩子生命结束后戛然而止的。

母亲不知该如何安置我们。我们这里的风俗是未出嫁的闺女不让入祖坟。如果谁家的闺女死了，无论年龄大小，都要先安于荒地，等找好了死婆家，再入人家的坟。那是母亲难以接受的。母亲无法接受我们先被扔入荒野，更无法接受那愚昧的打发，在她看来那是对我们的一种亵渎。

母亲会冷不丁地说："大人疼了一辈子，死了还不定扔哪里去呢。"

面带愁容的母亲，会扔下手里的活儿发一会愁。

姐姐说："把遗体捐献了多好。"姐姐不止一次地这样说过。然而，母亲却始终不赞成。我不知道一向开通的母亲为什么这件事想不通。

我说："把骨灰撒了吧，田间、路边哪儿都可以。对于活着的人来说，这样既省事又少牵挂；对于死去的人来说，这样既干净又自由。"

我这样说只是为了安慰母亲，帮助她们想办法。其实我并不在乎这些，如果和人间的缘分尽了，自然有下一个去处。

这个方案得到了母亲的认同，仿佛这个方法配得上我们。但是母亲又立刻担心我们会成为孤魂野鬼，便说："我也撒了，咱们三个就又可以在一块了。"

我说："好。"

我只是想让这个问题尽快了结。

但是父亲很认真地说："那就弄个排位放在我坟里，就当我是光棍。"

父亲无法接受。母亲这样的选择仿佛是对他的抛弃和一生的否定。

我们都看出父亲的委屈，觉得父亲这么认真很好笑，我就逗他说："我们四个都撒了吧。"

而父亲却一本正经地说："不。"

父亲的严肃让我意识到这不是一个玩笑。父亲的生死观和我毕竟不同，一向先进开明的父亲，让我们触碰到了他人生观框架的边缘。这和鬼神无关，和别人的看法无关，这是他内心的一种归属，一种认同。

每每这时，还会引起父亲和母亲的一些争吵，然后都是以母亲的"恍然大悟"结束："不想了，过一天就乐一天。"

或许这是母亲身上特有的能力吧。

母亲会很快投入家务中，全心地烧茄子、炸土豆，把厨房擦得锃亮。母亲会唱歌，歌声就像一条河，把她无尽的惆怅带向远方，让她的悲痛尽情地流淌。每次听到母亲唱歌，我就知道她又经过了一次挣扎，出来了。

我们都知道，母亲终归逃不过前方的那场劫难，如果我们先离开，我难以想象母亲如何面对，如何送我们走，如何和我们告别，如何与没有我们的时光相处。如果我们走在母亲后面，她又怎能闭上眼？

◦ 五 ◦

对于母亲来说，我们对她的意义早已超过了一般孩子对母亲的意义。

我们对于母亲是一条路，这条路太难走了。我看见，走在这条路上的母亲从未停止过脚步。她的个头儿那么矮，却要翻越一座座高山；她的身手那么笨拙，却要跳跃一道道鸿沟；她那么怕水，却要蹚过一条条河流；她那么恐惧黑，却要走过一段段夜路。然而，这条路没有尽头。

我们对于母亲又是一个巨大的行囊，这个行囊是她所有的财富。多少年，她抱不动了就背着，背不动了就扛着，扛不动了就拖着，拖不动了就守着。她把这个行囊放在身上，压得自己直不起腰来，却也让她感觉无比富有。

对于我们来说，母亲对我们的意义早已超过了一般母亲对孩子的意义。

母亲对于我们不仅是养育，她已分解在了我的生命中。母亲对我来说无处不在。当我在路上，她就在我的身后；当我在安睡，她就在我的身旁；当我高兴，她就在我的轻松中；当我沉重，她就在我的阴影里；当我喊娘，她就在下一秒的答应中。

时间让一切都在改变，而母爱却像太阳一样，叫人难以仰望它的周期，而变化的只有四季。母亲老了，对我们的爱也改变着容颜。

再抱我们上轮椅时，要把脚踏板用绳子先绑起来，因为母亲腿脚不利索了，要防止绊倒。再为我们洗衣服时，要狠狠心挑一些放在洗衣机里，不能再嫌洗不干净了，因为真的已力不从心了。这些细微的变化，却让我更清晰地看到了母爱。就像冬天的柿子树，当树叶都落光了，枝条变得干枯，才让我看见，那依然悬挂在树上的柿子是那么红，红得让人痛彻心扉。

多少年了，我经历着母亲慢慢地衰老，那衰老无声地藏进了母亲的皱纹里、目光里，但我听见了它们的呐喊超越了生活的嘈杂。我用母亲的衰老，看着这个世界，我看到了一个人是如何被社会结构边缘化的，如何被迫出尘，如何从强者变成了弱者，如何体验那生命的夕阳中说不出的壮丽和凄凉。有时候，我仿佛用我自己经历了我的前半生，用母亲品尝了我的后半生，我已经知道了整个人生的滋味。

我带给母亲的并非只有磨难，至少还有这弥足珍贵的、与时间抗衡三十年的陪伴。母亲慢慢地衰老，至少有我看着。母亲有放不下的牵挂和期待，有用不完的悲悯和坚强，有改变不了的惆怅和知足，这又何尝不是一个母亲的另一种幸福呢？

我的母亲是普通的，只是命运把她从常规生活中剥离了出来，给了她不一样的试验液和培养皿，让她呈现出了不一样的状态。这就是一个纯粹的母亲心。

因为有母亲，平淡的生活也有了意义，漆黑的夜晚也不再恐惧，无论生与死都注定我是一个幸福的人。

独白

◦ 独白者在 ◦

世间有千万条路，每条路上都有许多的同路人，走在这样的路上，人们可以结伴同行，可以相互问路。花香鸟语彼此可以分享，风霜雨雪彼此可以搀扶。但是世间还有一条小路，这条路就在人群中隐藏。这条路偏僻而崎岖，这条路唯有寻找者独自行走。

这条路是一种境遇、一种逻辑、一种缺失，甚至是一句话的叙述方式。我在这条路上独自行走，你也在，其实每个人都在，但我们却老死不相往来。

我要虔诚而勇敢地将我看到的一切说出来，不管是可悲还是可笑，不管是不是使命，却是一种必然。

就像苍茫黑夜里，远处那一声无名的鸟叫，没有人知道它在哪里，没有人知道这一声鸣叫在呼唤什么。但这一声鸣叫，叫出了黑夜的苍茫，叫出了大地的辽远，叫出了灵魂的孤独。

这一声鸣叫，不为什么，只因为，独白者在。

◦ 鬼只在我这里 ◦

自从我以轮椅的形式存在，从某种意义上说，我与人群就成为两体，我和世界便遥遥相望。

但开始我并不知道，直到我看到一个狰狞的鬼，我惊慌地对所有人说："你们看，有鬼！"他们说："哪里有鬼？"这时我才知道，原来他们都看不见，鬼只在我这里。

但我仍然希望他们能够知道，我所看见的这个鬼有多么可怕。我说，"真的！真的！太可怕了！"

或许也正因为他们看不见，所以有些人相信了。

我便给他们讲鬼的模样。我说，"它日夜与我同在，白天每时每秒跟着我，夜晚挥之不去的影子让风高月黑。它让我吃什么都失去味道，它让我开始讨厌别人的欢笑。只是无人知道这一切。"

我以为他们知道了，就可以帮助我对付鬼。但是我错了。他们刚开始觉得刺激，也很同情我的遭遇，但是后来觉得太阴森，就不愿意继续听了。这时我发现，我如果继续说下去，我就是鬼。

因为没有人愿意走近鬼，没有人向往痛苦。躲避不幸，是人生存的本能。

那个鬼始终在变幻着模样吓唬我，每一次都让我毛骨悚然，每一次都让我想大喊"有鬼！"但我不会喊了，我得自己想办法对付它。

我想让人们离我近点儿，或者说我想离人们近点儿，以此抵消我的恐惧，所以我就挑他们爱听的说。

我发现，他们喜欢听英雄的故事。

后来我说："鬼又能把我怎么样？"说的时候配上灿烂的微笑。瞬间，鲜花和掌声便来了！我觉得好热闹。

原来他们需要有非常人去面对鬼，去创造奇迹。这样他们便有了抵抗他们恐惧的希望和信心。

我以为，有鲜花和掌声簇拥着我，有那么多目光陪伴着我，我就不害怕了，那鬼就不敢来了。但当鬼再一次出现，我发现，他们簇拥的不是我，那是一颗遥远的星星。

我依然在这里，他们依然在那里，这里除了鬼对我不离不弃，空无一人。

◦ 内部的异类 ◦

残疾人的处境，从情感上没有人能够同感，但从理性上推论，残疾人的痛苦其实也简单。我打个比方，你就明白了。

比如，你看到那个你爱慕已久的人，正坐在一个舞会的角落喝酒。身边变幻的美女都注意到了他，而他忧郁的目光却望向远处。你知道他在期待一个美丽的灵魂，于是你决定出现，但当你优雅地走到他面前，却突然发现自己是一只让人作呕的蛤蟆。

此时，你不知道应该继续站在那里，还是找个缝赶紧钻进去。继续站在他面前，是对他的侮辱，找个缝钻进去，是对自己的侮辱。正在这尴尬的时候，他面无表情地看了你一眼，然后就走了。

我怎么会是一只蛤蟆？

这话如果你问别人，得到的回答是：你本来就是蛤蟆啊，你是一只不接受现实的蛤蟆。回答的方式不同，但意思是一样的。所以又会出来另一个声音：并不是你有了一个不该有的身体，而是你有了一个不该有的灵魂。

于是你决定尝试着忽略灵魂，服从现实，安心做一只蛤蟆，但当难看的蚊虫飞到你面前时，你却怎么也不想吃。

会有大师告诉你：这就是命运，将人的灵魂放在一只蛤蟆体内，是上帝的兴趣。

你便反驳，"我凭什么要听他的？我为什么要听他的？"

可是，如何才能违抗他的决定呢？如何才能逃脱命运的安排呢？苦思冥想后，好像只有那一个方法——那就是死，只有死可以破坏上帝强加给你的模式。可这不是彻底的失败吗？那就活着奋力抗争，可这多像一个圈套，如同蒙着眼拉磨的驴，不停地逃跑，才是它无法逃脱的枷锁。那么如何才能打败上帝？是生存还是毁灭？

更多的凡人告诉你，做蛤蟆要知足，你要有一颗感恩的心。我们提倡生命是平等的，所以你这只蛤蟆才可以在社交场合出入，甚至可以成为某一个爱心人士的宠物。你要勤奋地吃蚊虫，做一个对社会有用的益虫。

吃蚊虫是你唯一的出路。第一，你活着就必须吃饭，而上帝分配给你的食物就是蚊虫。第二，这样你对人类社会也就有了用途，你在这里便有了角色。

凡人的好意，大师的点拨，都让一只蛤蟆，不，都让一个人的灵魂遭受挫折。

但还有一方面的原因，会让你开始练习跳高，练习伸舌头，积极地学习捕捉蚊虫的本领。

原因就是，只有这样，你才可以听到人间的声音，才可以看到人间的颜色，才可以闻一闻烤鸭的味道，才可以躲在某一个臭水沟里，偷偷守在那个你爱慕的人的身旁，看他过着人间的生活。这个原因超越了所有的理论。

具体欲望指引的力量远远大过事物的意义。具体的欲望不可抗拒，也无须争辩，更找不到理由，但它的力量却无比强大。

就这样，一个人的灵魂便以一只蛤蟆的形式存在。

◦ 灵魂和肉体 ◦

人们并不将不能飞翔当成自己的缺陷，只有超出了常态，才会引发思考。但我们谁又不向往飞翔呢?

残缺不仅存在于残疾人，灵魂和肉体的不统一，是每个人存在的特征。

当把残疾这个词放在了一个人的身上，这个人便以夸张的形式暴露出灵魂和肉体的分裂。

灵魂和肉体仿佛是两股力量，或是相互对抗，或是相互撕扯。

从这个角度说，世界其实没有其他的东西，只是灵魂和肉体的较量，人生要做的事也只是在满足灵魂或者肉体的要求。

和一个人过不去，又有多少这个人的因素呢，更多的是自己心里的坎儿过不去罢了。我们做的每一件事，追根溯源都是灵魂或肉体的派遣。

一个人的幸福和痛苦也逃不出这两者的手掌心，当灵魂或肉体其中一方获得成功，另一方也正好没有意见，幸福便来了。但如果一方获得成功或正在努力，而另一方却和它不断地争论，不断地吵闹，痛苦便来了。

一个人为了心智而努力，大多要劳其筋骨，饿其体肤，那便是肉体的痛苦了。而一个人为了名利不择手段，大多要寝食难安，魂不守舍，那便是灵魂的痛苦了。

仿佛人们都希望这两者握手言和，保持平衡，而且几千年来人们也在为之不断地探索，但能够做到的智者却还未出现。

从灵魂和肉体的相处之道来看，人可以分为三种。

第一种是灵魂的崇尚者。这样的人在生活中比较理想化，注重精神需求，有做人的原则，对自己要求严格。这样的人内心有一片远离尘世的净土，有一份永远美好的孤独。这样的人做每一件事都以灵魂的需求为主，而肉体则成为灵魂的仆人。或许它并不是完全听话，但它的位置是不变的，那就是灵魂在上，肉体在下。

第二种是肉体的疼爱者。这样的人在生活中比较现实，注重实际利益，不看重虚无的原则，但服从现实的规则。这样的人能够清晰地分析出怎样更有利于他这个具体的人，在平庸的生活中看上去更精明。这样的人做每一件事都是以肉体的需求为主，而灵魂则更像它的俘虏，被肉体裹胁。所以它的位置肯定是肉体在上，灵魂在下。

无论两者谁占上风，差距小便无妨，如果差距极端化，都是危险的。

如果灵魂的崇尚者和肉体的疼爱者发生争执，往往是后者更强势，因为前者依据的是虚无的理论基础，后者依据的是现实的理论基础。而灵魂或许只属于个人，无法和他人进行争辩，没有公开评论的标准。

第三种是灵魂和肉体的平等者。这样的人灵魂和肉体的踪迹是最明显的，因为他们不分尊卑，所以也因此纠缠不清，始终在较量，永远不分对错。这样的人是一个矛盾体，他一生的路线就是灵魂和肉体斗争的路线，总会陷入痛苦之中。

我认为我就是这样的人，我熟悉这样的斗争和痛苦。

这样的斗争是以自我矛盾体现的。

记得我十七八岁的时候，我的朋友 D 去另外一个镇上高中了，是寄宿，我们便经常写信。也就在那时我发现了书写的神奇，有一些东西说话不能表达，而文字可以。

在信中，我曾提出一个很幼稚的问题：如果一个人身无分文又流落他乡，几天都没有乞讨到食物，马上就要走不动了。

他此刻面临两个选择，一个是饿死在街头，一个是去偷吃的。他应该怎么做呢？

这个问题看似无聊，却是我在反复思索得不到答案后提出来的，因为它关系到我生命的意义，所以这个比喻性的提问是精神的求救。

D刚刚收到信，正好周末休息回来了，我们便当面说起这个问题。她说："那可怎么办呢？要不就先偷一些？等有钱了再去还给人家。"我说："那是不是就说明为了生存的需要，可以损害他人的利益？"她说："是呀，可也不能当小偷啊？"我看见她很认真地思考，因为她知道这个问题对我的重要性。但她却无言了。无论D的聪明才智还是思想品德，都是值得我学习的，她的无言，让我看到了这个问题的难度。

那个年纪的想法都是非黑即白的，所以我才会拿如此幼稚的问题请教别人。但这个问题的性质却始终存在。

我之所以提出那样的问题，是因为我看到了我的寄生性，也就是说我的存活要损害他人。

母亲为我们的生活细节日夜操劳，为我们的身体消耗着自己的生命。如果我多喝一杯水，便意味着母亲多弄我上一次厕所，然而她的胸口早已因为反复抱我们而长期充血，心脏也变得肥大。

县医院的一位医生消极、冷漠，小时候我多次生病落入她手，每次我都能感受到她对我的轻视。我因此会更加主动地求生，因为我的主动，她会更加反感，因为她的反感，我求生会更加迫切。这时候我会看到她的嘲笑，她的嘲笑中仿佛出现了两个字：无赖。

此后我便经常用这两个字来否定自己生存的意义：活着就是死皮赖脸。

无论我做什么，都要给母亲增加辛劳。我决定经历的风雨，却要母亲一起经受。这让我为梦想努力的过程中，总会自责——你越努力越能证明你的自私。

　　仿佛上天在惩罚我，而我却在其他无辜的人身上寻找弥补，相当于我在惩罚别人。

　　如果说这样的矛盾与别人有关，那么还有一种矛盾是属于个人的。

　　在我第一次面对是否接受采访时，就开始纠结，在这样的纠结中，我接受了多次，也拒绝了多次。

　　史铁生和其他几位作家合著的小说《男人、女人、残疾人》，主线就是主人公舒展是否要接受采访而展开的讨论。因为这件事极具代表性，它体现出理想自我和现实自我的差距、精神捍卫和生存需求的冲突、灵活和肉体的矛盾。

　　接受采访的动力包括现实虚荣心和利益。对我这个被社会忽略长大的人来说，当摄像机和话筒对准我，这对我无疑具有诱惑力，因为任何一个人都希望得到关注。被人从赞赏的角度宣传，无疑会让我感受到外界的肯定。这样，作为一个社会人的虚荣心就得到了满足。另外就是媒体引起的社会效应，有名的残疾人和无名的残疾人得到的待遇是不一样的——有名的更容易享受到一个残疾人应有的福利，无论是政策条款中的，还是社会主旋律倡导的；而无名的要想得到应有的福利也是有一定难度的。所以，出名会让我在很多方面减少难度。

　　不接受采访的声音却只有一个，那就是灵魂的高傲，对精神洁净的捍卫。或许从这一点上看，我是有精神洁癖的。因为接受采访，就意味着我接受了他人的塑造，而且这种塑造对于我内心的高傲来说具有贬低性。这种塑造总是冷静而刻板地给我加上一些标签；这种塑造总要无情地挖掘，让我大有伤口被利用的感觉；这种塑造用引导和筛选，将我刻画成简单而浮浅的"励志猴"。在不违背实际的情况下，在不弄虚作假的前提下，我依然会被媒体塑造成为一个社会需要的榜样，但那个人不是我。在这种肯定中，我仿佛否定了自己。

接受的动力来源于肉体的层面，而不接受的声音来源于灵魂的消息。

如果接受所有的，或许我已经获得某种成功了；如果拒绝所有的，或许我可以将内心的纯净保存得更完整。但我却在摇摆其间。

其实我很不喜欢这样没有坚定认识、矛盾的人，但很可惜——我就是。这又是一种矛盾了。

从客观出发，很多人把灵魂和肉体看成了一体，让它们有福同享、有难同当。不过这也难怪，因为对于外界来说，它们是一个单位。

但在这种情况下，灵魂更容易感到委屈和孤单，因为灵魂毕竟是虚的；而肉体才是实的，即现实的。灵魂要想与外界交流，必须通过现实，这就很大程度上要受现实的制约。

残疾人让这种制约明显化了。很多时候我都感觉残疾人是不立体的，因为他的很多"我"是无法实践的。比如，我想驰骋疆场或隐居山林都是无法实现的。所以我总是有这样的错觉，那就是我从未上路。

但是我的确以现实的方式存在，在一种无法选择中做着选择。这让我又看到了灵魂的脚步，它在前行。

或许正是因为有了残疾，我才意识到灵魂和肉体是两部分。

比如人们常说，身残志不残，虽然这句话明显体现出对残疾人认识的肤浅，但至少证明人们从残疾这个巨大的伤口处发现了灵魂和肉体不同的踪迹。

人的存在，或许就是为了将这两股力量彼此牵制、彼此制约的吧，因为只有肉体的局限才能将虚无的灵魂聚集起来，只有自由的灵魂才能让沉重的肉体飞起来。只有灵魂和肉体相互制约和牵扯，才能彼此实现。

◦ 门与窗 ◦

灵魂和肉体虽然时刻同在，但灵魂意识到肉体（现实自我）有时候是突然的，突然感觉那么陌生。

我想起了很久以前的一件事。小时候我和姐姐不能上学，只能在家里学习。堂姐比我姐大三岁，她学习好，对课本也很爱惜，所以她用过的我们正好接着用，仿佛一切都很正常。那时我还很有优越感，因为我的进度比同龄的人快。看着他们为我已经学会的问题犯难，我很是自得。那时候，我以为除了学习地点不同，我和他们并无两样。

但是那天，堂姐的弟弟来拿他姐姐四年级的语文书了，学校的没有发下来，为了不耽误学习，老师让他们各自想办法借书。而他和我同岁。

他理所应当地拿走了他姐姐的书，我顺理成章地就没有书了。第五课的课后题我还没有做完，但轻易就被中断了。与他们相比，我的学习是否会被耽误仿佛不重要。我感觉到了委屈，却不知道是谁在欺负我。

我的优越感瞬间消失了。本来我在一片小树苗中快乐地吸收阳光，但当主人来施肥，我才发现他路过了我。原来我只是树苗当中的一棵草。

我清晰地记得，我连续好多天高兴不起来。那时候我还无法描述内心的体验，但我看到了一个难题，这个难题让我感到恐慌。这个难题就是：是谁剥夺了我的"书"？

这是我第一次意识到不公平的存在。

在我刚刚看到不公平的很长时间里，我都在怨恨我命运的决定者，就像一个孩子怨恨父母偏心一样。我的委屈和无助，随时转换成暴怒，发泄在亲人和我能触及的物品上。

思来想去，每个人都是对的，谁都没有剥夺我的书，而我，原来是没有书的。

自卑就在那个时候一泻千里，淹没了我。也就在那时，我隐约看到了一股庞大的力量在左右着这个世界，而我，是他不喜欢的一个孩子。

我发现我其实在一片荒野，这个地方，阳光灿烂，花香鸟唱，我快乐，仿佛有无边的自由，时光任由我嬉戏。但当风雨来临，当黑夜来临，当寒冷来临，我却无处可去，没有人来拉住我的手带我寻找安全。天地也任由我自生自灭。

我和世界有关系吗？从此，我和所有的人有了一种距离。

记得小时候，每当有人发现了我的聪慧，在夸赞的同时，还要配上一声叹息和惋惜的目光。而我总会想，你们不懂，虽然我不能走，但我还有很多事情可以做啊。我想，我小时候自学的主动性，或许也来源于此吧。我要向不懂的人们证明，后来却证明了我的无知。原来，即便是你有很多事情可以做，但你不能走。这句话逻辑的颠倒并不是一件容易的事，它是每一个残疾人无数次痛苦之后认识到的现实。认识到这个事实之后，我想每一个残疾人都仍然向往着另一句话，那就是：只要有事可以做，不能走又何妨？但我们知道，一句简单的话要想实现这个逻辑，路途更加遥远。

后来我走上了写作的道路，算是在荒芜的地方做一些无用的事吧。一些朋友为我感到高兴，便感叹道，上帝关上了你的一扇门，就会为你打开一扇窗。我便说：还是门好。

人们仿佛愿意用这样的理论去肯定命运的公平性，从而将成败更多地归因于个人的努力。这样的理论的确对奋斗者有鼓励作用，但这个理论里仿佛还有另一种成分，那就是人与人相比不公平的合理性。换句话说，就是把所有的不公平解释成公平。

仿佛不肯定规则的公正性，一切将无法进行。但在现实中，有很多事都无法做出公平的解释。

如果将人生比作对一座高山的攀登，那很多时候会发现，人和人开始的位置大有不同，有些人在山脚下，有些人在半山腰，还有些人在深山沟里。他们如果付出同样的努力，却是无法到达同样高度的。

他们的位置和差距，便是我们看到的不公平。那么是谁决定了他们所在的位置，决定了他们之间的差别呢？

这个不公平，是由两种原因造成的，一种是人为原因，一种是自然原因。

当你面对一种不公平，如果不管你拐多少个弯，总能找到责怪的对象，那就是人为的原因。例如，一种疾病，科学技术有办法治疗，可没钱却只能等死。这样的不公平是需要用生命去改变的。

而如果你不管怎么找，都找不到那个罪魁祸首，这便是自然原因所决定的。我们无法争辩，只能服从。但你总想知道为什么这样决定，苦思冥想后你发现，这样的疑问，就像当初有人疑惑，如果地球是圆的，那侧面和下面的人不会掉下去吗？这也是在缺乏条件的情况下，无知地推论所带来的困惑。这困惑让我看到了我的局限。

很多时候，在不公平存在的地方，我会看到很多美好的事发生，看到人性的光芒，看到生命的希望。正因为不公平，才有了无私的付出，才有了纯粹的奉献，才体现出爱情的美丽、亲情的伟大、友情的可贵，才体现出大爱的力量。如果没有不公平，还有这些现象发生吗？那么人间会不会只剩下公平的交易？

当然，我不是想以此肯定不公平的合理性，但这却让我看到了自己思维的局限，让我试图跳出惯用的逻辑。或许以人类的能力不可及，但这样的发现可以安慰我的迷茫。

或许，在人间并不能彻底消除不公平，但是人类的职责绝不是要把人和人之间的差距拉大，而是要把人和人之间的差距缩小，那才是自然和人为达成的平衡。

当我的视线试图超越人群，我仿佛看见了一个更广阔的视角。门和窗本身就不存在可比性。有门的人只知道门的好处和坏处，对窗没有评判的资格，而有窗的人只知道窗的优点和缺点，对门缺乏同样的体验。一个人不可能同时拥有门和窗。如果想找一个客观的标准，那只能是人和人的对比，对比的结果肯定是窗不如门好，因为没有谁愿意放弃门去选择窗。这样的对比有它的用途，有助于社会公平规则的建立。但超越社会后，这样的对比是无意义的。

比如，一个在偏远落后地区长大的女孩，或许没有机会考上一所重点大学，或许她一辈子也不知道肯德基的味道。但我们能以此来推断，这个女孩就比大城市的高才生更不幸更无知吗？我们或许可以从社会的角度评判谁的价值更大，但从宇宙的角度如何评判？那个女孩对生命的领悟和收获，不一定比哪一位高才生少，一生的幸福和美好或许比他们更多。

不知经过了几个轮回，经过了多少次痛苦的挣扎，当我再一次沐浴着和煦的阳光，走在充满生机的街上，我突然发现，面对命运所有的馈赠，除了感恩，一切都不值一提。

试想，如果没有强迫性，以人类的狭隘和自私，上帝直接分配好的具体任务，往往是没有人愿意去承担的，因为每一个具体的任务都有它的残缺和辛苦之处。而如果让人自由选择角色，那么人一定会在自由选择中无休止地权衡利弊，从而难以做出选择。可见，无法选择是必要的规定条件，有了无法选择才可以有所选择。就像一个风筝，在那根线的牵扯下，总向往飞得更高更远，但如果没有那根线，高和低，远和近，又有什么区别呢？

生命是一曲美丽的乐章，每一个生命个体都是其中一个音符，短暂又局限，但却必不可少。一个单独的音符，一定想弄明白上帝的意图，但个体的主观终归是片面的。当我知道了，每一个生命都是这首乐曲中的一部分，我相信，每一条路都有不可代替的风景和意义。因此在迷茫中，我也会心怀敬畏和感激。

跟随一个问题，没有找到直接的答案，却因此对生命有了更多的理解，或许这就是问题的意义，或许这就是一个人的成长。

我看见，那股力量有着无法比拟的智慧，推动着一切。她给了每个人不同的任务，分给我的也是一个独一无二的差事。

这个差事的艰苦之处在于，我总是在痛苦中看到一些问题。这问题是挣扎，这挣扎的过程，便是我的人生之路。

◎　**有用与无用**　◎

后来，我听到了一个故事，这个故事与我的问题有关：庄子同他的学生去朋友家做客，路过一个山坡，看到一棵歪脖子的老树，而伐木人就在一旁休息却不去砍它。庄子问，为何不砍这一棵？伐木人说，这一棵树不成材，没用。庄子便对他的学生说，这棵树因为无用，才能过完自然的寿命。他们来到朋友家，这家主人为了款待他们，准备杀鹅。童仆问，一只会叫的和一只不会叫的，杀哪一只？主人回答，杀那只不会叫的吧，没用了。庄子的学生便问老师，那棵树没有用可以活得长久，而这只鹅却因为没用了而被杀掉，到底应该有用还是无用呢？庄子回答道，还是掌握在有用和无用之间吧。

庄子的回答是基于入世之道的，这个回答充分体现了道家的处世哲学。人们只知道展现自己的才干，去赢得天地，殊不知，你的才干往往被人利用，因而招来杀身之祸，所以很多时候学会隐藏，才能自保。

现在且不去讨论处世之道，这个故事引起我关注的地方是用途与生存的关系。

一棵树不需要依赖别人，只要脚下有土地，头上有阳光和雨水，即可以生存。而人是群体动物，需要依赖他人才可以生存，所以人更像那只鹅。

也就是说，如果你的生存需要和满足你需要的人对你的需求能够统一，你便可以生存。比如那只鹅，不会叫了，主人便不再为它提供生存条件，特别是主人需要佳肴款待客人时需要的是鹅的死，鹅又何以得到生存条件呢？

如果抛开客观条件的限制，一个人的生存条件是优越还是恶劣，基本上取决于他用途的多少。

我突然发现，用这一逻辑，仿佛可以对很多人的处境做出解释，很多现象迎刃而解。

我所说的用途，没有贬义，更无讽刺。我所说的用途，不是利用，而是需要，是人和人之间的联系。或许用途这个词并不太合适，但请原谅我词汇的匮乏。

这个用途包括：可以是用来实际利益交换的成本，也可以是情感的依赖、爱的交流、精神的支撑，这包括一个人天然的用途，也包括一个人后天努力所获得的用途。如果从这个角度总结，一个人的用途多了，他的天地就会宽广，一个人的用途重要而不可替代，他的生存保障便牢固了。

每个人都在一张价值网中互相牵扯着。生活条件和情感世界优越的人，大多有着比较多、比较牢固，甚至是主干脉络牵扯的人，也就是说，他有着众多重要的角色，哪一个角色的消失，都会给别人造成很大的损失。那他必将成为对于别人重要的人，他的生存环境便得到了多方面的保障。比如，一个上有老下有小事业有成的人，他是家人的天，他是下属的领导，他是上司的得力助手，他用他的价值获得了牢固的生存保障、情感牵扯和个人尊严。再比如，一个婴儿来到世界上，什么也不用做，就会被家人的爱包围，因为这个家庭需要他，这是他天然的价值，这价值让他和家人紧密相连。而生活窘迫的人，大多数是用途极少的。比如一个无儿无女的老人，以捡废品为生，和别人几乎没有牵扯，那他的用途只有废品收购站的一点点肯定，所以他的生活也就风雨飘摇了。

我母亲看到和我年龄相仿、生活顺利且优越的人，偶尔也会感叹道：他们哪费过咱这劲，可他们却活得有滋有味的、不慌不忙的。当然这是母亲的牢骚话。但母亲这牢骚倒是让我看见了一个浅显的道理，那就是，努力程度不能决定幸福，而是用途决定了幸福。个人的努力会加强和发扬自身的用途，而最终给你打分的，是看你的整体用途。

要验证一个道理，难免拿自己测量，一是方便，二是了解。

我便自问，我有何用途得以生存？

我这样去看，发现我生存所需要的条件都是父母提供的，是父母为我创造了生存并且幸福的环境。除此之外，我一无所有。除此之外，我和世界无法形成任何牵扯。我所创造的一点点价值，或许可以喂养一些我的精神，却无法能够独立支撑起我生存的需要。

姐说："父母的爱是无私的，他们不指望任何回报。"这样的说法是成立的，但这份深厚的爱，不同样在这个逻辑之内吗？

我快乐了，我的父母才会露出笑容；我平安了，我的父母才会睡一个踏实觉；我能够活着，我的父母才有幸福可言；我能够幸福，是我的父母永远的心愿。

父母需要我们活着，需要我们好好地活着，这是爱的需求，这是亲人的依存。所以我明白了，我为什么从小到大看着父母的辛劳，并没有多少内疚或自责，也并没有觉得活得没有尊严，反而，我的乐观和希望也就建立于此。因为这里有我的位置，在这里我不是多余的。

从这一点看，我的生存模式和婴儿并无区别，最幸福也最无助——幸福的是，有人比你还爱你，我可以相信宇宙的毁灭，却不会相信这份爱的消失；无助的是，这份幸福却是寄托在别人身上，而且是如此单一，仿佛滔滔河水中，我只抓着一根救命稻草。

岁月慢慢流逝，父母在慢慢变老，我这个婴儿却没有长大。我看见，一只破败的船。仍然载着沉重的牵挂。如果这份牵挂先滚入了河底，那没有压舱物的船或许可以空空地漂一阵，但一阵风吹来，就翻了。如果这只船先破了，那我们无疑将一起坠入水底。所以我的父母和我的命运是一体的。

我并非一个大彻大悟、无欲而刚的人，设想没有父母的处境，仍然让我无比恐惧。我知道，那个时候我的世界将被称为地狱，每一个人都可能成为吓唬我的鬼。

　　我发现，因为一个高难度的问题，经过一条复杂的道路，找到的却是一个极其简单的答案。

　　但这并不能证明所有功夫都白费了，而是证明不经过这番苦苦地求索，我便将简单的道理忽略了。

　　事实上，有很多人并不能清晰地看到这个简单的道理。对他们而言，或许觉得我说得过于残酷和悲观。在他们眼中，有许多美好无条件地属于他们，因为他们在密集的网络之中，就像春风得意的人，并不能看到世态的炎凉。

　　在我看来，平庸而幸福的人们生活是轻松的，只需依照事件的具体规则，参考周围的常规习惯即可，不明白那些无关的问题也无妨。而有着特殊磨难的人却不能照办，因为在他的前方是绵延的山，这山便是人生的终极问题，他必须翻过去，不为别的，只因山在那儿。

　　所以，我更想说给那些在这个网络边缘的人（完全在这个网络之外的人不存在），这不是残酷，而是大的生存规则，这也不是悲观，而是清醒。因为只有看见这个规则的人，才可以接受一切，才有可能获得真正的乐观和强大。

　　认识到这个规则，不会对人产生消极作用，反而会让人更加热爱生活、珍惜生命，仿佛一个幸福的单恋者：无论我能否拥有你的爱慕，但我会虔诚地爱着你——我的世界。

　　我正向这个境界修炼。

◦ 想象与现实 ◦

我对姐姐说：如果我们会走，我们的人生很可能和她们一样。

不念书了就去工厂打工，每天把自己打扮得漂漂亮亮的，为了体重挨饿；到了岁数就出嫁，然后就生孩子；再然后，嘴里就满是孩子的聪明、丈夫的无能、婆婆的恶毒，把小事看得比天还大，把自己说得比谁都苦。一辈子总是忙碌，有了女儿，目标是要儿子，有了儿子，目标是买房子，买了房子，目标是给儿子娶媳妇。这样的人生在我看来，在一个又一个目标中消耗着自己。等她们进入了老年，没有了目标，便只剩下了惶恐和抱怨。这样的人生有什么意思？

姐姐说："你怎么能否定别人的生活意义呢？"

我说："我没有否定她们，我是说我个人不喜欢那样的生存状态。她们相对来说那么自由，有那么多可能，却放弃了。"

姐姐说："这只能说明，你想上山却没有阶梯，而她们有梯子却不想爬高。梯子在你心目中是珍贵而重要的，而在她们看来仅仅是无关紧要的摆设。"

我说："没错。我想要的不是她们想要的，她们在自己一个个的目标中幸福着、执着着、奉献着，也自私着。一个个的目标是牵绊，同样也是保障。史铁生说，平庸的人最安全。这就是大多数最平凡的人生。这样平凡的人，为这个社会承担着一定的责任，有着公认的价值和意义。"

姐姐说："或许人家看着我们才没有意思和意义。"

我说："是呀。在那样一种人生的人眼里，我们是最没有意思和意义的。因为她们认为重要的东西或者存在理由，我们都没有。她们一定不知道我们为什么活着。就像她们中的几个曾这样说："如果我像谁谁谁一样瘫了，我早自杀了，那样活着还有什么意思？'她们当然不是在说我，但那就是我。"

我们和她们好像是一种对照，对照出生命的局限和无意义，我们的人生和她们的人生所依照的是不能参考的逻辑。

我说："如果可以选择，我不会选择她们那样平庸又安全的人生。"

姐姐说："那还是你现在的选择，仍然是你现在人生的角度。或许不，一定，如果你拥有她们的命运，你一定不会像现在这样想。"

"很可能。那好吧。"我说，"那我这样说可以吧，如果现在我突然会走了，我将选择另一种人生。"

"那你选择什么人生呢？"姐姐说。

我再一次陷入了我的冥想之中。

多年来，无人知道，我沉迷于冥想之中。我不断地在想象中做着人生的选择，塑造着自己的形象。

仿佛有另一个我，在现实之外，活着。

她穿着我喜欢而又不能穿的衣服，她留着我喜欢而又无法留的发型，她说出了我想说而又不敢说的话，她做着我想做而又无力做的事，她头也不回地离开了我想离开的地方，她走进了我没有走进的房间，她坐上了我路过的那辆车，她带着我的梦想走在她的路上，实现了我所有的不可能。

我沉迷于每一个细节之中。

这对我的意义是巨大的，因为它给了我一个自由的空间。

我始终不知道哪一个我更真实。

突然姐姐笑着说："你现在会走了！一个三十多岁的单身农村妇女，你第一个问题是养活自己和父母。"

姐姐真是扫兴。

她的话，让我陷入了茫然，在想象中我竟然不知所措了。

姐姐继续说："虽然你说如果我现在会走了，但你的想象并没有根据现实，因为并没有受到实际的约束，只能说它来源于现实，它弥补的是你现在的缺失。"

是啊，我所有的想象并不现实，因为现实中的任何一种人生都脱离不了实际的约束，可能性的增加，并不代表约束的减少，很可能是增多。而我的想象，虽然不是天方夜谭，但也没有设置实际的约束，所以我的想象不具备现实意义。它仅仅是基于我现实的希望，是我对自己缺失的弥补。或者说，是我的一种展现，是我现实中没有的那部分。

一直以来，仿佛有两个我在前行，一个是现实的我，一个是虚幻的我。虚幻的我与现实的我若即若离。现实中的这个，有很多人看到了，而虚幻中的那个，只有我目睹着她的一切。而只有冥想这一个入口，让现实的我进入虚幻之中。对于人生而言，现实和虚幻不都是真实的吗？不都是可靠和可信的吗？

虽然是并行，但它们无疑不在相互影响，现实中的我创作着虚幻中的我所有的遇见，虚幻中的我也引领着现实中的我，做出任何一个决定或者选择。

我曾经抵抗不住那个我对我的吸引，不由自主地去寻找她，因此多次遭受挫折，最终证明了愚蠢的我就像猴子水中捞月一样，情不自禁却注定徒劳无功。

人生就像一列火车，如果你将另一条轨道上的站点当成目标，那么你永远也到不了。

在想象和现实的对比中，我隐约看到了我的轨迹，不是宿命，而是我脚下真实的路。

多少次，我想逃离现实，逃离这个环境、这些人、这些事，我讨厌自己，我烦透了。然而我却像钉子一样丝毫不能动，命运竟然分秒不给我喘息的时间。无奈之下我便找到一个方法，那就是闭眼闭口，可惜耳朵不能闭。我经常这样用一整天的时间拒绝现实，但是不能太长，至少还有喝水、翻身等事还需要我必须开口，毕竟我还不想死，所以我再一次被强迫回归现实。

我并不是要以此说明我对现实的否定和放弃，而是想说，我始终都在寻找现实的突破口。我说不清，是想象制造了这种寻找，还是这种寻找催生了想象。

它们仿佛是两股力量，一股在后面鞭策，一股在前方指引。或许正是因为有了这两部分不断的参照，我的生命才成为了动态的。

每一种人生都是绝对的，不存在争辩和选择，人的存在从某种意义上说是封闭的，人和人并不能互相抵达，然而，只有想象是唯一的路！每一种人生都是残缺的，但又在无限眺望和想象中得到完美和升华。

我说："让飞鸟替我们去飞翔吧，让平凡的人们替我们去世俗吧，让英雄替我们去冒险吧，让孩子们替我们继续快乐吧，让老人们替我们先承受孤独吧。我眺望，并感谢他们。"

姐姐说："你呢？你替他们做什么呢？替他们旁观，替他们思考，替他们生病，替他们珍惜？"

我说："也许是吧，但也可能不是，我想我会知道的，但我又何必必须知道呢？我在这里活着，活成刘厦即可。"

◦ 一个人的夕阳 ◦

我始终都在那个夕阳里，我从那里走来，也终将回到那里去。如果说人生是一本书，那么我这本书的封面，便是那宁静又灿烂的夕阳。

那个夕阳里，红霞满天，大块的云朵后仿佛藏着宝贝，放出夺目的光芒。这红光落在了整个院子里，落在了我和姐姐的脸上，也让我们的轮椅钢管闪烁着光芒。晚风和我们的体温一样，所以只剩下了柔软的触感，如丝绸一般飘动，在树叶之间，在晾晒的衣服上，在初开的月季花枝头，在我的发间和耳后。

这是秋天，这里永远都是秋天。

我们坐在院中，这一刻，我们是闲人，拥有最纯粹的自由，那是被动的自由，不是什么都能做，而是什么也不用做。

被动的自由，是世界之外的另一个地方，我看见西西里在那里快乐地滚动着石头。我向那里眺望。

母亲时不时地在厨房喊一声："有蚊子吗？"

她一路小跑淘米、切菜，只为缩短离开我们的时间，因为蚊子一旦发现我们，就会进行侵略。

天暗下去得很快，那光芒慢慢地隐藏了。院中的一切变得浓重了，风也凉了。

一只蚊子飞了过来，落在我的左胳膊上。我的头靠在轮椅后背上，微微向左偏，正好看到它。我猛吹一口气，便把它吓跑了。但是它试探性地又来了，我再吹一口气，又把它吓跑了。然而它第三次落在了稍微偏后一些的地方，那里是我的气流所不及的，我再吹，也影响不了它了。我便使劲抖动手腕，带动整个胳膊颤抖，它再一次被吓跑了。但它仍然没有放弃，它看中了我这块皮肤光滑、血液丰盈的胳膊，所以它又来了。这次我使劲抖动胳膊，它竟然没有动，仿佛已经看出我再无计量，我黔驴技穷了。

我再怎么不了它了。我笑了。姐姐说："喊娘吧。"我说："没事。"

这只蚊子距离我的眼二十厘米左右，我看着它是那样清楚。它的腿真长、真细，应该是为人的汗毛而长的，不然如何在茂密的丛林中降落。它身上是黑白花的，人们都说这种蚊子最凶。我还清晰地看到它身上有一层绒毛，就像黑蜘蛛一样令人寒战。想必那绒毛也一定是有毒的，所以很多时候，被它碰一下就会痒。

　　我清楚地看到它的表情，它面无表情地看着我，它一定觉得我的脸和我的其他部位没有任何区别。我清楚地看到它的嘴，它的嘴也是那么长，当我看到它的嘴的那一刻，我感觉到了微小的刺痛，这刺痛是真实的。我感觉到我的血液在以最小的流量和最快的流速流进了一只蚊子的体内。我看不见它的肚子是怎样变大的，但我看见它的肚子变大了，它的肚子透出了暗红色，正如这夕阳的红光。

　　突然，它起飞了，飞进了落日的余光里。

　　母亲出来了："黑影下来了，屋里去吧。"

　　在天黑透之前，母亲把我们推进了东屋。蚊子咬的地方开始发痒了，我庆幸我看到了一份奇痒的来历。

　　我们的晚饭即将开始。

　　当母亲打开了电灯，当温暖包围了我，当熟悉的饭香充盈着我的鼻腔，当所有的逻辑都被遗忘，当所有的目标都成为陪衬，当除了这里世界不再存在，我不需要任何理由，我的幸福中溢满了这秋天的夕阳。

隐藏的歧视

◦ 一 ◦

那天遇到一件可笑的事。我和母亲从超市回宿舍，经过一条必经的小街，小街非常安静，刚拐进去就听到一个孩子的哭声，我随哭声望去，看到这样一个画面。

一个高大的黑人一脸尴尬，他的怀里抱着一个四五岁的中国小女孩，小女孩非常恐慌地哭着，使劲挣脱这个黑人，要找她的母亲。她的母亲就在他们前方三米左右处，手拿相机，嘴里说着："宝贝别哭，看妈妈，马上就好。"但小女孩却难以安静下来。这样的挣扎，根本无法完成一次和谐的拍照。那个黑人只能放弃了配合，将孩子还给了她的母亲。这个戴着眼镜的母亲连声道歉，黑人微笑着向小女孩挥手告别，走向了不远处的留学生公寓。惊魂未定的小女孩这时才敢正眼看那个陌生人，眼中充满了恐惧。她白嫩的小手使劲抓着妈妈的脖领，仿佛看到了铠甲勇士中的怪兽。这位母亲温和而无奈地笑着说："你哭什么啊，让外国友人抱着照一张相多好。"

这时我正好经过她们，我看到这位母亲的包上印着"全省中学语文教师培训"——看来她是近期培训中的学员。

小女孩害怕无疑是无知的，因为她没有见过这样的人，所以躲避是必然的。这是生物性的排斥。

而她的母亲就有知了吗？她的母亲应该说是有文化的，也正是社会文化的熏陶，才让她有了如此行为。

　　这件小事可以说普通得不能再普通了，但它却像电击一样击中了我内心深处一直莫名的一种体验。突然我发现，那个外国人的表情让我好熟悉，他尴尬的表情告诉我，他体验到了我无数次体验到的一种感觉，或许可以将其称之为歧视。

　　歧视普遍的定义就是不平等地看待，是人对与自己不同的人的偏见。而这和我发现的歧视有所不同。我所发现的歧视，不是多么个别和极端，不是辱骂和白眼，它无关道德，不伤害任何人的权利。它在人的潜意识当中，在其他观念的背后，隐藏在人们思维的某个拐角处，不被察觉。它是那么普遍存在着，在普通生活和普通人身上存在。但它发挥着巨大的作用，它以正常的方式给人造成了一段段泥泞，给人增添了一座座高山。它就这样以不被发现的形式，决定着人生的走向。

　　可以说，这个小女孩和这位年轻的母亲正是"歧视"的两股力量，一股来源于人性的本能；另一股来源于知识，也就是后天文化的一种内化。

◦　二　◦

　　残疾与我同在，我便成为大多数人眼中不同的人。所以我不妨从残疾的角度去呈现一下我看到的歧视。

　　我想说，我是个残疾人我感到很遗憾。这并不是我无法接受自己，而是因为我无法消除大众的有色目光所带来的障碍。

　　我第一次明显地感受到歧视，是我十二岁那年去北京看病。即使在三岁时我和姐姐已被确诊，但不甘心的父母抱着"科学技术发展了，是不是有办法了"的希望，带着我们再次来到了北京，得到的结果却依然如前。但这对那时的我并没有多大打击，给我造成伤害的是吃每顿饭。

父母会找一些便宜的小饭铺，给我们吃点儿小米粥、素菜。那时虽然我们还会自己吃饭，但我们平时吃饭要用一块小木板，把它放在轮椅上当桌子。那次去北京没有带，只能让父母喂。当饭菜送到我嘴边，我还未张嘴，就感觉到许多的目光从周围射过来，如箭一般刺痛了我。坐着吃饭的客人以及服务员从不同的方位直白地看着我，有的交头接耳，有的赶紧提醒没有发现我的他身旁的人。在一个陌生的公共场合，所有的人同时直视着我，我感觉到的不仅仅是尴尬和恐慌，更是一种侮辱。我感觉到，他们的目光到达了我的脸、胳膊、胸口、肚子。"不会走路的人腿脚是什么样子的？"要看个明白的人还会歪着身子，绕过桌子，很吃力地去看。

我的父亲有时候难以忍耐了，就放大声音说："看什么看！"我的母亲总会说："你管他呢，咱吃咱的。"母亲是对的，因为你不可能每顿饭都和别人打说不清道不明的嘴仗。

那时正是我内心最敏感的时候，我感到血液在我四肢一阵凉一阵热地流淌。我说不饿，拒绝吃饭了。因为一个小丑如果不表演，是没有什么可看的。果然他们不久便失去兴趣了。非常饿的我就赶紧偷吃两口，一直端着饭菜央求我的母亲便高兴极了。但瞬间，他们的兴趣又被我点燃了，我便又不吃了。

记得在北京的那一个星期，我有好几顿没有吃饭。我对自我的认知受到了很大冲击，就像不小心被推了一个趔趄。我赶紧摇摇晃晃地站稳，但这个站稳的过程却用了很多年。幸运的是我没有一个跟头栽下去。

现在当我理性地去分析这种现象时，我看见他们心中都有那个小女孩。

因为那样的现象的根源，同样是对不了解的事物的好奇。人总会以为自己熟悉的事物是生活的常态，但当他看到一个不常见的人或事，必定以非正常的方式对待。毫无疑问，这里面有对我否定的成分探究。

近些年来，这样的现象几乎不存在了。随着社会的进步，人们的眼界拓宽了，对多元化的人和事有了正确的理解。至少在公共场合，在大众范围内人们接受了和坐轮椅的人共存。当然我还是要比别人引人注目一些。但人们已不再是猎奇，仅仅是正常的条件反射了。

这就像那个小女孩，长大了一些，知道了世界上有不同肤色的人，再看到黑人也不会害怕地哭了。

◦ 三 ◦

但是，还有一种微妙的歧视，让我抓不住也说不出，就像一根针扎进我的胸口。

记得我刚开始写作的那几年，无论是对诗友还是刊物的编辑，我都有意回避了我的身体状况。那时候交流方式还只是书信和电话，这便促成了我的回避。我怕他们知道了，便不再客观地评价我的作品了。

在这样的回避中，我得到了在当时的我看来很有说服力的成绩，我仿佛有了一些底气，仿佛有这些成绩垫底，我就不会被曲解。想在诗坛现身的冲动便膨胀了。当然，这也是事物发展的规律，人的一生终归在一点点暴露，你的一切终归是一体的。

在我参加了一次诗坛的活动之后，回避便无法再进行了。渐渐地，人们知道了刘厦这个写诗的人的身体状况。

此后，我听到的关于我诗歌的评价或者说理解，便有了一些变化。坚强、乐观，这些词便频频出现，甚至我的一些消极色彩严重的作品，依然会得到这样的评价。每每提到我的作品，人们总会提到我的身体情况，有时索性称我为轮椅诗人。所以我感觉到，他们进入了对残疾人的刻板印象，从而失去了对我诗歌客观的评判能力。

从这一点看，无论是文人还是普通大众，对残疾人的认识其实是一样的。那就是对残疾人的印象不立体，仿佛残疾人的社会第一身份就是励志。

文人的思想应该具备先进思想的启迪性，而不是笼统而浮浅地接纳世态。文坛经常这样分类，农村的诗人便是乡土诗人，女诗人便是女性写作，打工者写的诗便是底层作品，大学教授的作品便是文学探索。这样的分类当然是有可靠依据的，但如果单一化，便是一种狭隘了。作品来源于作者，作品与作者有着千丝万缕的联系，当然可以通过作者对作品进行分析，但前提是必须认识到作品和作者是两个方面。

因为任何一个身份和角色都是片面的，很多时候还是变化的，所以应该避免从一个身份去定义别人，否则很容易进入一种误区。这种误区往往更多出现在文化人身上，因为他们脑袋中的定式和逻辑比较多。

这让我突然看到了那个小女孩的母亲。

小女孩是天然的，而她的母亲进入误区是后天的，前者表现突出，但容易发现和改变；后者貌似正常，但作用隐蔽而巨大。

◦ 四 ◦

如果说这些现象可以让我当作一笑而过的无奈，那还有一种现象，却是让我无法释怀的。

我很害怕听到一句话，那就是：你的水平是公认的，但考虑到你的身体状况……这句话像一座大山，挡在我前行的路上，它的庞大让我无力翻越。

这句话让我失去了很多机会，很多时候都是我事后才听到这句话，根本没有争辩的机会。但是争辩有意义吗？

这句话貌似客观，却有着复杂的、顽固的主观意识。

考虑我的身体，考虑的当然是我的不便，那是出于对我的考虑，还是对他们自己的考虑？如果是出于对我的考虑，那大可不必，因为既然我选择，我便可以做到，我自己的不便我自己会想办法解决。那无疑是出于对他们的考虑了，那我的不便会给他们带来什么呢？想来具体的应该有两点，一是麻烦，接受一个行动不便的人，就意味着要为他提供方便，而且他也很可能拖大家的后腿。二是不测，因为他们不了解一个坐轮椅的人会给他们带来什么，万一有什么不测，还得承担责任。除此之外，还有一种不具体的原因，那原因很难明确说出来，但他们就是觉得一个坐轮椅的人，一个需要人陪同的人，出现在他们中间不合适。

这种情况虽然不是全部，但我遇到过多次，每每这时，愤怒和绝望都会将我淹没。

我想对他们说：请允许一个坐轮椅的与你们同行，我一样会为你们，不，为我们增光添彩。

在我刚遇到那种情况时，我认为是我不够优秀，因此我更加努力。后来，当我觉得自己的成绩足够有说服力的时候，仍然是同样的结果，只是加剧了他们的惋惜。

　　每一个写作者都有一个作家梦。然而，从现实的角度说，一个作家的诞生过程是一个有写作才华和愿望的人在肯定中得到锻炼的机会，在锻炼中再次得到肯定，最终成为一个作家。任何人生不都是自我与世界互动的结果吗？不都是理想在现实中实践的结果吗？但如果这条实践的道路被切断了呢？或许你会说，写作是个人的事，只要你能写出好作品，就不怕不被人认可。没错，那无疑是可能的，但那几乎是悬崖峭壁上的一根藤蔓。为什么非得把一个热爱写作的人逼上绝路呢？为什么只期待着他绝处逢生呢？

　　世上的路有千万条，但如果每一个掌管路口的人都觉得自己的决定无关紧要，那世上就一条路也没了。

　　虽然教育、就业、民生等涉及人生存权利的关键环节，已经意识到并消除了歧视造成的障碍，但除了公认的重大转折之外，人的一生是由细节决定的。经常听到有人这样说，如果没有某一件小事，就不会有我的今天。而正因为这些小事没有上升到道德和法律的层面，全部掌握在个人习惯性的观念之中，因此放任了许多不加思索的观念，也正是因为这些不假思索的观念，可以让同样的人走上截然不同的人生。

　　前些日子一个残疾演说家讲了一个实事：他的一位残疾朋友，一个二十多岁的姑娘，在自杀前给他发了一条短信：我只是不便，不是不能！说到这里，讲述者已经泣不成声。这虽然是一个极端的例子，但这个姑娘以极端的方式发出的声音是真实的。这个姑娘没有任何话语权，或许自杀是她能够制造出的最大声响。

　　没有遇到过此类现象的人，大可认为我是一个失败者在吐槽，但我必须说！我要为所有的少数人而说，为所有的弱势群体而说，为社会中所有被忽略的人而说。

我期待那些听到我说话的人们，能够像听到有人说"你踩到我的脚了"而意识到自己不小儿冒犯别人了，便立刻躲开。但如果他说，谁让你的脚在那里呢！那就当我没说，因为他们说了算。

我看见他们背后，有那个小女孩，也有那个母亲。因为它有人性中自然的排斥，也有人为作用下产生的局限。无知会带来愚昧，有知又何尝不会带来狭隘呢？

◦ 五 ◦

从种族之间，到个人之间，都可以看到歧视。它让北京市民小看了外地民工；它让富人剥削或轻视了穷人，所以让穷人仇恨或巴结富人；它让文人排斥了商人，所以让商人嘲笑文人；它让学习好的学生否定了学习不好的学生，它让学习不好的学生否定学习好的学生。谁能说，那些父母将有病的孩子抛弃的原因中没有歧视呢？谁能说，那些鸡毛蒜皮的家庭矛盾中没有歧视呢？谁能说，那些人情交往中没有歧视呢？

但只有当歧视触碰到了社会文化的格局，与人性中其他的价值观相冲突时，才会被意识到，只有被意识到了，才会被消除；但没有被意识到的，依然堂而皇之地发挥着作用，这作用远远超出人们的想象。

在当今这个温暖而和谐的社会中，与人的价值观相冲突的歧视几乎都消失了，但还有一些隐藏在人的潜意识当中。因为没有被我们其他的观念碰到，所以没有意识到歧视的存在。每个人都会撞见自己和别人潜意识中的歧视，而我，在残疾的现实下，撞见得更多一些，不由引发一些思考。

鲁迅让沉睡的国民醒过来了，看到了自己身处在黑屋子里，也意识到了自己是活生生的人，但当人们努力撬开黑屋子的门之后，是否知道广阔的世界中自己应该朝哪儿走？在终于有了对自己的认识的同时，是不是也应该学会认识别人？一个孩子受到启蒙教育之后，紧跟上的应该是高等的教育，这个过程是缓慢的，也是曲折的，因为它是整个人类的精神跋涉之路。

我相信那个小女孩对黑人的恐惧终会消失，那是人为比较容易做到的，只愿她不要成为她的母亲，这是不容易提防的。

一位哲人说过，人用头脑在人和人之间画了无数条线，然后又用爱抹去了它。分类是人的天性，也是生存发展的必要，但只有再将这些分隔线抹去，才能让人生活得美好和幸福。而消除这些分隔线的不仅仅是爱，同样也是基于这份爱之上的智慧，那是人类自省的智慧。

当我用这份智慧望去，我看见每一个个体都是残缺的。这种残缺在生命和生命之间造成了永远的差别，或许没有彻底消除的那一天。但这条自省的路必须去走，只有去走人类才有希望。

我心中那一百层高的楼

◦ 一 ◦

小时候，夏天的晚上，我们一家人在屋顶上纳凉，月亮仿佛离我很近。当夜深了，弟弟在一旁睡着了，父母也在一旁安静地为我们扇着蒲扇。我和姐姐坐在小被子上看天空。夜风阵阵吹来，我问姐姐："月亮有多高啊？"姐姐说："高得不行不行哩。"我说："再摞上一个房子能够得着吗？"姐姐说："不能。""再加上十层呢？二十层呢……一百层？"可能是被我问烦了，姐姐一本正经地说："差不多了。"我便记住了，一百层楼高就能够到月亮了。我望着月亮，眼中的光比月光还亮。

现在想来，那时候的我可能才三四岁，不然怎么会问这么幼稚的问题，但也可能是六七岁，不然我又怎么会记得如此清晰。

或许就从那时候起，我的一生只在做一件事，那就是够月亮。

◦ 二 ◦

不想当作家的作者，写不出好作品。我想每一个能够坚持在写作的路上跋涉的人，一定都有一个作家梦。或许会有很多人说，我喜欢写作，并不一定非要当作家。这样的写作态度和内心深处的作家梦并不冲突，我就是这样。

当然，我的写作开始于作家梦产生之前。

大部分写作者的写作都开始于阅读，因为喜欢阅读文学作品，读着读着就开始写了。还有一些是近朱者赤，受某位朋友或老师的影响，开始尝试。而我却是纯粹的本能，那是有话要说，是生命的表白。

就像一个孩子会长高一样，一个孩子到了一定年纪也会长出悲伤。这种悲伤不是消极的、悲观的，而是像春天的风一样，带着满怀期待的慌张。还像春天的雨一样，让一个少年湿润的心拥有了生长的力量。这种悲伤是对现实的叩问，对未来的迷茫。尽管会让人流泪，但这种悲伤是美的。

那是我十三岁夏天的一个傍晚，我一个人坐在院中，母亲在准备晚饭，父亲还没有下班，我已记不得姐姐和弟弟在干什么，但一定是每天日常的样子。我的世界突然安静了，就在那一刻我看见了我的悲伤。

我想到了我的祖父，祖父去世快一年了，我的悲伤却在慢慢变大，那悲伤不只是失去亲人的疼痛，还有我那时候说不出来的部分。因为我看到一种不可抗拒的力量，这种力量可怕，因为它无情。

我望着天空那孤独而弱小的月亮，写出了我的第一首诗，那首诗的最后两句是："天上人间只隔气，人间天上难相聚。"虽然现在看来，那首格律诗的原创性很低，都是不自觉地对唐诗的模仿，再加上一些生硬的用词，但它质朴的情感却渗透纸背，笨拙得像一个稚嫩的孩子。更重要的是，从那一刻，我的悲伤找到了出口，我找到了和世界对话的渠道，我找到了成长的方式。

此后，我就经常把一些伤感的句子写在日记本上。如果说悲伤是我写作的源泉，那么我是非常富有的，因为命运给了我取之不尽用之不竭的悲伤。

我和弟弟争电视，他轻而易举就把遥控器抢跑了，轮椅上的我瞬间成了彻底的失败者，我再没心思看电视，而是陷入我巨大的悲伤；听着母亲的数落，幻想着离家出走的各种细节时，会忽然意识到这只是幻想，我就陷入了巨大的悲伤；当我的笔拿得越来越吃力，画素描越来越慢，一股无声的力量剥夺了我画画的权利，我就陷入了巨大的悲伤；当我的朋友们为明天计划时，我就陷入了巨大的悲伤；当听到有人为我惋惜："这孩子真是可惜了的。"我就陷入了巨大的悲伤……

我在看不见边际的悲伤海洋中挣扎，而写作的笔就如我抱在怀中的一根木头，毫不夸张地说，是我求生的希望！

我写下了一行行长短不一的文字，它们是我的诉说，也是我一次又一次地发问，命运、公平、尊严、价值、生命的意义，这些词出现了，并引领我走上了我的人生路。

凭着我当时的知识，我把它们定义为现代诗。现在想来，多亏了我的父母给了我最初的知识启蒙，让我没有错过与诗歌的相遇。如果说是文学唤醒了我的人生，那就是父母给了我一颗可以醒来的心。

不知是我十四岁时的哪一天下午，我冒出了投稿的念头，这个念头就像河岸的决口，让洪水一发不可收，我的作家梦产生了。

我看到了一条路，我感觉地阔天广，我仿佛瞬间有了力量，可以抵抗我所有的迷茫。

一天晚上，我在日记本上写下了这样两句话：我要让我的父母为我而骄傲，我要让我的父母为我而自豪。当时我满怀热泪、慷慨激昂，我就像一个战士一样，写下了战斗宣言。

我开始订《诗刊》、买诗集，尽管我也听到了一些人的打击，但我却不为所动，因为我知道自己要去哪里。投稿大部分如石沉大海，只有极少数有退稿，但我没有灰心过。我这个在地上坐着的人，还怕摔倒吗？

在经过了十七次投稿后，2003年，我十八岁的夏天，我的诗终于见报了。尽管只是《晋州报》，但看着我的作品变成了铅字，那种如获新生般的感觉，我至今无法准确去形容。那更是让我在我的父亲脸上看到了从未出现过的笑容，那笑容比阳光还灿烂。

从那时起，我走上了文学创作的道路。这条路就是我的够月亮之路，作家梦如一枚月亮，挂在我的前方。

◦　三　◦

我第一次申请中国作家协会会员是2013年，那时我二十八岁，我的作品发表量刚够申请条件，我就按捺不住要试一试，其实有很大成分是想丈量一下我到它的距离。如果说作家梦是那枚月亮，那中国作家协会会员便是那一百层楼了。因为在地上的人看，站在一百层楼上的人和月亮是在一起的。

准备申请资料对于我来说是个大活儿，需要复印大量的样刊，表格也是纸制的，还要把作品发表情况罗列出来，而我不能动，这些都是需要父亲来弄。在我的指挥下，父亲帮我整理了三个晚上。

母亲看到我们忙活便问："成为中国作家协会会员干什么啊？有工资？""没有。""有学习的机会？""不一定。"

我不是在职人员，自然也谈不上评职称。我竟一时间想不到如何给母亲说明了。我为自己不会解释而笑了。但是，哪一个文学写作者不希望自己成为中国作家协会会员呢？

这时父亲给母亲解释道："这是一种身份的证明，证明你是个作家了。"这样说虽然有些片面，但也只好这样说了。

作家这个词包含了狭义的和广义的，狭义的当然就是专业作家，但广义的就包括所有爱写作，并写出过很多好作品的作者。虽然广义的作家中不乏尊称的使用，但是，作家这个特殊的角色，又不能简单地把它当成一种职业，因为有太多优秀的作品是非专业作家写作的。

在当时的我看来，如果能成为中国作家协会会员，那就可以进入广义作家的范围了。

命运给了我太多标签，残疾人、病人、低保人员，而我一直努力的，就是为自己贴上一些想要的标签，比如：中国作家协会会员。

父亲可能比我的期待还要大，所以有些焦虑，不放心快递，便亲自把申请材料送到了省作协。父亲见到的是创联部的李红英老师，她看了看我准备的材料，轻轻地说了一句："可能不行。"但还是在表格上盖了章。后来我知道了中国作家协会会员离那个时候的我有多远，所以我由衷地感谢李红英老师，没有掐灭我当时幼稚的小火苗。

看到那一年新会员名单中没有我，虽也在意料之中，但我却不能完全像以往投稿失败一样平静，而是多了几分失望。想必觉得自己付出过了，便有了一种应该得到的想法。不过还好，毕竟自己最不缺少的就是失败的经验。

就像在城市的夜晚，看到一座灯光璀璨的大厦就在眼前，但走过去却觉得很远，这是它的高大给人的错觉——继续努力奔跑吧。

为了写出好作品，那一段时间我一直在思考两个问题。这是每一个文学写作者都要想的两个问题，也是需要一直想的两个问题：一是我为什么而写作，二是我要写什么。如果说灵感属于被动，那创作一定是主动地选择，我应该让主动的创作去领导被动的灵感。

正是因为要努力成为中国作家协会会员，我才看到了这两个问题。这两个问题让我慢慢地打开了自己的创作。

那几年我出书、获奖、去大学进修、开办心理咨询室、开荒一个又一个刊物、参加各种活动，当然还有一次又一次地生病和平淡无奇的春夏秋冬。

不知是 2015 年还是 2016 年，我申请了第二次，父亲帮我整理了五个晚上。当我看到依然榜上无名的结果时，我的心冷却了下来。看来那灯光璀璨的大厦只是一座灯塔，或许我永远无法抵达。

我决定近期不再申请了。

◦ 四 ◦

我第三次申请，是受到了一位诗歌前辈的影响。

他是我们邻村的一位老诗人——范青茂，前两年他已去世，如果健在也八十多岁了。我父亲上初中的时候就知道他，直到前几年，人们路过他家门口，还是经常看到他家门外面上锁，那是他把自己反锁在里面搞创作呢。他就这样写了一辈子。

晋州是诗书画之乡，也出了几位进入文坛的人物，如儿童文学家赵国瑞、乡土诗人赵贵辰、文学批评家袁学俊、散文家袁然等。除了他们，还有更多文学创作者活跃在乡间，他们种地、教书、做小买卖、写诗、写小说、写散文、读书、会文友，偶尔有作品发表，但这并不影响他们对文学的热爱。

他们没有因为付出没有收获而改变热爱，或许，正是因为写作没有成为谋生的工具，而可以让写作更加纯粹地存在下去吧。

正是这些诗歌前辈们，创办了我们县的民间诗歌刊物《孔雀台》。创刊大概是 2003 年，当时他们大部分已年过花甲。可以说这个刊物给我们这片土地，播撒了大量的诗歌种子。在我刚写诗的那几年，这本民刊，几乎每一期上都有我的诗，这些诗歌前辈们给了我这个初学者很多鼓励和引导。

诗人范青茂是我们乡《孔雀台》的负责人，负责联络这一片的作者。每次《孔雀台》出版后，他都会让我父亲去他家拿样刊。他还和《孔雀台》几位编辑老师来看望过我几次，而他们对诗歌的态度，更是让我肃然起敬。他们谦虚、好学，关于新诗的一些问题，还会请教我这个初学的晚辈；他们博学、多才，诗人范青茂能背诵多篇古文，另一位老师送给了我一幅中堂字画——是他自己写的原创诗。他们的心态是那么沉静，长期默默地创作，却让人感觉不到半点儿焦虑，感觉不到半点儿功利之心，他们比专业作家更接近文学创作的本质。而他们这种心态，不光体现在写作方面。他们都经历了各自的风雨，但这些磨难丝毫没有损坏他们内心的美好，因为我还能在他们眼中看到单纯的光。或许，这就是文学的力量——可以抚去心灵的尘埃。

但这些文人，大多生活比较贫困。在现实功利思想的冲击下，把很多时间用于写作的人，会被看成不务正业；拿着作品去让村里的文化人提意见，被说成是精神病。在舆论中，写诗仿佛成为一个贬义词；谁写诗，谁就是不太正常。尽管这些观点有些偏激、狭隘、势力，我也丝毫不赞成这样的观点，但我还是从来不向身边的人提起我的诗歌。

或许这是我的智慧，也或许是我的懦弱，但我作为年轻作者，远比那些前辈俗气得多，他们没有让世俗之气淹没文学的光芒，而是坚守了文学的尊严。

我的第二本书出版后，有一次父亲去拿《孔雀台》，范青茂说："沾了，申请吧。那又是一个台阶。"

是呀，只有上了新的台阶，才能看到新的风景。他的话鼓励了我。更重要的是，我在诗人范青茂和那些前辈身上懂得了，有热爱就去追求，不要问结果。

2021年，我第三次申请中国作家协会会员。这次，我的父亲帮我整理了七个晚上。几个月后，我在新的会员名单上看到了我的名字。

这一年我三十六岁。

我成为中国作家协会会员！

◦ 五 ◦

我终于登上了我心中那一百层高的楼。

我仿佛看见十几年前的我，仰望着现在的我，终于抵达了她想去的地方，我看见她露出了激动的笑容。而高楼之上的我，更是感慨万千，我由衷地感谢那个弱小的我，一路走来从没有退缩过。

站在这高楼上！

我看见，月亮依然在高处，而且将永远在高处，不管你成为作家还是文学家，它始终在高处。它需要每一个写作者仰望，并将给予每一个写作者创作指引。这枚月亮，就是文学的意义，就是作家的灵魂。

我看见，其实从我走上写作之路那一刻起，月亮便与我同在，因为月光洒满了我的眼里和心上，洒满了我的写作之夜。

加入中国作家协会后第一个任务，就是接受政治培训。这对于别人来说，可能就是一个程序，但它却给了我强烈的触动！因为我是一个从来没被社会要求过的人，从来不会有人管我在想什么。就在这一刻，我看到了我的责任，一个文学创作者的责任。

我的写作开始于悲伤，但不能止于悲伤；命运的不公引发了我的思考，但我不能只思考自己的命运。除了刘厦，我还应该为更多普通的生活、无声的草木而写，为每一个平凡而伟大的人而写，为中华民族的复兴脚步而写。

一个文学创作者的责任让我看到，我身在轮椅中，但也同样身在美丽的中国，我身在自己的命运中，但也同样身在伟大的时代。

中国作家协会会员这座高楼，是我崭新的起点，因为站在这里，我看到更辽阔的天地。我要带着月光，奔赴那万家灯火。

第三辑
走进写作之夜

走进写作之夜

——致史铁生

◦ 一 ◦

第一次听人称我女版史铁生时，我内心一阵暗喜，那就好比说一只蚊子像雄鹰一样，对我绝对是一种赞美。尽管听到几次之后，稍微有一些担心我会成为你的影子，但紧接着我就明白了，像你，不正好说明不是你吗。我不必担心，因为我必将，也只能成为我自己。

所以，当别人问我：你最喜欢哪位作家？我仍然会回答：史铁生。哪位作家对你影响最大？我还是会回答：史铁生。

我二十岁时听到了一句话——职业生病。业余写作，便感觉这几个字背后射出了一道光，那是一团生命的火焰。后来我知道了，说这句话的是你，也知道了有关你的一些事。

你二十岁时坐上了轮椅，就像一只刚刚学会飞翔的鸟儿被折断了翅膀。但你开启了另一个人生，我所知道的史铁生诞生了。

有谁能够如此稳当地为灵魂而写作呢？有谁能够穿越层层迷雾看见命运的模样呢？有谁能够以最强大的姿态说出最卑微的苦难呢？有谁能够以最冷静的力度给予生命最深沉的关怀

呢？有谁能够从"我"当中找到无限的世界呢？有谁能够微笑着用耳语讲述性命攸关的事呢？命运的意图没有好坏之分，但你创造了独一无二。

他们说残疾和文学是有缘的，我想这正是因为残疾者必将面对一个巨大的困惑，所以文学便出现了。但这仅仅是写作的进入方式，能否在写作的路上走下去，要看这个巨大的困惑找到了什么答案。如果它给了一个积极乐观的准确答案，那他与文学便无缘了。即便是坚持写作，也只能停留在个人宣泄和大众鼓励上了。如果它能够引申出千万个迷人的困惑，那他便上路了。无疑你是后者。

慢慢地，我把你所有的作品都读了，并且在反复读着。那种感觉不仅是同感，更是希望，仿佛我独自在迷途中走了很久，已经不再期待被救援的时候，突然你给我指出了一条走出迷途的路。

我期待着你的新作，期待着你在这条走出迷途的路上给我更多的指引。对惶恐的我来说，你不仅是希望，更是我灵魂的一份安全感，因为每当遇到困惑，在无助中我都可以向你张望。

但是，2011 年的第一天，我听到了你"已于昨天去世"的消息。

记得你曾说过，死，是一件不必着急的事。你曾多么坦诚而深刻地谈论过死亡。在你的作品中，无论是大海中的浪花，还是旋律中的音符，无论是那飞翔了几十年的鸽群，还是在落日中跑出来的孩子，你都在告诉我，生命可止，爱愿不息。你都让我看见，你是多么地热爱人间。

此刻，或许我只能以写信的方式向你张望和致敬了。这种方式貌似幼稚，但这是我走向你的唯一途径。我会把这封信放在写作之夜里，虽然那个夜晚只有一个人，但我相信，你能看到。我也相信，我能听见你的回应。

。 二 。

我不知道你是什么时候进入写作之夜的，是在抱着那个坏掉的足球回家的路上，是从陕北回来的病房里，还是在摇着轮椅去那个古园时穿越的人群里。但我清晰地记得，我进入写作之夜是在我十三岁一个秋初的傍晚。

那天，早早就出来的月亮，像一小片白云，而落日在天空的另一端，射出夺目的红光。我的轮椅在华北平原上最常见的一个农村院落的中央，轮椅下柔软的土地沉默而坚定。就像一阵微风，不知从哪儿吹来了一丝忧伤。我进入了写作之夜，但我还没有意识到给它命名，直到多年后你出现在"我"中。

我知道，我们的写作之夜是极其相似的。那是漫无边际黑暗中的一束光亮，那里有一盏台灯、一沓洁白的稿纸和一支等待力量的钢笔。那台灯微弱的光中只有我，我不知道是我看着黑夜，还是黑夜在看着我，我不知道这盏台灯是让我更安全还是更危险。我只感觉孤独从四面八方涌来，世界急速地后退。我看见熟悉的人和生活远去了，我看见了一个叫刘厦的人，而你，则看见了一个叫史铁生的人。

十三岁，是梦开始的年纪，但也正因为我看到了梦的美，才发现了现实的残酷。正是因为有了对自由的向往，我才发现了命运的束缚。当青春在同龄人身上迅速成长时，疾病也以扭曲的方式向我宣告它的强大。

生活还是原来的生活，亲人还是原来的亲人，而我无忧无虑的童年结束了。我开始写诗。我走着走着就走进写作之夜了。这是生命的本能，这也是命运的作为。

我在这里重新认识一切，我在这里问了许多为什么。你同样在只有微弱的灯光下的苦思冥想，在虚无的世界里辗转千里。这样的夜晚没有黎明，却也不需要黎明。

在白昼里，你总是面带微笑，是一个幽默的智者。你说如果有交朋友比赛，你一定得第一。的确，你的铁哥们儿那么多。那么多朋友会聚集在你的小屋里高谈阔论；那么多朋友在没有无障碍设施的年代，用背、抬的方式让你重回清平湾；那么多朋友在你离开后泣不成声。虽然我没有机会和你共坐，但我相信，和你在一起一定是轻松愉快的，即便是探讨什么问题，那问题也一定是迷人的。因为你把所有的坎坷都放在了写作之夜，你独自一人在那里跋涉。

你会在任何时间里进入写作之夜，如果那时我望向你，一定会看见你最深邃的目光。

◦ 三 ◦

当有人问你，你为什么写作时，你说为了寻找一条出路。

这条路不是为了生存，因为无论你在街道小工厂还是另学一门手艺，都可以养活自己，那远比在文字中寻找容易得多。这条路更不是简单的价值尊严，或许有时候看起来很像，但它对你的吸引绝不仅仅是自强自立。这条路是属于灵魂的，是灵魂在人生当中的跋涉之路。而你的这条路被命运堵死了。你要想活下去，要想灵魂不死，就必须寻找一条出路。

这是我在反复阅读你之后，也是我成千上万次出入于写作之夜后才明白的。

多年来，每当我被问到，写作对我的意义是什么，我都觉得很难回答，因为它太大了，没有语言能够诠释出它的意义。

后来我发现，这就像问活着对我有什么意义一样，我能够说出的只有少部分具体的意义，而更多是无法说明的。少部分具体的意义在不同的人生阶段，会以不同方式呈现出来。

刚开始，仅仅是倾诉，仿佛我的心容量太小，必须找一个地方将铺天盖地的愤怒、疑问、不甘放进去，然而，有如此大容量的只有文学。因为有了那一行行的诗句，我才仿佛一棵小草，在巨石的压迫下找到了生存的缝隙。因此我才可以喘息，才开始了生长。

我投稿的动力和你很像，你为了给母亲一些安慰，而我则是想给母亲一些荣耀。当看到别的父母谈论自己孩子时脸上的幸福和骄傲，看到我的母亲被打听孩子时脸上露出的悲伤和无奈，我获得了无限战斗力。我在日记本上写下：我要让我的父母为我而骄傲，我要让我的父母为我而自豪。

那时候，我以为发表一篇作品，我就是作家了，我想要改变的一切就都可以改变了。那时我写字已经很难看了，就让小弟将稿子抄一遍，并偷偷地送出去。十七次投稿之后竟发表了。这的确给我的父母带来了不小的喜悦，甚至是荣誉感。但我很快就发现，这喜悦和那份悲伤无关。正如你所说，母亲所期待你能走出的那条路，并不是这一条。

这让我再次进入迷途。我不知道我是谁，不知道我在哪里，要去哪里。

那时候如果家里人多了，我一定要在我的前面放上一本书，看或者不看，但有它在，我就有一个位置、一个空间。不为别人，只给自己看，我是存在的。那时候，我一次次从喧闹的白天返回幽暗的写作之夜，苦苦思考。

我也就在那时大量阅读了你的作品。《我遥远的清平湾》《插队的故事》虽然也像那个时期的很多作品一样描写知青生活，但却与大多伤痕文学不同，你写出的是物质贫乏中丰富的精神，是普通人民所具备的人性的光辉，是命运无常中不灭的希望和温暖。读这两篇主题普通的小说，我却从内在感受到了巨大的力量。《命若琴弦》《一个谜语的几种猜想》，是你用有限目光向无限命运勇敢地眺望。这眺望中，是无边无际的无奈、无情、痴情甚至是可笑，但跟随着你的眺望，我减少了那么多惶恐，而获得了更多坚定。在这眺望中，我甚至分不清哪是你的目光，哪是我的目光。我用你的智慧思考，而你为我的迷茫寻找。《我与地坛》《务虚笔记》《病隙碎笔》，都辟开了我迷途中的荆棘和山崖。阅读的时候我总是抑制不住地激动和期盼，因为命运也把与我同样的一座大山挡在了你的面前，所以你无可选择地成了一个登山者。我这个在山脚下愚蠢徘徊的人，就像抓住救命稻草一样，紧紧跟随着你的脚步。

我突然看见了一个无限广阔的世界，那是一个虚的世界，那种虚是真实的存在，比任何实的东西都更博大深刻，那里有更多真相，或者说那里才是一切的根源。

我的眼前出现了一条路，这条路向我和世界无限延伸，这条路在任何地方铺展，这条路打通了一堵堵墙。这条路唯有以写作为双脚，行走与跋涉。所以我在当时的一篇创作谈中说：人有两条路要走，一条是用脚在走，一条是用心在走，前者走向天涯，后者走向生命的深处。两条路的进程不成正比，但互相交织，完成心路的跋涉，才更接近生命的终极意义。

就在那时，我意识到了我的写作与我的生命生长同步。写作为了突破生命的困境，弥补生命的缺失而存在。

因此，写作让我获得了一种能力，那就是让灵魂始终醒着，能看到人间更多的真相，向人间传递着爱的消息。

不知经过多少轮回，我又想起了你说的残疾与爱情。我仿佛已有所领悟：一棵芦苇对另一棵芦苇的向往，也仅仅是一种象征。那缺失和寻找，就是那条路，是灵魂前行的路。哪一个没有沉沦的灵魂不是在这条路上呢？残疾是这条路的开端，爱情是这条路的终点。然而，路的两端却无限延伸，没有尽头。这就是你说的，无限也是一种有限吧。而这种有限，却可以给予我们持久的自由，所以，这是一条多么迷人的路。这条路上，残疾如影随形，但爱情也无处不在。

所以，我相信，你爱着一切，用你的一切爱着。你用思索爱，你用困惑爱，你用无奈爱，你用希望爱，你用病痛爱，你用微笑爱，你用活着爱，你用死去爱。

生命是一团热度渐凉的过程，但于你而言，这一团热度始终滚烫，无论生还是死，仿佛始终跳跃的火焰。你说，爱愿是一片大海，个体生命只是一朵浪花。我们是相连的一体，我会在这条残疾与爱情的路上继续前行。

我想象着，如果你还能继续，下一段路将经过哪里？我知道，那也是我的未来，是所有走进写作之夜的人的前途。

能听见鸟鸣的人
——读刘亚荣散文集《与鸟为邻》

　　我和亚荣老师认识三四年了，虽交流不多，但她是我认识的编辑中感觉格外亲切的一个。或许是因为她对我的称呼一向都是一个字"厦"，这样的称呼只有我身边的亲人才有。或许是因为，她说话没有架子，对人和蔼、包容。当我读到了亚荣老师2021年新出版的散文集《与鸟为邻》，同样感受到了在阅读中少有的亲切，和由此而带来的新的体悟。

　　《与鸟为邻》，从名字看，空间感上它指向乡间，一个接近自然的地方；时间感上它指向一个人美好的记忆，一种纯净的生活状态。但我作为一个散文写作者，总会不由自主地从写作的角度去看，我看见，它指向一片心灵的净土。

　　在细细品读亚荣老师的文章时，有两点我觉得尤为难得。

　　第一点就是真实。这种真实不仅是客观事实上的，也是某个时间、空间氛围上的，是情感鲜活上的。能够保持这种真实，不仅要有突破惯性思维的能力，更要有不被浮华打扰的踏实。

　　她所描述的孟尝村与我生活的村庄不过七十多公里，两个村庄，在华北平原上，就像两个相邻的院子，说不定在起风的时候，喊一嗓子还能听见。所以，无论是风土人情还是生活方式都极其相似。我们一样管馒头叫卷子，管有点儿傻叫不俏，管好吃的叫好吃头儿。

其中有一些描写了七八十年代的生活状态，虽然那个时代在我记忆之外，但却是我来到人世间的底色。亚荣老师笔下的火炕、襁衣、柳条筐、瓦罐，每一个老物件都与我血脉相连。

让我感到惊讶的是，亚荣老师无论是写几年前还是几十年前，都像刚刚发生的事，有着当时的温度。她的笔仿佛可以跨越时间的长河，抹去岁月的痕迹，让那些人和事始终保持鲜活和生动。王祥夫老师在序中说，亚荣老师的散文像小说，原因在于它的框架开阔。我觉得，还在于她所描写得极富现场感，每一个细节都触动着读者的触角。比如，她第一次接生时产妇炕上窗户照进的阳光，姥爷院中的鸡窝和小羊，妹妹吃酸石榴张大的嘴。这不仅仅是敏锐度，更是一种无我及物的境界。再如，夏日的午后，把最后日子里的母亲背到院里树下乘凉，那低烧和炎热给她扑面的无奈与悲痛。忙着干活儿的父亲打了要摘桃子吃的妹妹，亚荣老师把妹妹哄得不哭了，这仿佛是前一分钟的事……

生活给予我们的东西，在众多的细节中以及这些细节所带给我们的感触中，往往我们记住的是作用和梗概，但我们的经历还会越来越苍白。而亚荣老师却还原了这些细节。

文学的基本功能就是记录，回忆性文章更是对历史的挽留，但大部分作者写往事都难以保留住真实。正如史铁生所说的那样，三十岁的时候写童年是一种模样，六十岁的时候写童年又会是另一种模样。那样写过去更多写出的是今天，这当然也具有它的意义，但抛开有意为之，不得不说也是一种丢失。而亚荣老师却丢失得很少，这不仅是她记忆力好，更是她能够看得更多、更清晰。这才能够让曾经的日子不受时间氧化，不被世态污染，让生命的经验保持真相。

一个恋旧的人是富有的，她拥有了新的自己，却没有丢下旧的自己，所以她才有能力为我们呈现出一种丰厚的真实。

还有一点便是热爱。读亚荣老师的散文，让我感受到她蘸满爱的笔迹渗透纸背。这爱在以下三方面比较突出。

一是亚荣老师所描写的物、人、景都充满了情趣，都带着一种说不出的美妙。一个普通百姓家中常见的石榴，亚荣老师却看到了它头上的小王冠；过年炸过的豆腐，亚荣老师看到它们穿上高贵的虎皮衣。这不仅是因为作者的喜爱、对万物的尊重，更因为作者有着丰富的想象力，而这种想象力便来自一颗童心。

一个成人能保持一颗童心是难得的，这是一个人对世界最初的爱，是人生前进最初的动力。能保持这颗童心的人，必定是一个热爱生活的人。生活给予我们的大部分是相同的内容，是我们用不同的目光看待它，它才有了不一样的色彩，由此可以推断，亚荣老师的生活必定是极其有意思的。

而作为一个作家，这更是能否写出动人作品的重要条件。只有对万事万物保持一分好奇，才能够不断地去探索，不断地去发现。只有这样，哪怕是一点儿细节，都是一扇打开无限世界的门。这也正是写作的开始。

二是亚荣老师对情感的重视。可以说《与鸟为邻》中每篇作品都充满动人的情感。无论写父亲、姥爷还是三叔、二奶奶，因为用情，人物都是如此立体、丰富，让读者既感觉像自己的亲人，又能清晰地看到中国老百姓特有的朴素和坚韧，让人对他们肃然起敬。这情是个人情感，但又何尝不是源自对故土的爱呢？

我所见到的大部分已经走出乡村的人，特别是一些写东西的人，当他们回到故乡，看到了大片的麦田，大多会从审美的角度出发，心中更多激荡起的是诗意。而亚荣老师却想到了割麦的辛苦，想到了那五月的太阳晒得胳膊火辣辣地疼。这说明在她的情感记忆里，她依然是村里的人，农村的事和人依然在她今天的情感谱系里。她没有像大部分人那样，在重返农村时把自己当成一个外来者，用他者的目光观察。那样的人与故乡的情感其实已经断开了。所以，亚荣老师是能够与她的村庄感同身受的，因此她的笔有了强劲的生命力。

写作最初的原因是情感抒发，最终的目的也是抚慰情感，这就让亚荣老师的作品成了好作品。

最后一方面便是亚荣老师的大爱，特别是她完成了小爱和大爱之间的连接，将个人情感上升到一定高度。

如《豆腐的乡村伦理》中写豆腐，写的也是做豆腐的人和吃豆腐的人，更是中国乡村老百姓的生存方式和人生哲学。豆腐的性格温而不争，又能复合百味，它的味道苦中带甜，不够鲜明却又百吃不厌，这多像我们平凡的日子和平凡的人。此类作品还有《茅草记》《饽饽简史》《面食的个人史及其他》等，我可以从中看到熟悉的烟火气息，又能够不费吹灰之力地跟随作者跳到高处，看到历史和地理的脉络，看到文化的存在状态。这让我感叹作者丰富的文化底蕴，更让我感叹她将现实的生活和抽象的知识体系之间的隔膜打通了。她没有单一写个人经验，也没有把文章完全写成文化散文，而是让个人记忆和历史文化融为一体。与其说是她把具体生活上升到了文化研究层面，不如说她让文化现象回归了生活。其实文化本来就在生活的内部，只是大部分人的角度过于死板了，非得用学术的方式把它们分开，而亚荣老师找到了可高可低、可远可近的方式，游刃有余。

文如其人，散文尤其藏不住作者的人品与境界。读这本《与鸟为邻》，让我走进了亚荣老师的心灵世界，让我看到了一个优秀散文作家的初心。而我在亚荣老师的散文中所看到的真实和热爱，正是这份初心的两面，从不同方向呈现出做人与做文的初心所在。

正是有了这份初心，无论人生的路走多远，都能听见那曾经清脆的鸟鸣声。正是有了这份初心，无论身处怎样的闹市，都能听见那心灵深处的鸟鸣。亚荣老师就是这样一个能听见鸟鸣的人。

我的春天印象

——《烟火春天》创作谈

远离常常是一种靠近的方式。在离开老家半年后，在暮春时节，我返回了我多年居住的生活中。扑面而来的一切是那么熟悉，比以往更加清晰。

田间道两边的杨树又开始喧闹了，当街穿行的农人都换上了轻快的衣裳，奔跑的孩子们也更加自由了，闲聊的人们仿佛和天地更近了。无论是干活儿还是走路，还是打招呼，每个人都格外有精神，神态和声音都带着一种喜悦。一切的内部涌动着无边的生机。这个季节人们会做只在这个季节所做的事，比如，包团子、撷香椿、授粉、拆洗棉衣，仿佛人和春天有着永不会遗忘的约定。

在离开了水泥铺地、临空而居的城市之后，突然，我看见了我的春天印象！

我印象当中的春天是生活的一种状态，它影响着人们的生理和思想情感，影响着日常的每一个细节。我印象当中的春天是自然和人的一种互动，并不能准确地说出谁是主导。它仿佛从大地的脉搏中而来，流进一切有生命的所在；又仿佛它在人的心灵深处隐藏，通过人的期待而出，让世界春暖花开；它普度众生，却也给不同的生命带来不同的景色。

然而，多年来我虽接纳着春天的给予，却没有正视过它。我一直和大多数人一样，对春天的认识只停留在概念上。它是一个季节，是暖的，让大地复苏；它也可能再文化一些，是诗意的，是青春的。但这样的春天只能属于知识范畴，并没有和生命个体发生连接。

当我发现了与我生命相连接的春天时，我有了抒写我春天印象的冲动，有了去呈现这个亲近的、真实的春天的冲动，因为这个春天才是对我具有意义的。

整篇文章中没有第一人称，因为我觉得在春的浩荡中，个体我被融化了。无论从情感的抒发，还是从写作手法上来说，"我"是多余的。在巨大和细微的春天踪迹面前，个体我的存在反而是一种障碍。就像人们常说的，眼球是看不见它本身的，它看到的是外界世界。渺小的个体，仅仅是一个视点，这个视点就是进入世界的门。这个门是作者的入口，同样也是读者的入口。这个视点是局限的，也是唯一的可能。有这个门就可以恰到好处地走进我的春天印象了。

但我又是每一个故事的亲历者，亲身体验着每一个细节的真实。跟随着春的流动，我获得了一种自由，可以随意出入不同的地点、时间和故事中，可以准确、纯粹地去呈现我的春天印象。

是的，我的春天印象，仍然是有我的。因为当个体我消失而只为一个视点，那么乘物游心的大我便无处不在了，所以这个春天也只能是我的。

我们何尝不是在向外寻找着自己，向内开拓着世界呢？

或许这也是我春天印象的一部分吧。

后记
——为弱者而写

　　每个作者都有他独特的创作角度。这角度的确立，并非主观确定，而是不自觉形成的。就像一个人的生存方式并不能提前设计，最多也只能在被动形成之后进行一些自我修整。任何一个写作者的角度都带有强烈的命运规定性。一个美国诗人再努力，也很难写好中国古体诗词。

　　或许由于写作的不自信，我一直都在自我审视，审视自己的创作和作品。在审视中我发现，虽然有很多东西我还不能看清楚，但有一点我可以确定，那就是我总会站在弱者的角度看世界，思考世界。

　　这当然和自身的处境有关。有生以来，外界给予我的参照都在不断地告诉我：你是个弱者，你是个弱者，你是个弱者。所以，我难以跳出我是个弱者的定位。虽然后来在一些方面我对自己的认知有所超越，但一个人早期的自我定位，基本一生都无法改变。人一旦有了自己的角度，哪怕是看到和自己没有直接关系的事，也会不自觉地站在离自己相对近的一方。

　　刚开始我只看到了自己的角度是一种局限，并想方设法摆脱、跳出。但后来慢慢地我发现，人不可能脱离某个位置，不可能脱离带着个体特征的视角。每个角度，都有看不见的，但同样也有看得见的，且唯独这个角度所能看见的。所以，角度是一种局限，也是一种看见。这是人的个体意义，也是文学作品的个性意义。要想改变带有个体特征的根本性视角基本是不可能的。而对抗角度局限性的办法，也只有以这个角度为中心，向远处、向高处、向深处延伸而已。当然，如果真能做到这些，那就是我们所说的具有自我超越能力的作家了。

当命运把我带到弱者的身旁，我便看见了一扇门，这是我理解世界的门，是我理解人的门，同样也是我的写作之门。我将从这扇门延伸到更广阔、更神秘的地方。

强与弱是相对而言的。对于大众来说，弱者是残疾人、老人、病人、穷人。当然也有不同角度上的强与弱。对于城市的人来说，农民工是弱者；对于一个团体来说，不受欢迎的是弱者；对于成功的人来说，失败的人是弱者；对于母子来说，孩子小时候孩子是弱者，孩子长大后母亲就成了弱者。

弱者的处境都相对更被动，更艰难。也正是因为这种处境，会让弱者的本能欲望和精神追求更难得到满足，会让弱者更难在外界得到价值和尊严，人在这样的处境中就会和自己的现实角色产生距离，从而会发现个体生命除去社会身份和生物属性之外的那一部分。我暂且把那一部分称之为人的灵魂。当一个人发现了灵魂的所在，他往往就能看到世界更多的真相、人生更多的本质，看到人性中更多的光明与黑暗。所以从某种角度，我们也可以说，弱者的世界要比强者更加立体全面，更加深入多样，强者只能看到正面，弱者还能看到反面；强者只能看到白天，弱者还能看到夜晚；强者只能看到春天，弱者还能看到冬天。

借助弱者的境遇，我看到了更多真善美和假恶丑，看到了更多普通事件别样的原因，看到了更多的冲突和疑问，看到了更简单或更复杂的规律性，看到了生命美好和顽强的姿态。

我关注残疾人，研究的个体。当然大多数时候是我自己。在一次残疾人文学研讨会上，一位文学前辈总结，残疾人的文学作品大多有一种共同的特点，他将这种特点的作品称为灵魂体。残疾人与健全人相比，具有灵魂和肉体的割裂性、客观身份和主观认知的不对称性。也就是说，残疾人和他自己具有距离，残疾人具有除了现实角色之外的另一双眼睛。这一点极具弱者的特征性，这种特点当然也会表现在残疾人的文学作品中。他们的作品，从灵魂流淌出最真切的生命体验，呈现出滚烫的精神追求和冰冷的现实世界，他们的作品发出的声音更深更远，他们作品的发声点在现实角色之上（当然，这一点只说明残疾人文学作品的特征，并不说明一定是优秀文学作品的特征）。我当然也在其中。我的作品用另一双眼睛，通过我和其他残疾人，看见并书写着更多弱者看到的真相。

我关注老人，因为他们与我那么近。生活中随处可见老人，但人们并不太了解他们。是什么让他们在人群中那样孤独？或许你是一个强者，但当你老了的时候将无法躲避弱者的身份，那时你会看到截然不同的世界，那样的世界又何尝不是生命的现实？又何尝不和每个个体有关呢？所以，我用笔勾勒那既近在咫尺又遥不可及的老人。

我也关注对这个世界毫无防备的孩子、孤军奋战的心理疾病患者、没有话语权的农民，因为不繁华的地方，声音更清晰。

我同样关注一处荒芜的院子、一段尘封的往事、一种悲伤的孤独、一个倔强的信念，因为从某种意义上说，它们都是弱者。

我还会关注每一个人，因为谁又不是弱者呢？当然，我还必须关注强者，因为强者是弱者世界当中绕不过去的一部分。

有那么多人没有话语权，有那么多声音无法被听见。

我听见人间最小的动静。这动静是那么微弱，微弱得难以被听见，就像没有存在一样；然而，它又是那么巨大，巨大得如大地的脉搏。

感谢命运，让我有了弱者的能力。

从弱者处开始写，为弱者而写，因为我知道，弱者比强者更需要文学。

刘厦

2022 年 8 月 19 日

图书在版编目（ＣＩＰ）数据

人间最小的动静 / 刘厦著 . -- 石家庄 : 河北教育
出版社 , 2024. 9. --（燕赵秀林丛书 : 文学）. -- ISBN 978-7-
5545-8856-7

Ⅰ . I267.1

中国国家版本馆 CIP 数据核字第 2024SQ2900 号

燕赵秀林丛书·文学

人间最小的动静

RENJIAN ZUIXIAO DE DONGJING

作　　者　刘　厦

出 版 人　董素山　　汪雅瑛

责任编辑　刘书芳

装帧设计　李关栋

出版发行　河北出版传媒集团

　　　　　河北教育出版社 http://www.hbep.com

　　　　　（石家庄市联盟路 705 号，050061）

印　　制　石家庄名伦印刷有限公司

开　　本　787 mm×1092 mm　　1/16

印　　张　17.75

字　　数　210 千字

版　　次　2024 年 9 月第 1 版

印　　次　2024 年 9 月第 1 次印刷

书　　号　ISBN 978-7-5545-8856-7

定　　价　88.00 元